그럼에도
불구하고

그럼에도 불구하고

초판 1쇄 찍은 날 | 2016년 9월 23일
초판 1쇄 펴낸 날 | 2016년 9월 30일

지은이 | 문희
펴낸이 | 예경원

편집 | 유경화 · 안유진

펴낸곳 | 예원북스
등록번호 | 제396-2012-000132호
등록일자 | 2012. 7. 25
YRN | 제1-0163호

주소 | 경기도 고양시 일산동구 호수로 646-24 위너스21-Ⅱ 206A호 (우) 10401
전화 | 031-819-9431 팩스 | 031-817-9432
http://cafe.naver.com/yewonromance
E-mail | yewonbooks@naver.com

© 문희, 2016

ISBN 979-11-5845-216-2 03810

YEWON**BOOKS ROMANCE STORY**

문희 장편소설

그럼에도 불구하고

C · O · N · T · E · N · T · S

Prologue

12월 31일, 오늘은 한 해를 보내는 마지막 날. 경기가 불황이라 성탄절 캐럴도 거리에 울리지 않은 지 오래되었지만, 부자들과 권력층들이 자주 이용하는 이곳, 서울호텔만은 상황이 달랐다. 24시간 꺼지지 않는 요란한 조명이 이곳의 화려함을 더해주고 있었다.

연말인데도 성탄절의 크리스마스트리가 그대로 남아 있는 서울호텔의 입구는 참으로 화려했다. 입구에 있는 모든 나무에는 형형색색의 작은 전구들이 나무 모양을 살리며 반짝이고 있었고, 그것들을 둘러싼 수만 개의 전구들은 마치 은하수를 보는 듯이 아름다웠다.

모든 것이 아름다운 장관을 이뤘지만 마음이 불편한 채령의 눈에는 보이질 않았다. 차창 밖으로 펼쳐진 화려한 서울호텔의 전경을 보면서도 그녀의 표정은 점점 어두워졌다.

채령은 서울호텔에 올 때마다 불편함을 느끼곤 했다. 처음 남편을 만난 곳도, 시어른들을 만난 곳도 이곳이었다. 그래서인지 이곳에만 오면 채령은 기가 죽었다. 존재만으로도 그녀를 주눅 들게 하는 남편처럼 말이다.

채령은 밖을 보던 시선을 돌려 자신의 신랑을 힐끔거리며 보았다. 무술 유단자로 다부진 체격의 신랑은 유난히 제복이 잘 어울리는 사람이었다. 오늘도 경찰 제복을 입은 그는 멋있었다. 하긴, 제복을 입은 남자치고 멋이 없는 남자가 있을까?

짙은 남색의 경찰 정복은 어깨에 노란색의 계급장까지 갖추어졌을 때 그 정점을 찍는다. 거기에 칼 주름의 바지는 닿으면 베일 듯했다. 모든 제복이 그렇겠지만 그 제복을 입은 남자의 옆에 있는 것만으로도 여자들은 빛이 났다.

처음 그의 제복 입은 모습을 본 그녀 역시 가슴이 두근거렸었다. 비록 부모님의 성화로 어쩔 수 없이 한 결혼이었지만 그의 당당한 모습이 그녀를 지켜줄 거라 생각했다.

처음의 그는 너무나 순수하게 보였다. 부모님의 무관심 속에 자란 그녀였기에 그의 지나친 관심이 사랑이라 생각했고 이 남자라면 그녀의 외로운 삶에 빛이 되어줄 거라 생각했다.

잘나가는 교수인 친정 부모님은 그들의 삶에 충실하느라 하나뿐인 딸에게 관심이 없었고 어릴 때부터 가정부의 손에 자란 그녀는 내성적인 성격 탓에 친구도 없었다. 학교를 졸업하고 사회경험 없이 결혼한 그녀는 남편이 전부였다.

겁이 많고 소심한 온실 속의 화초로 자란 그녀에게 남편은 부모님이자 친구가 되어줄 거라 생각했다.

하지만 그건 어디까지나 그녀의 착각이었다. 결혼 첫날부터 시작된 그의 폭력은 4년이 지난 지금도 이어지고 있었다. 그리고 그 강도는 지금 도를 넘어서고 있었다.

결혼 초기에는 몇 번 친정으로 도망쳤지만 부모님은 남편의 거짓말에 아무런 의심도 없이 그녀를 계속해서 돌려보냈다. 그래서 나중에는 아무리 고통스러워도 참고 있을 수밖에 없었다. 세상 어디에도 자신의 편은 없었다.

"뭘 그렇게 봐?"

"아니에요."

평소의 그는 차가운 사람이었고 술 먹은 후의 그는 개였다. 아무도 그 사실을 모르니 문제였지만 말이다.

"그렇게 쳐다보지 마. 거슬려."

"네."

사람이 없을 때 둘은 거의 대화란 걸 나누지 않았고 혹시 그가 그녀에게 한마디를 할 때는 마음에 들지 않는 걸 얘기할 때뿐이었다.

그건 시어른들도 마찬가지였다. 결혼한 지 4년인데 아직도 아이가 없다면서 그건 마른 몸의 그녀 때문이라고 언제나 말했다. 그의 주먹질에 아이가 두 번이나 유산된 걸 모르시기 때문이라고는 하지만 그래도 시어른들은 언제나 그녀를 못마땅하게 여겼다.

"오늘 파티에서는 촌스럽게 굴지 마."

신랑이 경찰 간부고 시아버지가 국회의원이다 보니 부부 동반 모임이 많았다. 하지만 조용한 성격의 그녀는 다른 부인들과 섞일 수가 없었다. 남편이 그녀를 내버려 두니 그녀가 그들에게 먼저 가서 이야기를 꺼내기가 힘이 들었다.

그래서 파티에 참석하게 될 때마다 그녀는 외톨이가 되어 혼자 있기 일쑤였다. 그런 그녀를 사람들과 어울리지 못한다고 그는 매번 촌스럽다고 말하며 그녀의 자존심을 뭉개 버렸다.

"네."

멋스러운 걸로 따지자면 채령이 그보다 한 수 위였다. 결혼 전까지 그녀는 트렌드 세터였다. 유행에 민감하기도 했지만 타고난 몸매와 얼굴은 사람들의 시선을 사로잡기에 충분했다.

대학 내에서 그녀는 소문난 얼짱이었다. 쫓아다니는 남학생들도 많이 있었다. 다만 그녀는 쫓아다니는 남자들을 피해 다닐 뿐이었지만 말이다.

채령은 손을 옆으로 내려 그 몰래 이브닝드레스 자락을 움켜쥐었다. 어떻게 해서든 이 답답한 마음을 풀고 싶었다.

남편은 언제나 그녀를 무시했고, 그런 남편 옆에서 언제나 주눅이 드는 건 그녀였다. 그는 제복만 잘 어울릴 뿐 그다지 미남이거나 패션 감각이 뛰어난 사람도 아니었다. 하지만 이상하게 그와 함께 사는 시간이 길어질수록 그의 말이 옳게만 느껴지는 채령이었다.

"어서 오십시오."

도어맨이 차에서 내리는 채령의 손을 잡아주었다. 흰색 장갑을 낀 도어맨의 손에 하얗고 긴 손을 놓으니 꼭 장례식장의 장의사에게 염을 당하는 기분이었다.

오늘 이곳에 오는 게 죽기보다 싫었다. 이렇게 사람들이 많은 장소에 왔다가 집으로 돌아가면 말 같지도 않은 이유를 대며 그녀에게 항상 폭력을 가하는 남편이었다. 하지만 오지 않았다면 진짜 죽었겠지? 피식 웃음이 났다. 날이 갈수록 점점 더 미쳐 가는 것 같았다.

"고마워요."

"아닙니다."

도어맨은 친절했고 채령은 미소로 그에게 감사의 표시를 했다. 너무나 당연한 행동이었지만 채령에게는 용기가 필요한 행동이었다. 벌써부터 등 뒤에서 얼음 같은 차가운 냉기가 느껴져 온몸에 소름이 돋았다. 밍크 숄도 남편의 차가움을 감싸주지는 못했다.

"가지."

"······."

차에서 내리며 그가 말했지만 채령은 대답조차 하지 못했다. 남편의 차가운 냉기는 시간이 흐를수록 점점 더 가혹해지고 있었다. 요즘은 아예 사람들 앞에 나서기도 두려웠다. 채령은 자존감이 점점 사라지고 있었다.

경찰 정복을 입은 그와 나란히 걷자 모두가 고개를 숙였다. 언제나처럼 말이다. 채령은 더욱더 위축이 되어 그의 팔에 낀 손에 힘을 주었다.

"도어맨이 마음에 들던가?"

그가 그녀의 귀에 낮게 속삭였다.

"아니에요. 왜 그래요?"

"우린 끝나고 할 얘기가 많을 것 같군."

남편의 팔에 의지한 채령은 무섭게 떨고 있었지만 언제나처럼 차가운 표정으로 이런 떨림을 숨기려고 애를 쓰며 사람들이 많은 연회장으로 들어섰다. 항상 사람들의 시선을 한 몸에 받는 건 다 옆에 있는 남편 때문이었다.

너무 이른 나이에 초고속 승진을 한 남편은 경찰청에서 모두의 선망의 대상이었다. 경찰청장을 지내고 퇴직하신 시아버지는 지금 현역 국회의원이었다. 그런 시아버지 덕분에 남편의 집안은 경찰계의 로열 패밀리였다.

시아버지의 입김은 아직도 경찰 내에선 대단했고 그걸 등에 업고 있는 남편을 사람들은 두려워했다. 남편은 존재 자체만으로도 사람들을 주눅 들게 만들었고 그런 그와 4년을 함께한 채령은 남편의 무서움을 더더욱 잘 알았다.

"안녕하십니까, 경무관님?"

그보다 훨씬 나이가 들어 보이는 남자가 남편의 옆에 와서 깍듯하게 인사를 했다. 계급을 보니 그보다 낮은 총경이었다. 경찰의 세계는 철저하게 계급 위주였다. 마치 군대처럼 말이다.

"그래, 그동안 잘 지냈나?"

나이가 그보다 한참은 어려 보이는 남편의 한마디에 남자는 어쩔 줄을 몰라 하며 몸을 연신 굽혔다.

"저야 언제나 경무관님 덕분에 잘 지내고 있습니다."

"다행이군."

남편의 손이 남자의 어깨를 토닥여 주자 그가 더욱 남편에게 몸을 조아렸다. 남자의 옆에 서 있던 여자도 몸을 구부리고 있는 건 마찬가지였다. 남편의 계급이 아내의 계급이 되는 이곳은 우리나라의 경찰 간부들의 연말 모임 자리였다.

"사모님께서는 언제나 아름다우십니다. 오늘 오신 부인들 중에서 단연 돋보이십니다. 경무관님은 정말 행운아십니다."

"그런가? 고맙군."

남편은 자연스럽게 그들에게 대답을 하고는 자리를 옮겼다. 들어가서 20분이 넘게 사람들의 인사를 받기 바쁜 남편이었다. 그들은 인사로 하는 말이겠지만 채령에게는 나중에 화살로 돌아오는 말들이었다. 이제는 그의 말도 안 되는 트집의 레퍼토리가 그녀의 머리에 그려지고 있었다.

"2015년 경찰 송년의 밤을 시작합니다."

유명 연예인 사회자의 커다란 외침과 함께 12월의 마지막 밤이 시작되고 있었다. 호텔의 연회장에는 많은 사람들이 모여 이 성대한 밤을 즐기고 서로에게 다가가 인사를 나누었다.

경찰 간부들의 얼굴 익히기 행사로도 유명한 경찰의 밤은 아무나 올 수 있는 파티가 아니었다. 부부 동반의 모임으로 총경급 이상만이 참석할 수 있었다. 남자들이 얼굴을 익히는 일만큼 여자들의 내조도 만만치 않게 불꽃을 튀기는 곳이기도 했다. 하지만 채령은 그런 숫기가 없었다.

나이 많은 치안총감(경찰청장)의 부인은 채령을 극도로 싫어했다. 주목받기 좋아하는 부인은 아름다운 젊은 부하경찰관의 부인들을 싫어했다. 그들이 부럽기도 했고 자신 대신에 그들이 스포트라이트를 받는 걸 싫어했다.

지금도 채령이 처음 모임에 왔을 때 채령을 쳐다보던 남자들의 얼빠진 표정을 그녀는 기억하고 있었다. 그녀가 받아야 할 시선을 채령이 받자 그때부터 채령은 그녀의 눈엣가시였다. 대학교수라는 여자가 애들도 하지 않는 짓을 하고 있었다. 그녀는 채령을 사람들에게서 철저하게 왕따시켰다.

남편은 채령을 덩그러니 남겨두고 치안총감의 옆에 서서 이야기를 나누고 있었다. 우두커니 한쪽에 서서 창밖을 바라보고 있는데 옆에서 쑥떡거리는 소리가 들렸다.

"자기가 되게 높은 줄 아나 봐요."

한 여자의 목소리가 파티장의 소음을 뚫고 채령의 귀에 들렸다. 평소 사람들의 말을 귀담아 듣는 성격은 아니었지만 여자의 목소리 톤이 높아 자연스럽게 들렸다.

"예쁘니까 그럴 만하죠. 여기에 있는 남자들이 다 넋을 놓고 쳐다본다니까요."

"난 별로던데?"

"뭐가 별로예요. 솔직히 예쁘지. 난 처음 보고 연예인 줄 알았다니까요. 그래도 신은 공평해요."

"왜요?"

"네 가지가 없잖아요."

"호호호, 치안감 부인의 입에서 네 가지라뇨."

"뭐, 신랑이 높은 건 사실이지만 그래도 여기에서는 당연히 치안총감 사모님도 계시고 치안정감(서울/지방경찰청장, 경찰청차장, 경찰대 학장) 사모님들도 계신데 목에 힘이나 주고, 저건 아니죠."

누군지 몰라도 신나게 여자들에게 씹히고 있는 중이었다. 그래서 채령은 저들의 무리에 끼는 게 싫었다.

"저 여자 눈에는 치안감도 보이지 않아요. 난 인사 한 번 못 받아봤다니까요."

"아무리 시아버지가 치안총감 출신에 지금은 국회의원이라지만 며느리가 잘못 들어온 것 같아요."

와인 잔을 쥐고 밖을 내다보던 채령의 손이 가늘게 떨렸다. 아무렇지 않은 척을 하려 해도 저들은 지금 그녀의 얘기를 하는 것이었다. 어두운 창문에 거울처럼 비치는 여자들의 눈이 모두 채령을 향해 있었다. 항상 남편이 있을 때만 채령에게 웃음을 짓는 여자들이었다.

"그만하고 갑시다. 천성은 고칠 수가 없어요."

치안총감 부인이 채령을 매섭게 쳐다보고는 여자들의 무리를 데리고 자리를 떠났다. 하지만 채령은 움직일 수가 없었다. 그건 방금 전에 자신을 욕하던 여자들 때문이 아니었다. 소름 끼치는 시선이 느껴졌기 때문이었다.

남편의 옆에 서서 당당하게 그녀를 바라보고 있는 여자가 있었다. 남편이 그녀에게는 한 번도 보여준 적이 없는 미소를 옆의 여자에게는 보여주고 있었다.

최보라, 남편의 내연녀였다. 결혼하기 전부터 그녀와 관계를 했었다는 걸 뒤늦게 알았다. 너무나 당당하게 남편이 그녀에게 말했었다.

"내가 여자가 너뿐인 줄 알아?"

그의 말이 아직도 그녀의 귓가에 아프게 울리고 있었다. 남편의 폭력은 그녀를 점점 더 무기력하게 만들고 있었다.

같은 경찰이라서 그런지 보라는 이곳저곳 남편의 팔짱을 끼고 다니며 그녀 보란 듯이 활보를 치면서 다녔다. 존재의 가벼움이란 게 이런 것일까? 눈물이 솟아오르는 것 같았다. 거울 속에 비치는 자신의 모습이 오늘따라 더 한심하고 처량해 보였다.

이렇게 가만히 보고도 못 본 척하는 것이 맞는 것인지 이제는 채령 자신도 헷갈리고 있었다. 머리가 갑자기 아파온 채령은 사람들에게서 조금 더 떨어져 창가에 우두커니 한참을 서 있었다.

"여보!"

한참이 지난 후에 보라와 함께 사라졌던 남편이 혼자 돌아왔다.

그의 입술은 무슨 일이 있었는지 상상이 가게 약간 부어 있었다.

"이리 와."

마치 강아지를 부르는 것 같았다. 사람들이 많은 곳에서는 굉장히 완벽한 남편의 모습을 보이는 사람인데 뭔가가 마음에 들지 않는 게 분명했다.

"왜 저기 있는 여자들하고 어울리지를 않지?"

"그냥 어색해요."

사람들이 있어서 뭐라고 하지는 않았지만 그의 눈에 불만이 가득 차 있었다.

"어색해도 내조라는 걸 해야 하는 거 아냐?"

그의 말이 맞았다. 경찰 공무원의 아내로서 그녀는 최소한 할 일은 해야 했다. 하지만 이미 채령은 김빠진 사이다처럼 무기력했다.

"미안해요."

"미안하다는 말만 하고 끝까지 가지는 않는군."

인상을 잔뜩 찌푸린 남편은 그녀를 남겨두고는 다시 무리 속으로 사라졌다. 어느새 그의 옆에는 보라가 있었다. 남편의 팔짱을 자연스럽게 낀 그녀는 뒤를 돌아 채령을 힐끗 보고는 눈인사를 했다. 마치 '이 남자는 내 소유야 네가 졌어.' 라는 표정이었다.

남편은 극심한 의처증이었다. 하지만 정작 본인은 대놓고 바람을 피웠다. 마치 나는 이렇게 할 수 있는 힘이 있는 사람이고 채령은 그만 바라보는 여자여야 한다는 식이었다. 남편은 그만큼 그녀에게 자신의 힘을 과시하고 싶어 했다.

그렇게 불편했던 파티가 끝이 나고 남편은 집으로 돌아오는 내내 말이 없었다. 자꾸만 불안한 마음이 들어서 채령은 드레스 자락을 만지작거리고 있었다. 오늘 분명히 남편은 그녀의 행동이 마음에 들지 않았을 것이기 때문이었다.

"오늘 총감님하고 말한 건 잘되었어요?"

"……."

어렵게 말을 꺼내보았지만 그는 말이 없었다. 용기를 내서 남편의 얼굴을 힐끗 본 채령은 그냥 조용히 입을 다물었다. 무서웠다. 그가 무슨 말을 할지 어떻게 자신을 다룰지 머릿속에 그림이 그려지자 그녀는 본능적으로 몸을 차 문 쪽으로 조금씩 이동시키고 있었다. 집에 거의 다 와갔고 그녀가 싫어하는 지하 주차장이 가까워지고 있었다.

찡— 철컥!

주차장의 문이 올라가는 소리가 들리자 채령의 몸은 자동적으로 떨리기 시작했다. 주차장의 문이 눈앞에서 내려가고 있었다. 저 문이 다 내려가면 이제 세상으로부터 고립이 되는 것이었다.

"그래, 오늘은 박 총경이 마음에 들던가?"

자신이 보라와 있던 건 생각지도 않고 그녀에게 또 엉뚱한 소리를 시작하는 남편이었다.

"네?"

그의 눈빛이 검게 변하고 있었다.

"송년회 내내 박 총경에게서 눈을 못 떼고 있던데?"

"아니에요."

박 총경은 남편이 부장으로 있는 경찰청의 바로 밑에 직원이었다. 경찰청 과장으로 근무하는 그는 와이프를 너무나 아끼는 애처가로 소문이 난 사람이었다. 오늘도 그녀에게 인사를 한 그가 와이프와 다정히 있는 모습이 너무나 부러워 잠깐 쳐다보았는데 그걸 남편이 본 모양이었다.

"그게 아니라……."

쫙!

갑자기 그의 손이 날아들었다. 순간적인 그의 손놀림에 채령의 목이 돌아갔다. 그리고 동시에 얼굴 살이 타들어가는 듯한 고통을 느꼈다. 뺨이 화끈거렸다.

"이제 나를 속이려고 들어?"

탁!

그의 손이 얼굴을 손으로 가리고 있는 채령의 머리통을 향해서 날아들고 있었다. 업스타일로 고정시킨 머리핀이 날아가 버렸다.

연속해서 세 대를 내리친 그가 다시 한 번 말했다.

"박 총경이 마음에 들어?"

"아니에요."

"이제 마음에도 안 드는 남자에게까지 꼬리를 치나?"

억지였다. 언제나 남편은 이런 말도 안 되는 일로 그녀를 때렸다. 벌써 4년째였다. 이제 새해가 밝았으니 5년째가 된 것이다. 특히 보라와 함께 있은 후에는 그 정도가 심했다.

"악!"

이제 그는 사정없이 손으로 그녀의 얼굴이며 몸을 닥치는 대로 때리기 시작했다.

"아~ 아아, 악!"

"아픈 건 네가 아니라 나야. 온 동네방네 꼬리치고 다니는 헤픈 년을 마누라로 얻은 내 마음이 더 아프다고."

투두둑—

드레스 위로 코피가 쏟아지고 있었다. 피를 보자 더 흥분한 그가 얼굴을 제외한 모든 곳을 손으로 치기 시작했다. 아팠다. 맞는 데는 이제 이력이 날 때도 됐는데 언제나 맞을 때는 아팠다. 그게 그녀를 주눅 들게 했고 남편이 옆에만 와도 소름이 끼쳤다.

퍽!

그의 손이 그녀의 가슴을 쳤다. 윽! 소리도 내지 못할 만큼 숨이 막혀왔다. 채령의 손이 자연스럽게 차 문으로 갔다. 여기서 빠져나가고 싶었다.

덜컥덜컥—

야속한 손잡이는 아무리 잡아당겨도 열리지 않았다.

"살려줘요."

그녀의 목소리가 안쓰럽게 차 안에 울렸다.

"네가 아직 뭘 잘못했는지 모르겠어?"

"미안해요."

뭐가 미안한지도 모르면서 그녀는 손을 비비며 빌고 있었다. 남편의 눈동자가 거의 흰자만 보일 만큼 돌아가 버렸다. 지금 이성이란 그에게 존재하지 않았다.

처음으로 그가 그녀에게 손을 댄 건 신혼여행 호텔에서였다. 식장에서 자신의 동료를 쳐다보며 웃었다는 이유였다. 누군지도 모르는 남자의 이름을 대며 기억도 나지 않는 상황을 아주 자세하게 이야기하는 그에게 그녀는 말대꾸조차 할 수가 없었다.

그렇게 시작된 폭력은 그가 만들어낸 이유들로 수시로 이루어졌다. 특히 이렇게 모임이 있은 후에는 더욱 심했다. 이상한 건 그는 항상 그의 차 안에서 때렸다. 한 번도 방에서 그녀를 때린 적이 없었다.

그는 언제나 채령이 절대로 이해할 수 없는 이유로 화를 내며 때렸다. 처음에는 다음엔 안 그러겠지 하며 참았는데, 어느새 이제는 그만 때렸으면 하는 마음으로 바뀌었다가, 이젠 그에게 맞는 게 당연하게 느껴질 만큼 그녀는 바보가 되었다. 하지만 바보가 되어도 아픈 건 아프다.

"어후~ 박 총경 말고 또 김 경무관한테도 꼬리를 치던데 네가 구미호야, 여기저기 꼬리를 흔들게?"

그는 의처증이 굉장히 심각했다. 외식이라도 할 때면 몇 번째 줄에 무슨 옷을 입은 남자는 왜 쳐다보냐며 때렸고 마트에 다녀오면 속옷부터 검사했다. 그렇게 그와 4년을 보내며 채령은 두 명의 아이를 유산했고 그에게는 이제 증오만이 남았다.

어느 날 문득 그녀는 계속되는 폭력에 이렇게 맞고 살다가는 죽을 수도 있겠다는 생각이 들었다. 행복한 인생은 아니었지만 누군가에게 맞아 죽고 싶지는 않았다. 도망쳐야 했다. 그렇지 않고는 언제 죽을지 몰랐다.

왜 이혼을 안 하냐고? 이혼을 결심하고 변호사를 찾아가 소송을 하겠다 하고 친정집으로 도망가자, 남편은 엄마와 아빠에게 그녀가 요즘 피해망상증이라며 어떻게 해서든지 데리고 살겠다며 구워삶아 그녀를 번번이 데리고 왔다. 평소에 너무나 친정 식구들에게 잘하는 그이기에 엄마 아빠도 사위의 말에 깜빡 넘어갔다.

두 분 다 교수인 부모님은 연구에 매진을 하느라 다른 일에 관심이 없었다. 특히 딸인 그녀에게는 더욱 그랬다. 어릴 적에 엄마가 아빠에게 채령을 낳은 걸 후회한다 말하는 걸 들은 적이 있었다. 연구에 매진하고 싶은데 그녀 때문에 신경이 쓰인다는 것이었다. 그 후로 채령의 마음 또한 엄마에게서 멀어졌다.

친정 부모님은 신경 쓰고 싶지 않은 그녀를 데리고 살아주는 것만으로도 남편이 고마운 것 같았다. 거기다 집안까지 좋으니 그의 말을 무조건 신뢰하고 있는 것 같았다.

남편은 그녀는 챙기지 않아도 때가 되면 친정에 선물도 보내고 그녀가 아는 몇 안 되는 사람들까지도 일일이 챙겼다. 모두가 완벽한 남편의 말을 믿지 채령의 말은 믿으려고도 하지 않았다.

이렇게 그녀를 때리고 난 후 멍이 다 없어지고 상처가 다 아물 때까지 그는 그녀를 방 안에 가두어두었다. 치료 기간에는 직접 밥도 해주고 약도 발라주며 다시는 그러지 않겠다고 말하지만 언제나 말뿐이었다. 이제는 이 연결고리를 끊고 싶었다.

"악!"

다시 손바닥이 날아들었다. 두 번째 아이가 유산된 후로는 절대로 주먹을 쓰지 않는 그였다. 모든 게 계획적인 그에게 채령은 점점 더 공포를 느꼈다.

퍽! 퍽! 퍽!

그의 손이 머리를 내리쳤다. 그리고 그녀의 쇄골 뼈를 내리치자 숨이 턱하고 막혀왔다.

"윽, 윽, 윽."

이 고통의 시간도 그가 지치면 끝이 나기는 했다. 이제 집에 들어가면 그가 깨끗이 피를 닦아주고 약을 발라주며 울면서 미안하다고 하겠지? 지겨웠다.

"더러운 년, 다시는 다른 놈에게 꼬리치지 않겠다고 말해!"

"미안해요, 다시는 안 그럴게요."

그의 마지막 대사였다. 그냥 아무런 잘못 없이도 미안하다고 해야 끝이 났다. 이제 흘릴 눈물도 없었다.

철컥!

차 문이 드디어 열렸다. 차 밖으로 나감과 동시에 그는 너무나 다정한 남편으로 바뀐다. 그게 5년을 살면서 한결같다는 게 신기했다. 담배를 한 대 피우겠지? 그리고 그는 마음을 가라앉히고 그녀가 앉아 있는 차 문을 열고 어김없이 사과를 할 것이다.

"채령아~ 내가 무슨 짓을 한 거지?"

그가 피투성이가 된 그녀를 다급하게 안아 들고는 집으로 뛰어들어갔다. 방으로 들어간 그는 수건에 물을 적시고는 피투성이가 된 그녀의 얼굴을 정성스럽게 닦아내 주었다.

"채령아, 많이 아팠지?"

너 같으면 안 아프겠냐는 생각이 들자 헛웃음이 났다. 블랙 코미디 같은 삶이었다. 채령은 부어서 잘 떠지지 않는 눈으로 그의 악마 같은 얼굴을 쳐다보았다. 남들은 그녀에게 결혼을 잘했다고 부럽다며 어떻게 하면 그런 자상한 신랑을 만나냐고 하는데 정말로 한번 살아보라고 말해주고 싶었다.

"아팠지? 나란 놈이 원래 그렇잖아. 네가 이해해."

다정한 신랑 역할 중인 그였다. 이제는 더 이상 버티기 싫었다. 남편의 이런 얼굴을 보면 속 깊은 곳에서부터 구역질이 나올 것 같았다. 도망칠 것이다. 더 이상은 버틸 수가 없다.

24시간, 1440분, 86400초인 하루를 누구는 그냥 헛되이 보내고 누구는 그냥 흘러가기를 바라며 누구는 그 시간이 모자라 나노 단위로 나누어 쓰고 있었다. 숨 가쁘게 돌아가는 하루의 주인공은 삼화그룹의 회장인 손현수였다. 수많은 사람들과의 악수로 인해 그의 손바닥은 손금이 사라질 지경이었다.

숨 막히게 바쁜 일정 가운데 현수는 오늘 서울호텔에 잠시 들렀다. 대원그룹의 호텔인 서울호텔은 그의 장인이었던 김우혁 회장이 만들었고 지금은 그의 전처인 선아가 운영하는 곳이었다. 오늘은 그의 전처를 보기 위함이 아닌 그의 전 장인을 만나기 위함이었다.

껄끄러운 관계였지만 어디까지나 사업은 사업이었다. 그가 호텔의 입구에 도착하자 무슨 행사가 있는지 차가 쭉 늘어서 있었다.

"회장님, 오늘 경찰의 밤 행사가 이곳에서 있다고 합니다."

그의 마음을 읽었는지 조수석에 앉은 임 비서가 호텔에 연락을 해서 알아본 모양이었다. 비서의 말이 끝나기가 무섭게 그는 차 문을 열고 20m 전방에 있는 호텔 로비로 향했다. 이렇게 지체할 시간이 없었다. 그의 뒤를 눈치 빠른 비서가 따랐다.

검은색 차량들이 쭉 늘어선 가운데 입구의 도어맨들이 차에서 내리는 사람들을 맞이하고 있었다. 우리나라 경찰들이 이렇게 의전을 받는 줄 몰랐다.

치안을 담당하고 있는 경찰들이 이렇게 가장 바쁜 연말에 송년회를 한가로이 하고 있으니 참 기가 막힐 노릇이었다. 혀를 차며 그는 바쁘게 발걸음을 옮겼다.

입구에 거의 다 왔을 무렵, 차에서 내리는 한 여자가 그의 눈을 사로잡았다. 도어맨도 그녀의 미모를 알아봤는지 얼굴에 사심이 가득한 미소를 짓고 있었다. 검은 드레스에 검은 밍크 숄을 두른 여자는 업스타일의 머리에 가벼운 화장을 했지만 그 미모가 상당했다.

그녀가 도어맨을 향해 미소를 짓는데 그 모습이 어찌나 아름다운지 그녀의 손을 잡고 있는 도어맨이 부러웠다. 하지만 그의 시선을 잡은 또 한 명의 남자가 있었다. 그녀의 뒤에 나온 남자였다. 경찰 정복을 입은 남자의 모습이 같은 남자가 봐도 당당해 보였다.

그가 보기에 남자의 생김은 여자보다 못했다. 제복을 입어 그나마 나아 보이기는 했지만 말이다. 아름다운 여자들에게는 항상 짝이 있었다.

시간에 쫓겨 사는 게 몸에 배어 있는 그는 빠른 걸음으로 호텔 로비로 향했다. 그리고 아름다운 여자의 얼굴을 가까이서 한 번 힐끗 보고는 자신의 일을 보기 위해 엘리베이터를 탔다.

방금 전 그는 아름다운 모습의 그 여자보다 자신을 매섭게 쳐다보던 남자의 시선이 생각났다. 자신의 여자를 한 번 봤다고 그런 표정을 짓다니, 자신의 여자에게 자신감이 없는 남자인 것 같았다.

"별일이군."

남의 일에 관심이 없는 그였지만 여자가 풍기는 아름다움과 묘한 매력, 그리고 남자에게서 느껴지는 살기가 계속해서 기억에 남았다.

김 회장과 만난 그는 사업 얘기를 나누고 또 빠르게 다음 장소로 이동을 했다. 시간에 쫓기기도 했지만 이혼한 전처의 아버지와 웃으면서 오랜 시간을 보내고 싶지는 않았다.

"차는 지하 주차장에 있습니다. 여기 차가 오늘 너무 많아서 로비로 뺄 수가 없었습니다."

"아니야, 오늘 같은 날은 빨리 빠져나가는 게 우선이니까. 잘했어."

비서에게 이렇게 말을 한 그는 지하 주차장에 도착을 했다. 연말 행사와 겹쳐져서 그런지 오늘은 지하 주차장도 만차여서 가장 아래층에 차를 댔다. 현수는 한숨을 지었지만 그건 운전사나 비서의 잘못은 아니었다.

"죄송합니다."

"연말이라서 그렇지 자네 잘못이 아니야."

지하 5층에 도착하자 엘리베이터의 문이 열렸다. 지하 5층에 내린 그는 입구로 향하다가 비상계단에서 키스를 하고 있는 남녀 때문에 깜짝 놀라 가던 길을 멈추었다. 그들도 구석진 자리라 방해받지 않고 키스를 하려다가 그를 보고는 깜짝 놀란 눈치였다.

남자가 비상계단의 열린 문을 손으로 닫았다. 잠시 스치듯이 보았지만 그는 호텔 로비에서 보았던 남자였다. 하지만 키스를 하고 있는 상대 여자는 아까 보았던 아름다운 여인이 아니었다. 남자는 지금 아름다운 파트너를 두고 다른 여자와 열정적으로 키스를 하고 있는 것이었다.

"미인을 못 알아보는군."

"네?"

"아니야."

의아한 표정의 비서를 뒤로하고 그는 대기해 있던 자신의 차에 빠르게 올랐다. 오늘 그는 천억 원에 이르는 리조트 사업 건으로 김 회장을 만났는데 그건 머릿속에서 사라진 지 오래였다.

한 번도 사업 이외의 것에 이렇게 신경을 쓴 적이 없는 그였는데, 지금 그의 머릿속에는 도어맨을 향해 아름답게 미소를 짓고 있던 이름 모를 여자의 얼굴이 떠오르고 있었다.

"무궁화 큰 거 하나짜리면 직급이 어떻게 되지?"

"작은 무궁화 여섯 개짜리가 합쳐진 큰 무궁화는 경무관입니다."

"높은 계급인가?"

"네, 치안총감, 치안정감, 치안감 그다음이 경무관입니다."

의무경찰로 군 복무를 대신한 임 비서는 경찰 계급에 대해서 잘 알았다.

"아까 비상계단에 있던 경무관이 신경 쓰이십니까?"

"아니, 조금 우스운 상황이라서 물었어."

어차피 그와는 상관이 없는 사람들이었지만 자꾸만 생각이 났다.

"다음은 국제건설 회장님과 약속이 있으십니다."

8시가 넘은 시간이었지만 그의 일은 아직 끝나지 않았다. 이렇게 하다 보면 12시가 넘어서야 하루의 일과가 끝이 났다. 재벌의 삶이란 게 그렇게 호락호락한 게 아니었다.

차창 밖을 보며 그는 서울호텔을 보았다. 그리고 아름다운 여인을 생각했다. 수많은 미인들을 상대했지만 볼 때뿐이었다. 하지만 그녀는 뭔가가 달랐다. 예쁘기도 했지만 그의 가슴을 떨리게 만드는 그 무언가가 있었다. 다시 볼 일이 없어 더 아쉬웠다. 처음 겪는 이 떨림이 그는 싫지 않았다.

Chapter 1

4월의 봄바람이 살랑이며 채령의 긴 머리카락을 들었다가 놓았다. 가녀린 몸매를 감싸고 하늘거리는 플레어스커트에 얇은 흰색 블라우스와 짧은 카디건은 아직 쌀쌀한 날씨에는 이른 감이 있었다.

하지만 그녀가 더 추워 보이는 건 그녀의 표정 때문이었다. 주변을 두리번거리며 혹시나 아는 얼굴이 있을까 두려움에 떨며 거리를 걷고 있는 채령을 사람들이 쳐다보았다. 어쩌다 지나는 사람과 눈이 마주치면 죄라도 지은 사람처럼 눈길을 돌렸다. 그렇게 겨우 채령은 목적지에 도착할 수 있었다.

'동대문 직업소개소'라는 간판이 건물 꼭대기 층에 걸려 있었다. 서울에서 태어나 서울에서 자랐지만 동대문 시장 안쪽에 이런 오래된 건물이 있다는 건 오늘 처음 안 채령이었다.

인터넷으로 찾은 직업소개소는 그녀의 기대와는 다른 모습이었다. 전화로 집에서 상주하는 가사 도우미 자리를 구한다고 하니 세 개의 업체 중에서 이곳만이 가능하다는 연락이 왔다.

얼마나 마음을 졸이며 결심을 했는지 모른다. 폭력으로 얼룩진 결혼 생활을 정리하기로 마음먹은 채령은 힘겹게 실행에 옮겼다. 그동안 마음속으로 수천 번 생각했으나 실행하지 못했던 일을 오늘 드디어 시작했다.

아니, 그동안은 실행을 못한 게 아니라 실행을 할 수가 없었다. 남편은 자신의 지위를 이용해서 부하 경관들을 시켜 그녀를 감시하게 했다. 그녀가 뭘 하고 있는지 어디를 가는지 항상 보고받았다. 그들은 아예 그녀 곁에 있었다. 그녀를 경호한다는 좋은 말로 포장했지만 그건 엄연히 감시였다.

어제 그녀가 도망을 칠 수 있었던 건 그녀를 감시하던 경관을 남편이 갑자기 호출했기 때문이었다. 잠깐의 방심이 그녀에게 탈출의 기회를 주었다.

집에서 가지고 나온 건 캐리어 하나와 약간의 돈뿐이었다. 남편과 관련된 모든 걸 그녀는 다 두고 나왔다. 남편이 생각나는 그 어떤 것도 이제는 용납이 되지 않았다.

똑똑!

아주 오래된 사무실 문 앞에는 중국집 스티커와 일수 스티커가 빼곡하게 붙여져 있었다. 문 앞에서 채령은 잠시 망설였다. 혹시 장기 밀매나 인신 매매 같은 걸 하는 곳이 아닐까라는 불안감이 임습했기 때문이었다. 하지만 그렇더라도 집에는 가기 싫었다. 크게 숨을 고른 채령이 드디어 문을 열고 안으로 들어갔다.

"어서 오세요."

먼저 그녀에게 인사를 하는 회색빛 단발머리를 한 여자가 눈에 들어왔다. 채령은 그녀에게 고개 숙여 인사를 하고 밖과는 너무나 대조적인 깔끔한 사무실에 놀라 멍하게 그 자리에 서 있었다.

"이리 와서 앉아요."

"안녕하세요. 전화드렸던 이채령입니다."

여자의 말에 인사를 한 채령은 홀린 듯이 소파로 가서 앉았다. 소파에 앉자 여자가 그녀의 앞에 와서 앉았다. 그리고 한참을 말 없이 그녀를 쳐다보았다. 잠시 후 그녀가 컴퓨터에 올린 이력서를 프린트해서 그녀 앞에 놓았다.

"이채령 씨, 정말 할 수 있겠어?"

"네."

질문 이후에도 직업소개소의 사장은 채령을 한참이나 쳐다보았다. 긴장을 한 채령도 사장을 뚫어져라 보았다. 사장의 말 한마디 한마디에 그녀의 신경이 온통 쏠려 있는 듯했다.

"대학교도 나오고 요리자격증도 있고 교원자격증까지? 이런 조건이면 좋은 직장에 다니는 게 나을 것 같은데?"

직업소개소 사장이 안경을 치켜 올리며 그녀에게 차분한 목소리로 물었다. 작은 체구의 여사장은 마른 체격에 회색빛 단발머리를 한 오십대의 여자였다. 허름한 건물과는 다르게 직업소개소 안은 굉장히 깔끔했다. 그건 이곳 주인의 깐깐한 성격을 말해주고 있었다.

"지금 제가 오갈 데가 없어서요. 그냥 입주할 수 있는 믿을 수 있는 곳이었으면 합니다."

급한 건 그녀였다. 당분간 살아갈 돈은 있었지만 경찰인 남편의 눈에 금세 띌 것이었다. 그러니 차라리 그냥 남의 집 가사 도우미를 하면서 몇 년간 틀어박혀 있으면 그도 찾지 못할 것 같았다.

그의 말에 넘어가는 친정 부모님도 몇 안 되는 친구들에게도 도움을 청해보았지만 번번이 집으로 붙들려 들어가 정말로 죽지 않을 만큼 맞았었다. 지금은 아무도 믿을 수가 없었다.

이혼 서류는 시간이 좀 지나서 접수할 생각으로 트렁크 한자리에 소중하게 놓여 있었다. 무엇을 하더라도 신중해야 했다.

"좋아. 괜찮은 곳이 있어. 급하다고 했으니까. 잠깐만 거기 앉아서 기다려 봐."

여사장은 전화를 하면서 그녀를 깊은 눈빛으로 바라보았다.

"여보세요? 여기 괜찮은 아줌마가 왔는데 그리로 보낼까요?"

사장이 전화 통화를 끝내며 그녀에게 고개를 끄덕였다. 면접을 볼 수 있게 되었다는 신호였다. 잘된 건 아니지만 뭔가 첫 단추가 잘 끼워져 가는 느낌이었다.

"채령 씨, 이거 마셔."

종이컵에 믹스커피를 타서는 건네는 여사장이었다. 어젯밤 모텔 방 안의 컴퓨터로 검색해 찾은 직업소개소였다. 이곳에서 처음 그녀를 보았지만 그녀의 눈은 10년 된 친구보다 자신을 더 이해하는 눈빛이었다.

"결혼한 지 얼마나 됐어?"

너무 자연스럽게 물어서 자신도 모르게 답을 해버렸다.

"5년요."

여사장이 맞은편 소파에 앉았다. 촌스런 화장에 유행이 지난 옷을 입고 있었지만 그래도 나름 사장의 포스를 풍기던 그녀가 그냥 엄마의 걱정스런 얼굴을 했다.

"얼마나 맞고 산 거야?"

"네?"

"아직도 얼굴에 멍 기가 그대로 있어."

맞은 상처가 다 나을 때쯤 나왔는데도 남들의 눈은 속일 수가 없었다.

"집은 언제 나온 거야?"

"어제요."

"애는?"

"두 번 유산했어요."

모르는 사람에게 정말 개인적인 얘기를 하는 건 처음이었다. 좋은 일도 아니고 말이다.

"그래, 잘했어. 굳이 맞고 살 필요는 없어. 요즘 같은 세상에."

왜 이 사람이 자신에게 이렇게 친절하게 구는지 이유를 알 수는 없었지만 너무나 고마운 마음에 주책없이 눈물이 흘러내렸다.

"이해해 주셔서 감사해요."

"아니야."

그러면서 채령의 손을 따뜻하게 잡아주었다. 사장의 손을 본 채령은 순간 놀라고 말았다. 손가락 두 개가 없었다. 사고를 당했나 보다라고 생각을 하고 채령은 모른 척하며 그녀의 손을 더 힘껏 잡았다.

"남편이 부엌칼로 잘랐어."

"네?"

"나도 채령 씨처럼 가정 폭력의 피해자라서 눈빛만 봐도 알아. 그리고 여기는 그런 사연이 있는 여자들이 많이 오니까 너무 무서워하지 마."

처음에는 그녀의 반말이 조금 거슬렸지만 얘기를 듣다 보니 여사장도 보통 험난한 인생을 산 게 아닌 것 같았다.

"보니까 이런 일 할 사람 같지는 않아서 말이야. 이번에 소개해 준 곳은 5살짜리 여자아이를 키워야 하는 집이야. 재벌가라 달리 신경 쓸 건 없어. 오로지 아이에게만 집중하면 돼."

재벌가라니, 설마 진짜 우리가 생각하는 그런 재벌가일까? 라는 생각이 들기는 했지만 채령은 지금 아무 곳이나 상관이 없었다. 그래서 기쁘게 대답을 했다.

"네."

"거기 집사가 나의 은인 같은 사람이야. 그 집의 모든 메이드는 내가 다 소개해 주거든."

"네, 정말 잘할게요."

"조금 있으면 차가 올 거야. 내 생각에는 면접을 보나마나 붙을 것 같아. 잘 지냈으면 해. 옛날 일은 잊고 살아."

"……."

과연 그와 함께 살았던 악몽 같은 5년을 잊을 수 있을까? 절대로 그렇게 되지는 못할 것 같았다.

1시간쯤 사무실에서 기다리니 양복을 단정히 입은 남자가 들어와서 그녀를 차에 태우고 성북동의 고급주택으로 들어갔다. 손이 떨려왔지만 지금은 오로지 이 집에서 일을 하게 되는 행운만을 생각하기로 했다.

그녀도 성북동의 고급주택만큼은 아니어도 고급빌라에서 결혼 생활을 했었다. 하지만 집 안에 들어서자 부유하게 자란 그녀도 혀를 내두를 정도의 차원이 다른 집의 규모에 깜짝 놀랐다. 이놈 의 기는 다 죽어서 없어진 줄 알았는데 자꾸만 또다시 죽었다.

넓은 정원에는 4월이라는 게 무색할 정도로 푸르른 식물들이 가득했다. 모두가 사철나무들인 것 같았다. 넓은 잔디밭 구석에는 아이가 놀 수 있게 어린이집 앞마당처럼 놀이 기구들이 있었다. 확실히 클래스가 다른 곳이었다.

붉은색 벽돌로 된 집은 겉에서도 웅장해 보이는데 문을 열고 안 으로 들어가니 입이 다물어지지가 않았다.

"새로 온 유모인가?"

검은 정장을 입은 남자가 까다로운 눈빛으로 천천히 훑어보았 다. 50대 후반쯤으로 보이는 남자는 흰머리가 많아 회색빛을 띠는 머리를 올백으로 잔머리 하나 없이 깔끔하게 넘기고 멋들어진 보 타이를 하고 있었다. 영화에서 나오는 집사의 전형적인 모습인 그 는 그녀가 마음에 안 드는지 인상을 펴지 않았다.

"이리로."

그의 말에 떨리는 마음으로 그 뒤를 따랐다. 집이 넓었지만 그 가 다니는 동선은 마치 정해져 있는 듯했다. 한참을 그를 따라가

자 주방이 나왔고, 그가 지나가자 주방에 있는 요리사들이 인사를 하며 힐끔힐끔 채령을 쳐다봤다. 정말로 초라한 느낌이 들었다.

"앉아요."

"네."

주방을 지나자 그의 사무실이 나왔다. 작지만 그의 겉모습처럼 너무나 깔끔한 사무실이었다. 마주 앉아 가까이 그의 얼굴을 보자 꼭 학생주임에게 불려온 학생의 기분이었다.

"이력서는 가지고 왔나요?"

"아니오, 제가 경험이 없어서 이력서는 준비하지 못했습니다."

직업소개서의 이력서는 컴퓨터에 입력을 한 것이었기 때문에 종이 이력서는 준비하지 못했다. 경험 미숙이었다.

채령은 지금까지 살면서 이력서를 내본 경험이 없었다. 영문학을 전공하고 대학을 졸업한 후 바로 유학을 다녀왔고, 귀국해서는 대학원에 들어가 계속 공부를 했었다. 그녀의 꿈은 대학에서 강의를 하는 것이었다. 하지만 부모님의 성화에 못 이겨 남편과 바로 결혼을 하는 바람에 그녀의 꿈은 사라졌다.

"그럼 이력을 말해봐요."

"저는 영문학을 전공했습니다. 어려서부터 무용을 해서 이 집의 다섯 살 예쁜 따님도 발레에서부터 재즈댄스까지 다 가르쳐 줄 수 있습니다. 그리고 영어뿐만 아니라 학습적인 면에서도 잘 가르칠 수 있습니다."

"……"

앞의 남자는 여전히 말없이 쳐다보았다. 뭔가 답을 잘못한 것 같았다. 뭐지? 도통 알 수 없는 집사의 표정을 따라 채령의 표정도 점점 어두워졌다.

"엄마처럼 키우겠습니다. 사랑을 담아서."

그의 인상이 조금은 펴졌다.

"좋아요. 갑자기 아가씨의 유모가 개인 사정이 생기는 바람에 고향으로 내려갔어요. 그래서 급하게 구하기는 하지만 우리 아가씨가 워낙 귀한 분이라 아무에게나 맡길 수는 없어요."

그의 말에는 이 집의 꼬마 아가씨에 대한 애정이 듬뿍 묻어났다.

"잘할 수 있습니다. 맡겨만 주세요. 아니, 며칠 지켜보시고 마음에 안 드신다면 그때 해고하셔도 됩니다."

급한 건 그녀니까 매달릴 수밖에 없었다. 지금은 밖을 활보하고 다닐 때가 아니었다. 남편에게 붙잡힐 때 붙잡히더라도 지금은 아니었다.

"좋아요. 그럼 며칠 동안 지켜보도록 하죠."

"감사합니다."

다행이었다. 일단은 집으로 돌려보내지 않는 것만으로도 감사했다. 며칠 동안 그녀는 정말로 최선을 다할 것이다. 지금은 이것이 그녀의 하나뿐인 목숨을 남편으로부터 보호받는 유일한 방법이었다.

"채용된 건 아니지만 예전 유모가 쓰던 방을 임시로 쓰도록 하고 우선은 아가씨를 보러 가도록 하죠."

"네."

"아가씨께서 싫다고 하시면 그때는 바로 해고되는 걸로 알아요."

"네."

"짐은 여기다 둬요. 조금 있다가 내가 옮겨놓을 테니."

그리고 그가 자리에서 일어났다. 그의 뒤를 따라가는 동안 채령은 온몸이 떨려왔다. 이제는 이 집의 작은 꼬마 아가씨에게 모든 게 달려 있었다.

"제가 뭐라고 부르면 될까요?"

"난 홍만기 집사예요. 모두들 나를 홍 집사라고 부르지요."

다소 여성스러운 그의 말투가 채령은 신기했다. 하지만 그의 매무새나 행동은 오랜 세월 집사로서의 연륜이 묻어나 아주 흠잡을 곳 없이 완벽했다.

"네, 홍 집사님. 저는 이채령입니다. 그냥 이름으로 부르셔도 됩니다."

"……."

그가 다시 몸을 돌려 걷기 시작했다. 차갑지만 굉장히 이성적이며 공평한 사람 같았다.

집 안은 넓었고 처음 온 사람은 이 미로 같은 집에서 길을 잃을 것 같았다. 구불구불한 복도를 지나 2층으로 올라가는 계단을 오르고 또 구불구불한 복도의 어느 중간쯤 도착하자 그가 발을 멈추었다.

똑똑!

방문을 열자 체리 원목으로 가득한 집 안의 무거움과는 별개의 공간이 드러났다. 온통 핑크와 키티 인형이 가득한 공주님의 방이었다.

"우아앙~ 유모 불러줘~"

아이의 울음소리가 힘이 빠져 있었다. 얼마나 울었는지 목소리도 쉬어 있는 것 같았다. 엄마와 같은 유모일 것이다. 태어나면서부터 이틀 전까지 엄마처럼 자신의 옆에 있었던 유모가 사라지자 아이는 온몸으로 슬픔을 표현하고 있었다.

아이의 옆에는 메이드의 검정색 치마 유니폼을 입은 여자 둘이 서서 쩔쩔매고 있었다.

"아가씨, 밥은 드셔야지요."

"싫어, 아앙~"

아이가 바닥에 앉아 발을 동동 구르고 있었다.

"미진 씨하고 유정 씨는 나가서 볼일 봐요."

"네, 홍 집사님. 식사도 안 하시고 울기만 하시네요."

메이드 중에 한 명이 그렇게 말하고는 기다렸다는 듯이 둘 다 방을 빠져나갔다.

"제가 잘 달래서 밥을 먹여볼게요."

오늘의 첫 과제가 눈앞에 펼쳐졌다. 등을 돌리고 앉아 계속 우는 아이와 이제부터 정면 승부를 봐야 했다.

'아가씨, 오늘은 날 위해 울음을 그쳐 줬으면 해요. 아가씨가 그치지 않으면 내가 울어야 하거든요.'

채령은 이렇게 속으로 말하며 울고 있는 아이의 곁으로 향했다.

도심 한가운데 한국의 멋을 그대로 간직한 이곳은 청색 기와지붕이 멋스러운 우리나라에 하나뿐인 기방이었다. 아름다운 청색 기와와 푸른 소나무가 보는 이들로 하여금 절로 미소가 나오게 만드는 이곳의 이름은 푸른 구름을 뜻하는 청운각이었다.

이곳의 대청마루에서 술 한잔을 마시고 넓은 마당을 내다보고 있으면 푸른 소나무와 하나가 되어 하늘을 떠다니는 느낌이라고 해서 풍류를 아는 선비들이 이름을 지었다고 한다. 현수는 이렇듯 이 이름마저 매력적인 청운각을 모처럼 찾아왔다.

이곳이 좋은 이유는 들어서면서부터 맡을 수 있는 솔잎 향 때문이었다. 서울에서 이렇듯 자연의 향을 자연스럽게 느낄 수 있는 곳은 산이 아니라면 이곳뿐일 것이다.

"오셨습니까?"

어찌 보면 과하다 싶은 짙은 빨강색의 한복에 가채까지 한 여인이 너무나 우아하게 인사를 건넸다.

"그래, 어른께서는 오셨는가?"

"네."

이곳의 주인인 매향은 50대의 기생이었다. 나이를 알지 못한다면 삼십대로 보이는 그녀는 한국에 몇 남지 않은 전통적인 기생으로 기품이 넘치는 여자였다.

한자를 좀 안다 하는 사람들도 그녀의 한시 실력에는 혀를 내두를 정도로 그녀의 문인다운 깊이는 끝이 없었다. 거기에 훌륭한 가야금 실력까지, 그녀가 왜 이곳의 주인인지 잘 보여주고 있었다.

그녀가 안내하는 곳으로 향하는 동안에도 솔잎 향과 매향에게서 나는 사향이 그의 코를 간질였다.

"손 회장님 오셨습니다."

"그래."

안에서 탁하게 잠긴 대답 소리가 들리자 매향이 문을 다소곳하게 열어주었다.

"어르신, 저 왔습니다."

"아이고, 손 회장."

현수의 눈앞에 이 나라의 정치를 흔드는 사람이 앉아 있었다. 김영수. 이름 석 자만으로도 나는 새조차 떨어뜨릴 수 있다는 정계의 일인자이자 차기 대권을 노리는 권력의 실세인 그를 모두가 어르신이라 불렀다.

정치와 돈은 분리해서 생각할 수 없는 관계였다. 우리나라 권력의 일인자가 우리나라 경제계의 일인자인 현수를 찾은 이유는 너무나 뻔한 것이었다.

능구렁이 영감 같으니라고.

"제가 먼저 찾아뵈었어야 하는데 죄송합니다."

현수는 깍듯하게 그에게 예를 표했다. 굽히느니 부러질 것 같은 강한 성격의 소유자인 현수도 상대에 따라 몸을 숙일 때가 있었다. 기분이 좋지는 않았지만 오늘은 확실하게 몸을 숙여야 하는 상대였다.

"아니야, 바쁜 사람 아닌가?"

찬찬히 살피는 듯이 쳐다보는 그의 눈초리가 마음에 들지 않았지만 지금 현수의 위치는 철저하게 그보다 낮았다. 벼락이 쳐서 그가 죽지 않는 이상 그가 다음 대권을 잡는 건 당연했다. 그런 그에게 밉보였다가는 기업을 운영하는 데 커다란 문제가 생길 것임은 아무리 머리가 나쁜 사람이라도 다 알 것이다.

"손 회장은 이번 남해안 사업에 관심이 많다지?"

처음부터 직설적으로 나오는 어르신 때문에 현수는 절로 인상이 써졌다. 너무 노골적인 그의 말이라 거부감이 생겼지만 왠지 오늘은 정신을 바짝 차리고 대처해야 할 것 같았다.

"네."

현수의 대답에 그가 입꼬리를 올리며 미소를 지었다. 그의 간결한 대답이 마음에 든 눈치였다.

"한잔하지."

그가 백자 호리병에 담긴 술을 따라주었다. 잔에서 배꽃 향이 은은하게 올라왔다.

"아버님은 평안하신가?"

"지금 강릉 별장에서 요양 중이십니다."

삼화그룹의 창립자이자 한국 경제의 거물인 자신의 부친 손철우 회장은 어르신도 어려워하는 분이셨다. 강한 카리스마와 부드러운 리더십을 동시에 갖춘 그가 보기에도 굉장한 수완의 사업가였다.

한국 경제를 호령하던 아버지가 사업을 뒤로하고 강릉에 있는 별장으로 가실 수밖에 없었던 건 암 투병 때문이었다. 두 번의 암 수술은 아버지가 사업에서 손을 떼게 만들었다. 하지만 그래도 아직 아버지의 영향력은 상당했다.

"난 자네 아버님이 좋고, 삼화그룹이 좋아. 그 남성적인 느낌이 참 마음에 들거든."

남해안 사업을 얘기하다가 갑자기 말을 돌리는 그 때문에 현수는 조금 당황스러웠지만 이 늙은 여우에게 말리고 싶지는 않았다.

정갈하게 담긴 음식들이 상다리가 부러지게 차려져 있었지만 그는 안주에는 손도 대지 않고 연신 술만 마시고 있었다. 현수도 그의 보조를 맞추어 좋아하지도 않는 술을 연거푸 마셨다.

"내가 이번에 대선에 나가려 하네."

오늘 어르신은 직설로 콘셉트를 정하신 것 같았다. 아주 당황스럽게 말이다.

"알고 있습니다. 최선을 다해 돕겠습니다."

숨도 안 쉬고 바로 대답하는 현수를 어르신이 흡족한 시선으로 바라보셨다. 이럴 때는 상대의 보조를 맞추는 게 최선이었다.

"자넨 자네 아버지와는 달라."

"네?"

"더 무서운 구석이 있어."

"……."

"그게 아주 신경에 거슬려. 하지만 자네가 나의 편이라는 확신이 든다면 난 천군만마를 얻은 것이나 다름없지."

직설적으로 자신이 원하는 것을 말하면서도 어르신은 또한 그를 경계했다.

"과찬이십니다."

"아니야. 어떤가, 나의 오른팔이 되어주겠나?"

"원하신다면 양팔과 양다리도 되어드릴 수 있습니다."

"좋아. 한잔하지."

그가 현수의 잔에 다시 술을 부었다. 잔을 받으면서 현수는 그의 표정을 살피는 것을 잊지 않았다. 만족스러운 표정이었다.

"왼팔은 좀 있으면 도착할 거야."

"……."

오늘 현수만 만나는 것이 아니었다. 도대체 이 늙은 여우가 뭘 생각하고 있는 거지? 돈만 주면 된다고 생각을 했는데 또 다른 꿍꿍이가 있는 것 같았다.

"어르신, 손님 오셨습니다."

밖에서 매향의 목소리가 들렸다. 매향이 직접 손님을 모시고 온 걸 보니 중요한 손님은 맞는 것 같았다.

"어, 그래."

문이 열리고 누군가가 들어왔다. 향기가 방 안에 은은하게 퍼지는 것이 여자인 듯했다. 그리고 굳이 고개를 돌리지 않아도 그녀가 누군지 알기에 앞에 어르신이 있거나 말거나 현수의 이마에 내천자가 그려지고 있었다.

"아저씨!"

어르신에게 아저씨라고 하며 달려들 수 있는 간이 배 밖으로 나온 여자는 그렇게 흔하지 않았다. 대원그룹의 장녀이지 지금은 후계자 수업을 받고 있는 그녀, 그리고 한때 현수의 아내였던 선아였다.

"어머, 당신도 있었어요?"

여전히 쓸데없이 밝은 성격의 선아는 현수와 아무렇지 않은 사이인 것처럼 굴었다. 프로라고 칭찬을 해주어야 할지 가만히 좀 있으라고 야단을 쳐야 할지 참 애매했다. 하긴 이제 남인데 그녀가 뭔 짓을 한들 현수와는 상관이 없었다.

"……"

삼화그룹에 시집을 오면 그룹의 한자리를 꿰차고 대원그룹을 마음껏 밀어줄 줄 알았던 그녀의 야심은 결혼 후에 물거품이 되었다. 거기다가 금세 임신을 하게 되어 그녀에게는 꿈같은 신혼도 거의 없었다.

하지만 가장 그녀를 견딜 수 없게 만들었던 것은 여자는 철저하게 집안일을 해야 한다는 그의 사고방식이었다. 자신의 안사람은 집안 살림만을 하길 원하는 보수적인 성격의 소유자였다.

당시 막 대기업의 반열에 들어선 대원그룹은 선두주자인 삼화그룹의 도움을 받을까 고민하던 차에 사돈을 맺는 방법을 택했다. 삼화는 대원그룹을 밀어주고 또 대원그룹은 삼화그룹이 건설 산업에서 독과점을 할 수 있게 도와주며 서로 윈윈하는 방법을 선택한 것이었다. 진짜 사업상 파트너가 되기 위한 정략결혼.

하지만 결혼 생활은 오래가지 못했다. 처음에는 현수도 자신의 부인인 선아를 달래도 보았지만 그녀는 한 살 된 은지마저 포기하고 자신의 야망을 충족하기 위해 결혼한 지 2년 만에 집을 나갔다.

"나의 왼팔일세. 나와 대원 회장이 죽마고우라서 누구보다 믿을 수는 있지만 대원은 한계가 있어."

그래서 삼화그룹이 필요한 것이었다. 거기에 친구로서의 의리를 지키기 위해 어르신은 대원을 놓지도 않았다.

"나에게 도움을 준다면 그에 따른 대가도 있어야겠지. 내가 남해안 사업을 삼화그룹에서 주도적으로 할 수 있도록 힘이 되어주지. 물론 나도 삼화에 다 맡기고 싶지만 사업 자체가 워낙 커서 삼화만으로는 힘들어. 하지만 삼화가 주도적인 그룹이 된다면 우리나라의 어떤 그룹도 삼화에 견줄 수가 없게 되는 것이지."

"감사합니다."

그가 이 자리에 온 이유의 확답을 듣고 나니 선아를 봤을 때의 벌레 씹은 기분이 조금이나마 나아졌다.

"둘은 왜 이혼을 한 거야?"

"아저씨, 그런 건 물어보시는 거 아니에요."

그렇게 얘기를 하며 어르신에게 술을 따라 드리는 그녀를 보면서 현수는 속에서 울화가 치밀이 올랐다. 너무나 아무렇지 않은 그녀의 모습에 화가 났다. 그에 대해서는 잊어도 상관없지만 딸인 은지는 달랐다.

생각이 없어도 이렇게 없을 수는 없었다. 아무 말 없이 집을 나가 변호사를 통해 이혼 서류를 일방적으로 보낸 후로 그녀는 은지를 보기 위한 그 어떤 노력도 하지 않았다. 자신이 아이를 낳았다는 것조차 잊고 사는 여자 같았다.

은지는 엄마라는 존재도 모르고 살고 있다. 하늘나라로 갔다고 얘기를 했더니 엄마는 하늘에 사는 사람이라고 생각하는 모양이었다. 집을 나가서 한 번도 딸의 얼굴을 보지도 않는 여자였다. 차라리 죽었다고 생각하게 하는 게 나았다.

어쨌든 불편했지만 서로의 실리를 찾은 자리였다. 어르신과 얘기를 잠시 더 나눈 후 현수는 조심스럽게 자리에서 일어났다. 그건 선아도 마찬가지였다. 눈치 빠른 매향이 어느 정도의 시간이 흐르자 바통을 터치하러 들어와 주었기 때문이었다.

"현수 오빠~"

뒤에서 소름 끼치게 다정한 목소리로 선아가 부르는 소리가 들렸다. 그냥 무시하고 가고 싶었지만 그녀의 걸음이 더 빨랐다.

"오빠!"

뒤를 돌아보자 수술로 풍만한 가슴을 들썩거리며 선아가 그를 급하게 잡았다.

"사람이 부르는데 좀 쳐다보지."

현수는 선아의 손을 슬며시 밀어냈다.

"사람?"

"아~ 맞다. 오빠는 나를 사람 취급도 안 했지?"

비꼬듯이 말하는 것이 뭔가 밑밥을 던질 기세였다.

"오빠라고 하지 마. 역겨우니까."

"뭐, 알았어요. 손 회장님. 우리는 남해안 사업에 10%만 참여할 생각이에요. 나머지는 삼화에서 해요."

"뭐?"

"말한 그대로예요."

남해안 사업의 규모는 실로 어마어마했다. 그걸 대원그룹에서 10%만 차지한다는 게 더 의심스러웠다. 50%가 아니고 말이다.

"사실 돈만 있으면 우리가 50% 정도를 하고는 싶지만 알다시피 선거 자금까지 대주고 나면 우리에게는 버거운 사업이에요. 돈을 끌어다가 하기에는 너무 위험 부담도 크고, 그렇다고 최대의 수익을 가져다줄 남해안 사업을 포기하기도 그렇고. 그래서 내린 결론이에요."

사업적인 수완은 통만 큰 그녀의 아버지보다 나은 여자였다.

"그걸 왜 나에게 말하지?"

"몇 년을 함께 산 의리라고 해두죠."

대원은 건설이 주된 사업인 기업이었고 삼화는 그룹 내에 건설사가 있었다. 건설도 비중이 있었지만 다른 사업도 건설만큼 컸다. 건설사만을 놓고 본다고 해도 삼화가 대원보다는 훨씬 컸다. 여러모로 대원은 삼화에 상대가 되지 않았다.

하지만 지금은 조금 상황이 달랐다. 이 사업의 핵심을 쥐고 있는 어르신은 대원과 더 가까웠기 때문에 선아의 말을 완벽하게 무시하기는 쉽지 않았다.

"당신에게도 의리라는 게 있었군."

"물론 작은 조건이 있어요."

그럼 그렇지, 선거자금을 삼화그룹보다야 덜 내겠지만 그래도 많은 돈을 쓸 대원에서 이 정도로 만족하지는 않을 것이다.

"우리에게는 도로건설권을 줘요."

건설로 먹고 사는 대원그룹이 남해안 건설의 핵심을 하겠다는 것이었다. 말 그대로 노른자만 달라는 얘기였다.

"생각해 봐요. 아니다, 그렇게 해줘요. 우리는 쪼금 갖겠다는 건데. 알았죠?"

선아가 윙크를 날리고는 가버렸다. 이렇게 말을 해보면 또 정 떨어지게 가벼운 여자이기도 했다. 다시는 이렇게 부딪치고 싶지는 않았다.

하지만 지금 현수가 화가 나는 건 건설 건 때문이 아니었다. 오늘 선아는 딸에 대해 한마디도 묻지 않았다. 아예 은지의 존재 자체도 잊은 듯했다.

그도 사업 때문에 신경을 제대로 써주지 못하는데 엄마라는 사람이 저러니 현수는 은지가 더욱더 안쓰러웠다. 하지만 현수는 은지를 어떻게 예뻐해야 하는지 방법을 몰랐다. 핑계일지는 모르지만 결코 딸아이를 사랑하지 않는 건 아니었다. 이건 아이를 사랑하고 안 하고의 문제가 아니었다.

그냥 아빠로서 어찌해야 하는지 잘 모르겠고 아이도 그에게 다가오지 않았다. 이런 관계가 서로에게 편한 것이다.

집으로 가는 동안 피곤이 몰려들었다. 집이 아닌 그냥 회사에서 지내고 싶었다. 이렇게 왔다 갔다 하는 것도 귀찮았다. 집에서는 그냥 잠만 잘 뿐 아무 의미가 없었다.

"아~!"

하지만 오늘은 은지 엄마를 보고 와서 그런지 은지에게 미안한 마음이 들었다. 이런 미안함은 별로 기분이 좋지 않았다. 회사 일로도 머리가 터질 지경인데 집안일까지 신경 쓰는 게 그냥 달갑지가 않았다.

집에 도착한 그를 맞아주는 건 언제나 한결같은 홍 집사뿐이었다. 강원도에 있는 아버지의 별장으로 출장을 가지 않는 이상 홍 집사는 언제나 현관문에 반듯하게 서서 그를 맞았다.

"다녀오셨습니까?"

오늘도 반듯한 자세로 홍 집사가 아무도 없는 현관에서 그를 맞이했다.

"네."

"저녁식사 준비할까요?"

늦은 밤이었지만 홍 집사는 언제나 그에게 식사를 했는지 물었다.

"먹었습니다."

"네, 오늘도 고생하셨습니다."

홍 집사를 지나쳐 2층 자신의 방으로 올라가는 계단을 향하는데 뒤에서 홍 집사가 한마디를 했다.

"유모가 그만둬서 하루 종일 우셨습니다."

"……."

갑작스러운 홍 집사의 말에 현수는 가던 걸음을 순간 멈추었다. 태어날 때부터 함께한 유모가 며칠 전에 딸이 세 쌍둥이를 낳는 바람에 고향으로 내려갔다고 홍 집사에게 들었었다.

갑작스러운 일에 아이가 놀란 것 같았지만 어떻게 위로를 해주어야 할지 솔직히 난감했다. 한 번도 품에 안은 적이 없는 딸이었다. 너무나 바빠서 솔직히 안고 놀아줄 시간이 없었다. 그런 아이를 지금 와서 어르고 달랜다는 게 어색하기는 그도 마찬가지였다.

현수는 대답할 말이 생각나지 않아 그냥 다시 걸었다. 계단을 오르는데 마음이 좋지 않았다. 아무리 사업적으로 마음이 얼어붙었다고는 하지만 은지는 자식이었다.

미안한 마음에 은지의 방문을 조심스럽게 열었다. 이렇게 아이가 자는 시간에 방에 들어오기는 난생처음이었다. 살며시 문을 열자 방에는 수면등만이 켜진 채 어두웠다. 그냥 문을 닫고 나가려다가 아이의 침대를 다시 한 번 보았다.

가까이서 은지의 얼굴을 보고 싶었지만 미안한 마음에 선뜻 발걸음이 움직여지지 않았다. 그런데 아무리 멀리서 본다고는 하지만 아이의 모습이라고 하기엔 이불 속의 형태가 컸다. 이상한 생각이 들어 현수는 침대로 다가갔다.

침대 위의 모습을 본 현수는 당황했다. 침대 위에는 은지뿐만이 아니라 여자가 누워 있었다. 아이를 품에 꼭 안고 자는 모습이 마치 아이 엄마 같았다. 이런 모습을 선아가 한 번이라도 보였다면 그는 선아와 절대로 이혼하지 않았을 거라는 생각이 들 정도로 둘의 모습은 편안해 보였다.

"회장님."

뒤에서 홍 집사가 그를 불렀지만 그가 검지손가락으로 입술을 가렸다. 모처럼 은지의 평화로운 잠을 방해하고 싶지 않았다. 현수는 홍 집사와 함께 아이의 방에서 조용히 나왔다.

"누굽니까?"

현수가 홍 집사를 바라보며 물었다.

"오늘 새로 들어온 유모입니다. 아가씨와 함께 잠이 든 모양입니다."

"그건 봐서 알고 있습니다."

"오늘 하루 종일 음식도 드시지 않고 울기만 하셨는데 다행히 새 유모와 잠이 드셨네요."

"유모 이력서 가지고 오십시오."

넥타이를 풀며 그가 말했다.

"그게, 유모가 이력서를 가져오지 않아서요. 내일 작성해서 저녁에 보실 수 있게 하겠습니다."

현수는 넥타이를 풀다 말고 홍 집사를 쳐다보았다. 뭐든 완벽하게 처리하는 홍 집사가 직원의 이력서를, 그것도 이 집에서 가장 중요한 사람인 은지를 가장 가까이서 돌볼 사람의 이력서를 받지 않고 채용했다는 게 의아했다.

"정말입니까? 이력서를 안 받은 게?"

"네, 확실한 사람에게 추천받은 사람입니다. 제가 보기에 사람이 거짓말을 할 것 같지 않았습니다."

"알았습니다. 그나저나 새 유모를 은지가 마음에 들어해야 할 텐데……."

"마음에 들어하실 것 같습니다."

홍 집사가 모처럼 미소를 띠며 말했다. 그가 이런 표정을 지을 때는 그만큼 자신감이 있다는 얘기였다. 하긴 은지가 유모에게 꼭 안겨 있는 모습이 그가 보기에도 편안해 보였다. 그는 은지의 방 옆에 있는 자신의 방으로 들어갔다.

고단한 하루였다. 비단 오늘만 이렇게 바쁘고 힘이 든 건 아니지만 오늘따라 지치고 피곤했다. 그건 아마도 예상치 않게 선아를 보았기 때문일 것이다. 그의 가장 잊고 싶은 기억이 선아였기 때문에 그런 그녀를 우연히 마주친 것 자체가 온몸에 일 년 치 피로가 쌓일 만큼의 스트레스로 다가왔다.

"후~"

한숨을 내쉬며 그는 드레스룸 쪽으로 무거운 발걸음을 옮겼다. 옷들이 꽉 차 있는 그의 드레스룸은 굉장히 컸다. 벽 둘레로 시스템 행거가 잘 정돈이 되어 있었다. 슈트와 와이셔츠가 주로 많았지만 말이다.

그는 드레스룸으로 들어가자마자 빠른 속도로 슈트를 벗기 시작했다. 자신의 방에서만큼은 자유롭고 싶은 그의 손이 빠르게 움직였다. 그의 몸에서 옷이 하나씩 벗겨질 때마다 조각 같은 몸이 드러났고, 완벽하게 나체가 되어서야 드레스룸에서 나왔다. 조각가가 심혈을 기울여 만든 완벽한 바디라인의 조각상이 살아서 움직이는 것 같았다.

욕실로 들어간 그는 차가운 물줄기를 맞으며 하루의 고단함을 지웠다. 내일도 이렇게 바쁜 날이 될 것 같았다. 내일은 그룹 임원들과의 미팅이 아침부터 잡혀 있었다. 아버지는 이런 힘든 자리를 그에게 5년 전에 물려주고는 지금은 아주 평화로운 노년을 즐기고 계셨다.

샤워를 마친 그는 하품을 하면서 침대로 향했다. 침대에 거의 다 왔을 때 그는 방 안에 그 혼자만이 아니라는 걸 알았다. 그리고 그는 자신의 눈을 의심했다. 어떤 여자가 그의 방문 앞에 서 있었다.

"누구지?"

그는 얼음처럼 차가운 음성으로 물었다. 완벽한 나체의 몸을 가리지도 않았기에 아마 여자가 더 당황했을 것이다. 하지만 자신의 영역에 들어온 그녀의 잘못이지 그의 잘못은 아니었다.

"유, 유모입니다."

놀란 여자가 말을 더듬거렸다.

"유모?"

아까 은지를 안고 자던 그 유모였다.

"유모가 여기는 왜 있지?"

"아가씨 방에서 깜빡 잠이 들었었습니다. 숙소로 나가는 길을 몰라서 헤매고 있는 중이었습니다. 죄송합니다."

그녀가 눈을 바닥을 향해 내리깔고는 문을 열고 나가려 했다.

"악!"

뒤로 물러서다 중심을 잃고 넘어지기까지 한 여자는 순식간에 벌떡 일어나는 신공을 보여주었다.

"괜찮나?"

"네, 괜찮습니다."

어쩔 줄 모르는 여자가 갑자기 안됐다는 생각이 든 현수였다. 보통 이럴 때는 그냥 무시하는 스타일인데 오늘은 자신이 좀 이상했다. 괜찮냐고까지 물었으니 말이다. 이왕 이상해진 거 그는 그냥 끝까지 친절하기로 했다.

"잠깐."

현수는 아무렇지 않게 가운을 걸치고 유모에게 다가갔다. 그가 가까이 오자 당황을 한 유모가 얼른 문고리를 잡았다. 진짜 도망갈 생각인 것 같았다.

"여기가 미로처럼 좀 복잡하기는 하지. 따라와."

"아닙니다."

"아침까지 별채로 가는 길을 찾지도 못할걸?"

그는 그녀를 데리고 자신의 방을 나와 별채까지 데리고 갔다. 피곤해 죽겠는데 그는 이상하게 새로운 유모에게 호의를 보이고 있었다. 아마도 은지를 따뜻하게 안아준 고마움의 표시 같은 것이었다. 아무리 미물이어도 자기 새끼에게 잘하면 잘해주고 싶은 법이니까 말이다.

"왜 은지와 같이 잤나?"

"같이 놀다가 깜빡 잠이 든 것 같습니다. 오늘 아가씨가 많이 지쳐 있는 상태라서 금방 잠이 드셨습니다."

"전의 유모가 엄마 같은 존재였으니까."

"……."

이전 유모에 비해 아주 날씬한 여자는 약간 마른 듯했다. 푸근한 스타일은 아닌데 은지에게 하는 걸 보면 굉장히 따뜻한 여자임에 틀림없었다. 어두워서 생김새는 잘 보이지 않았지만 여자는 분명 착하게 생겼을 것이다.

여자는 말이 없었다. 얌전한 여잔데 모성애가 강한 것 같았다. 어쨌든 은지가 울지 않고 잘 따른다면 지금으로서는 그 이상 바라지 않았다.

그에게도 유모는 포근하게 느껴지고 있었다. 가운만 걸치고 이렇게 정원을 거닌 건 처음이었다. 보통 그는 자신의 방에 들어가면 옷을 다 벗고 침대에 눕기가 바빴기 때문이었다.

"저기가 별채야, 어딘지는 알고 있나?"

그가 힐끗 뒤돌아 그녀를 보며 말했다. 유모는 뭐가 그렇게 어려운지 땅만 바라보며 대답을 했다.

"네, 감사합니다."

"이제부터는 혼자 갈 수 있겠지?"

"네."

유모가 인사를 하고는 별채로 향했다. 정원을 가로질러 별채로 가는 길에는 조명이 강했다. 그래서 오는 동안 내내 보지 못했던 여자의 뒷모습이 보였다. 흰색 블라우스에 롱 플레어스커트를 입은 여자의 뒷모습은 사람들이 생각하는 통통한 유모의 모습과는 많이 달랐다.

마치 발레리나 같은 그녀의 뒷모습이 어둠 때문에 제대로 보지 못했던 그녀의 얼굴을 궁금하게 만들었다.

"이봐!"

현수는 자신도 모르게 그녀를 불렀다. 그의 부름에 그녀가 뒤를 돌았다. 마치 영화의 슬로우 모션처럼 그의 눈에는 그녀가 돌아서는 모습이 천천히 그리고 느리게 보였다. 시간이 멈춘 듯했고 조명 아래에 그녀의 얼굴이 드러났다. 그녀가 놀란 얼굴로 그를 쳐다보았다.

아름다운 얼굴의 여자였다. 그리고 묘한 매력을 풍기고 있었다. 뭐지? 이 익숙한 느낌은 뭘까? 그의 머리가 복잡해졌다.

"부르셨습니까?"

그가 고개를 흔들었다. 유모는 다시 그에게 몸을 숙여 인사를 하고 별채로 들어갔다. 이 강렬한 느낌은 뭘까? 예쁜 여자들이라면 질릴 정도로 봤다. 하지만 이런 느낌은 처음이었다. 아니, 언젠가 한번 느꼈던 것 같은데 기억이 나지 않았다.

전처는 그에게 얼음처럼 차갑다고 했다. 은지가 생긴 건 정말 기적 같은 일이었다. 너무나 바쁜 일정 탓에 그는 거의 선아와 잠자리를 하지 않았다. 손에 꼽을 정도였다. 그만큼 그는 여자에게 매력을 느끼지 못했다.

하지만 지금의 느낌은 뭔지는 모르겠지만 다른 때와는 정말 달랐다. 반가운 느낌은 아니라는 건 확실했다.

"너무 피곤한 탓이야."

그가 유모에게 특별한 감정을 느낄 리가 없었다. 요즘 너무 피곤한 탓이었다. 현수는 몸을 돌려 본채로 향하며 정신을 가다듬었지만 유모의 얼굴이 머릿속에서 가시질 않았다.

"술이 필요할 것 같군."

현수는 자신의 방으로 들어가자마자 와인 냉장고 안에서 와인 병을 꺼내 들고는 병째로 들이켰다. 하지만 혼란스러운 마음은 가시지 않았다. 거의 한 병을 다 비운 후에야 그는 침대 안으로 들어갈 수 있었다. 참으로 혼란스러운 밤이었다.

Chapter 2

탁!

그녀의 뒤로 문이 닫혔다. 철로 된 문이 소름이 끼칠 정도의 냉
기를 그녀에게 전하고 있었다. 얇은 옷 위로 금속의 차가운 냉기
가 스며들었지만 채령은 지금 아무런 생각이 들지 않았다. 심장이
거칠게 뛰고 마음 또한 불안했다. 채령은 두 손으로 심장을 지그
시 눌러 진정시켰다. 두근거림이 강하게 전해지고 있었다.

남자의 나체를 처음 보지는 않았다. 남편은 언제나 옷을 훌훌
벗고 다녔기 때문이다. 하지만 그렇게 강인한 남자의 모습은 처음
이었다. 그의 너무나 남성스러운 조각 같은 몸에 놀란 그녀는 문
을 열고 빠르게 도망쳐 나올 기회를 잃어버렸다.

"미쳤어."

그녀의 입에서 힘없이 세 글자가 튀어나왔다. 지금 남자의 몸이나 보며 감탄을 할 상황이 아니었다. 거기다가 이 집의 주인이라니, 혹시나 자신이 방을 잘못 찾은 것 때문에 내일 아침이면 어렵게 구한 이곳에서 해고가 되는 건 아닌지 불안감이 엄습했다.

하루 종일 너무 긴장을 한 탓인지 아이를 안고 그대로 잠이 들었었다. 작은 몸이 지치고 지칠 때까지 우는 모습이 자신의 모습과 같아 보여서 채령은 아이를 온몸으로 안았다. 작은 심장이 잦아들고 지친 잠을 잘 때 채령도 같이 잠이 들었고, 뒤늦게 일어나 숙소로 돌아오려고 연 문이 아이 아버지의 방이었다.

"되는 일이 없어."

채령은 물끄러미 침대 옆에 놓인 자신의 캐리어를 멍하게 보았다. 짐을 풀기 위해 나왔는데 이게 무슨 날벼락인지 너무나 속이 상했다. 무거운 발을 옮겨 겨우 침대에 걸터앉은 채령은 자신의 얼굴을 감싸고 울었다.

"이대로 집에 돌아가야 하는 거야?"

생각할수록 속이 상하고 기가 막혔다. 채령은 이 집의 꼬마 아가씨처럼 울다가 그대로 잠이 들고 말았다.

어느 순간 깜짝 놀라 일어나 보니 날이 밝아오고 있었다. 긴장을 해서 그런지 더 이상 잠이 오지 않았다.

채령은 샤워를 하고 단정하게 머리를 하나로 묶었다. 준비를 하는 내내 채령은 이 집에서 무슨 일이 있어도 버텨야겠다는 마음뿐이었다. 어제 그녀의 실수는 무릎을 꿇고 빌어야겠다는 마음으로 채령은 일찍 본채로 향했다.

7시가 안 된 시간인데 모두의 움직임이 바빴다. 이건 일찍 나온 게 아닌 것 같았다. 현관에서 홍 집사가 누군가와 이야기를 나누고 있었다.

"안녕히 주무셨어요?"

"좋은 아침입니다."

홍 집사는 집안일을 하는 집사 같지 않고 굉장히 품위가 넘치는 사람이었다. 그가 온화한 미소로 채령을 보았다. 아무래도 아직 이 집의 주인이 그녀에 대한 이야기를 하지 않은 모양이었다. 다행이었다.

"지금 아가씨 방으로 가면 되나요?"

"아니, 아침식사부터 해요. 식당에 가면 아침밥이 차려져 있을 겁니다. 식당은 이 친구를 따라가면 됩니다."

아까부터 홍 집사와 대화를 나누고 있던 남자가 그녀를 바라보며 사람 좋은 미소를 지었다.

"아참, 식사를 마치고 내 사무실로 와요. 이력서를 써야 하니까요."

"네."

채령은 불안한 마음이 강했지만 지금 굳이 그녀가 먼저 말을 할 필요는 없다는 생각이 들었다. 정말 운이 억세게 좋다면 이 집 주인이 어제의 일을 눈감아줄 수도 있었다. 거의 낙타가 바늘구멍에 들어갈 확률과 같지만 말이다.

풀이 죽은 채령은 인상 좋은 남자를 따라 식당에 갔다. 주방 한쪽 테이블에 이 집에서 일을 하는 사람들이 앉아서 식사를 하고 있었다. 그러다 그녀의 등장에 모두가 고개를 들었다.

"안녕하세요."

채령은 얼굴이 빨개져서 인사를 했다. 선천적으로 숫기가 없는 그녀였다. 부끄러울 때는 언제나 차가움으로 자신을 방어했는데 이 집의 식구들의 따뜻한 표정을 보자 그녀의 경계심이 풀려 버렸다.

"그러고 있지 말고 식판에 음식 담아서 이쪽에 앉아요."

나이가 제법 많이 들어 보이는 아주머니가 그녀를 불렀다.

"윤 사장 전화 받았어요. 잘 챙겨주라고 하더라고. 우리도 모두 윤 사장 소개로 이곳에 왔어요. 난 5년 됐고, 여기 수진인 3년, 그리고 저기 앉은 민희는 1년 차예요."

"네, 안녕하세요."

"난 박순자예요. 여기서 집안일을 하죠."

순자가 채령에게 숟가락과 젓가락을 건넸다. 통통한 모습에 인상이 좋은 그녀는 만화 속의 푸근한 엄마 같은 인상이었다. 순자가 소개를 해준 이들도 채령에게 미소를 지었다.

"우리 아가씨 그제 유모 나가면서 거의 자지러졌는데 어제 용케 잠잠해졌어요. 보아하니 애기 엄마 같지는 않은데……."

순자가 소개해 준 수진이라는 여자가 신기하다는 듯이 말을 했다.

"아기는 없어요."

"결혼한 지는?"

"올해로 5년 차예요."

밥을 먹으며 그들은 이런저런 얘기를 주고받았고 모두 다 비슷한 처지임을 알았다. 세상에 그녀만큼 불행한 결혼 생활을 한 사람은 없다고 생각했는데 이곳에서는 명함도 내밀지 못했다.

"자자, 신세타령은 그만하고 모두 여기서 행복한 제2의 인생을 찾았으면 되는 거야."

가장 연장자답게 순자가 말했다. 밥을 다 먹은 채령은 홍 집사의 사무실로 들어갔다.

"여기다 써요."

"저기, 제가 이걸 써도 되는 건가요? 저는 지금 집에서 도망 나온 상태인데……."

직업소개소 윤 사장에게 그녀의 사정을 들어서 잘 알겠지만 이게 다른 사람에게 알려져서 경찰에 신고라도 되면 그녀는 끝장이었다.

채령이 모기만 한 소리로 말했다.

"괜찮아요. 회장님께서 보시고 말 거니까요."

"회장님이요?"

"이 집은 삼화그룹 회장님 댁이에요."

채령이 어제 본 그 사람이 우리나라 최고의 기업인 삼화그룹의 회장이었던 것이다. 그런 사람의 벗은 모습을 그대로 봐버렸으니 이력서를 쓰나 마나 그녀는 잘리는 것이었다.

"표정이 왜 그래요?"

"아닙니다."

이력서를 다 쓰고 나서 홍 집사에게 떨리는 손으로 넘긴 채령은 꼬마 아가씨의 방으로 갔다. 아홉 시가 기상이라는 이 집 아가씨는 아직 꿈나라였다. 어쩌면 이렇게 예쁘게 생겼는지 채령은 자고 있는 아이의 옆에 앉아서 땀으로 젖은 아이의 머리카락을 넘겨주었다.

"가지 마."

아이는 이전 유모의 꿈을 꾸고 있는 모양이었다. 엄마, 아빠의 이혼으로 아이는 유모가 엄마이자 친구였던 것이다. 아이의 눈에서 눈물이 흘러내렸다.

채령은 안쓰러운 마음에 아이의 눈물을 닦아주었지만 아이가 갑자기 흐느끼기 시작했다. 채령은 본능적으로 침대로 올라가서 아이를 안았다.

"괜찮아요, 우리 꼬마 아가씨."

그녀의 가슴이 아이의 눈물로 젖어들었다. 아이의 울음이 잦아들고 있을 때쯤에 누군가 방에 들어왔다.

"유모님."

"……."

채령이 고개를 돌려 여자를 쳐다봤다. 조금 전에 식당에서 본 얼굴은 아니었다. 도대체 이 집에는 일하는 사람들이 몇이나 되는지 궁금했다. 채령이 조심스럽게 몸을 일으켰다.

"홍 집사님께서 찾으십니다."

"지금 가야 하나요?"

"네, 1층 로비에서 기다리고 계십니다."

채령이 몸을 일으키자 아이가 눈을 떴다.

"으으응."

보채는 아이를 메이드에게 잠시 맡겨두고는 채령은 1층으로 향했다.

"찾으셨습니까?"

"이쪽으로."

홍 집사가 어디론가 그녀를 데리고 가는데 왠지 마음이 불안했다. 그리고 그녀는 마음이 불안한 이유를 잠시 후에 알게 되었다. 그녀가 홍 집사와 함께 들어간 곳은 이 집 주인이 식사를 하는 식당이었다.

직원들은 주방의 한 켠에서 밥을 먹었지만 이곳은 중세의 왕이 밥을 먹는 것처럼 끝도 없이 긴 식탁이 있었고, 미술에 대해서는 잘 모르지만 명화들이 벽에 쭉 걸려 있었다. 갈색 톤의 식당 분위기는 꽤 무거웠다.

"회장님."

고개를 숙이고 신문을 보며 밥을 먹던 회장이 홍 집사의 말에 고개를 들었다. 어젯밤에는 너무 놀라서 딱히 그의 모습이 잘생겼다는 것 말고는 별다른 생각이 없었지만 오늘 그녀를 바라보는 그의 눈과 마주쳤을 때 채령은 숨이 멎을 것같이 잘생긴 그의 얼굴을 멍하게 바라보았다.

거기에 어제 벗은 그의 몸까지 생각이 나자 채령은 불현듯 신은 참 불공평하다는 생각이 들었다. 앞에 앉아 있는 남자는 다 가진 남자였다.

그가 밥을 먹다 말고 손짓을 했다. 가까이 오라는 표시였다. 채령이 가까이 가자 그의 옆에 자신이 적은 이력서가 보였다.

"영문학을 전공한 내 대학 후배라……."

채령이 다닌 H학교는 명문 사립대로 삼화재단이 후원하는 학교였다. 그가 하필이면 같은 대학 선배라니 첩첩산중이었다.

『이 정도의 학력이면 우리 회사로 들어와야 하는 것 아닌가?』

『개인적인 사정이 있어서 입주할 곳을 찾다 보니 이곳에 오게 되었습니다.』

그의 갑작스러운 영어 질문에 그녀는 당황하지 않고 영어로 답했다.

『무슨 사정이지? 설마 죄를 지었나?』

『아닙니다.』

홍 집사는 중간에서 둘의 대화를 듣고 있었다. 표정을 힐끗 보니 나쁘지 않았다. 이 정도로 밀고 나가면 승산은 있어 보였다. 앞의 회장도 신중한 표정이었지만 그리 나쁜 반응은 아니었다.

"교원자격증까지 있고 이 정도면 은지의 가정교사가 더 맞겠군."

"가정교사든 하녀든 유모든 뭐든 열심히 하겠습니다."

채령의 목소리에 절박한 마음이 그대로 묻어났다. 어떻게 해서든지 이곳에 있어야 한다. 다른 곳에 갈 용기는 없었다. 아마 이 집에서 쫓겨난다면 그녀는 바로 집으로 잡혀갈 수도 있었다. 그렇게 되고 싶지는 않았다.

"결혼은 했나? 아이는?"

"이혼할 예정이고 아이는 없습니다."

이렇게 사생활을 얘기할 줄은 몰랐다. 하지만 지금은 그녀의 뼛속까지 뒤집어 까서라도 이곳에 남을 수 있다면 창피한 것은 아무 것도 없었다. 그때 누군가가 홍 집사에게 다가와 귓속말을 했다.

"회장님, 아가씨께서 유모를 찾으신다고 합니다."

그의 눈썹이 움직였다.

"하긴 유모는 은지의 마음에 드는 게 최우선이지. 가보도록."

"그럼 저는 여기서 일을 하는 겁니까?"

"우선은."

회장은 애매하게 말을 했지만 아이의 선택이라는 말은 진심인 것 같았다.

인사를 하고 나오면서 채령은 자신의 상황을 처절하게 느꼈다. 회장의 매력을 판단하고 감상할 처지가 아니었다. 지금 자신의 상황은 어떻게든 철저하게 혼자서 살아남아야 했다.

이제 꼬마 아가씨의 마음을 사로잡는 일에 최선을 다해야 했다. 채령은 서둘러 아가씨의 방으로 걸음을 옮겼다.

서울시 경찰청 안에서 바쁜 걸로 둘째가라면 서운할 최보라 경위가 오늘은 한가하게 소파에 앉아서 한 시간째 멍하게 있었다.

한 시간 전에 갑자기 준혁에게 연락이 왔다. 지금 당장 오라는 것이었다. 보고 싶다는 말과 함께 말이다.

말이 보고 싶다는 것이지, 뭔가 그녀에게 시킬 일이 있는 게 분명했다. 그는 애인이기 이전에 상관이었다.

그녀와 아무리 연인 관계에 있어도 그는 한 번도 그렇게 직설적인 애정 표현을 한 적이 없었기에 보라는 들뜬 마음으로 그의 사무실로 향했다. 그의 사무실에 이렇게 아무런 용건도 없이 간 건 이번이 처음이었다. 뭐든지 처음은 설레는 것이었다. 그의 사무실로 가는 그녀의 발걸음은 어느 때보다도 가벼웠다.

그리고 그의 사무실에 도착해서부터 한 시간째, 그녀는 기대와는 다른 모습의 그를 바라보고 있었다. 사이버수사대의 수장인 김준혁 경무관은 아침부터 부산스럽게 자신의 자리를 왔다 갔다 하고 있었다. 보라는 소파에 앉아서 아주 못마땅한 시선으로 준혁을 쳐다보았다.

"정신 사납습니다. 자리에 앉으십시오."

똑 부러지게 극존칭을 쓴 보라는 지금 못마땅함을 목소리에 가득 담아 말했다.

"그렇게 사모님이 걱정되면 가출 신고를 내고 찾으십시오."

"……."

"경무관님!"

"닥쳐!"

"경무관님, 도대체 왜 이러시는 겁니까?"

닥치라는 말을 처음 들었다. 그와 보낸 시간 동안 보라는 그가 의처증이 있다는 것도 알았고 아내에게 폭력을 휘두른다는 것도 알았지만 자신에게는 그런 모습을 보인 적이 없었는데 오늘은 좀 이상했다.

"네 일이나 잘해. 내 일에 상관하지 말고. 어디서 훈계질이야!"

준혁의 이렇게 화난 모습을 처음 보는 보라는 입을 다물었다. 한 번도 자신에게 화를 낸 적이 없는 그였다. 그가 결혼을 하기 전부터 보라는 그의 연인이었다. 그의 집안과 너무나 차이가 나는 자신의 볼품없는 집안 때문에 그의 내연녀에 머물 수밖에 없었지만 그녀는 그래도 그의 여자로 남아 있었다.

경찰계의 로열 패밀리인 그였다. 아버지는 경찰청장을 지내시다 현재 국회의원인 분이었다. 현재 직급은 경무관이었지만 그는 차기 경찰청장으로 내정이 되어 있는 것이나 마찬가지였다.

아무런 백도 없는 보라에게는 놓치고 싶지 않은 사람이었다.

"죄송합니다."

"나가 있어."

"사모님을 제가 몰래 찾을까요? 아니면 혹시 돌아오실지도 모르니까……."

그가 갑자기 그녀의 멱살을 잡았다.

"모르면 닥쳐. 돌아올 여자가 아니야."

준혁의 난폭한 모습에 보라는 당황을 했지만 지난 6년간 그녀가 들인 공을 생각해서 참았다. 성난 사자를 건드렸다가는 물려 죽기 마련이었다.

"어쩌실 겁니까?"

"생각 중이야."

여전히 준혁은 정신없이 사무실을 왔다 갔다 했다.

똑똑!

"경무관님, 청장님이 찾으십니다."

준혁에게 말을 한 이 경감이 고개를 돌려 보라를 보며 눈인사를 했다.

"왜?"

준혁의 목소리는 여전히 날이 서 있었다. 하지만 이런 준혁의 모습에 익숙한지 이 경감은 아무렇지 않게 자신의 할 말을 해나갔다.

"지금 신종 보이스 피싱 때문에 언론에서 한바탕 터졌습니다. 청장님이 심기가 아주 불편하신 상태입니다."

"지가 심기가 불편해 봤자지. 이빨 빠진 호랑이 주제에."

준혁의 말에 이 경감은 모른 체하고 있었다. 한두 번 이런 소리를 듣는 게 아닌 것 같았다. 보라는 솔직히 오늘 여러모로 놀라고 있었다. 부드럽게만 느껴지던 그의 모습에서 오늘은 난폭한 모습을 보았다.

여성 가정 폭력 전문인 그녀에게는 별로 낯설지 않은 모습이었다. 매일 하루에도 수십 번씩 보는 게 이런 종류의 남자였다.

여자들을 때리며 자신의 무능력함을 위로받는 사회의 약골인 그들이었다. 하지만 준혁은 사회적인 무능력자가 아니었다. 그는 갖출 건 다 갖춘 남자였다.

하지만 이런 부류가 더 위험군이었다. 이중적인 면이 강한 부류에 속하는데 사람들 앞에서는 완벽하지만 부인이나 집안 식구들에게는 대단히 폭력적인 이중적인 면을 가지고 있어서 더 위험했다.

그렇지만 보라는 자신이 있었다. 준혁은 그녀를 아꼈다. 아무리 마누라에게 못한다고 해도 그녀에게는 그런 적이 없었기 때문이었다. 일단은 그를 위로해서 그녀가 얼마나 그를 생각하고 있는지 어필할 때였다. 그게 나중을 위해 좋았다.

"알았으니까 나가봐."

이 경감이 나가자 눈치를 보던 보라가 자리에서 일어나 그의 뒤로 가서 슬그머니 준혁을 안았다.

"으윽!"

보라는 밖에 있을 사람들 때문에 비명을 억지로 삼켰다. 갑작스럽게 준혁이 그를 안고 있던 그녀의 팔을 잡아서 범인을 검거하듯이 꺾어버린 것이다. 팔이 뒤로 돌아간 보라는 극심한 고통을 삼키느라 정신이 없었다.

"날 건드리지 마. 너랑 살 부딪치고 있을 여유 없어. 알았어?"

"네, 알았어요."

그가 그녀의 팔을 아직도 놓지 않고 있었다. 그녀는 고통으로 몸을 부르르 떨고 있었지만 그는 그녀의 고통 따위는 신경도 쓰지 않고 있었다.

"도대체 빌어먹을 년이 어디로 간 거야. 내 손에 잡히기만 하면 사지를 찢어서 죽여 버릴 거야."

진짜로 그는 도망친 부인을 죽일 것만 같았다. 보라는 고통 속에서 느낄 수 있었다. 그의 부인이 돌아오지 않는다면 다음 희생양은 보라 자신이 될 것이라는 걸 말이다.

어떻게 해서든지 그의 부인을 찾아야만 했다. 그래야 그녀에게 예전의 평온한 삶이 돌아올 것 같았다. 부인은 그의 화풀이 대상인 것 같았다. 그에게 그런 자리를 대신할 여자가 없었다.

마치 정신병자처럼 준혁은 아내에게 완벽하게 꽂혀 있었다. 보라가 대신할 수 있는 게 아니었다. 그리고 대신하고 싶지도 않았다.

여하튼 그의 폭력적인 집착은 아내에게 집중된 것이었다. 찾아야 한다. 그래야 그녀의 일상에 평화가 다시 찾아올 것이다.

9시 정각이면 현수는 시계처럼 자신의 사무실 안으로 들어갔다. 입사 이후에 거의 시간을 어겨본 적이 없는 그였다. 그가 일찍 출근하면 직원들이 불편해했고 주로 오후 시간에 업무량이 많은 그에게는 늦은 출근이 하루를 버틸 수 있는 힘이었다.

출근할 때 차에서 보던 서류를 들고 그가 사무실로 들어서자 기다렸다는 듯이 비서실의 직원들이 일어나서 그에게 인사를 했다.

"어서 오십시오, 회장님."

그는 습관적으로 머리를 까딱하고는 회장실 안으로 들어갔다. 모던하다 못해 썰렁한 그의 사무실은 회장실이라기보다는 잠시 들러 서류를 검토하는 공간이었다. 평균 하루에 한 시간도 이곳에 있지를 못했다.

본사에 있을 때는 거의 회의실에서 살았고 나머지는 외근이었다. 만나야 할 사람들도 많았고 회사의 이곳저곳 찾아다닐 곳도 많았다. 그의 손길이 닿지 않으면 마음이 놓이지 않는 현수였다.

똑똑!

하루 중에 그가 가장 좋아하는 시간인 모닝커피 시간이었다. 임 비서가 오늘도 어김없이 커피잔을 들고 들어왔다. 임 비서가 들어오자 커피향이 사무실에 가득 퍼졌다. 그가 커피를 마시기 시작하자 임 비서는 언제나 그렇듯이 하루의 일정을 말하기 시작했다.

"잠시 후, 9시 30분부터 임원회의가 있습니다. 그리고 점심에는 동안그룹 회장님과 점심 약속이 있으십니다."

임 비서의 얘기는 그의 귀에 들리지 않았다. 지금 그는 목구멍으로 넘어가고 있는 이 쓰디쓴 액체가 주는 쾌감을 즐기고 있었다. 하루하루가 너무 바쁜 그였다. 스케줄은 비서들이 알아서 챙기면 그뿐이었다.

"끝으로 저녁식사는 김석우 의원과 약속이 있습니다."

"……."

그의 대답을 기다리지 않고 임 비서는 스케줄을 쭉 읊은 다음에 회장실을 나갔다. 커피 한잔을 마음 편히 마시며 그는 은지의 유모 얼굴을 떠올렸다.

"이혼을 할 예정이고 아이는 없다. 화려한 스펙에 사회생활 경험은 전무하다. 굉장히 부유하게 자란 것 같은데 오갈 곳이 없다?"

생각할수록 궁금한 구석이 많아지는 여자였다.

"출중한 미모에 모성애라……."

이런 매력 덩어리인 여자가 왜 이혼을 하려 드는 것일까? 그는 다시 들어오는 임 비서 때문에 정신을 차리고 회의실로 향했다.

말 그대로 숨 가쁘게 하루가 지나가고 있었다. 이제는 익숙해져서 오히려 쉬는 게 이상할 정도였다. 주말에도 그는 일을 했다. 하다못해 골프라도 치면서 그는 스케줄을 강행했다.

"오늘 저녁 약속이 스케줄의 끝인가?"

그는 리무진 안에서 서류를 검토하며 비서에게 물었다.

"네, 김 의원과의 저녁 약속이 마지막 스케줄입니다."

그는 얼굴도 들지 않고 이번 남해안 개발에 관한 서류를 검토했다. 그가 회장이 된 이래 가장 큰 사업이기 때문에 시간이 날 때마다 그는 서류를 살피고 또 살폈다.

"회장님, 도착했습니다."

김 의원은 어르신의 소개로 만난 사람이었다. 나이가 예순인데도 아직 정계에서 정력적으로 움직이고 있었다. 오늘은 남해안 사업 때문이 아닌 그냥 사적인 자리였다.

차에서 내린 현수는 오늘의 약속 장소를 쳐다보았다. 이번 주만 해도 청운각에 세 번은 들른 것 같았다. 정치인들이 유난히 사랑하는 곳이 바로 이곳 청운각이었다.

"오셨습니까?"

외형의 멋스러움도 중요했지만 그들이 자주 들르는 데에는 이곳의 사장인 매향이라는 기생이 크게 한몫했다. 대청마루에서 버선발로 반가이 맞아주는 아름다운 여인을 마다할 사내는 아무도 없을 것이다.

"그래."

"김 의원님은 안에서 벌써 기다리고 계십니다."

시간을 보니 그는 정시에 도착을 했다. 몇 번 만나지 않은 사이이기 때문에 꼬투리를 잡히고 싶지 않았다.

드르륵—

문이 열리자 방 안 사람들이 눈에 들어왔다. 김 의원만 와 있을 줄 알았는데 한 명이 더 있었다. 현수는 이렇게 상황이 바뀌는 걸 별로 좋아하지 않았다. 미리 자신에게 알렸어야 했다.

"어서 오세요."

"안녕하십니까?"

"앉으세요."

예기치 않은 상황에 현수는 저절로 인상이 써졌다. 그의 표정을 보았는지 김 의원이 서둘러 상황을 설명했다.

"제 아들입니다. 제가 손 회장님처럼 귀한 분을 만난다고 하니 인사를 드리고 싶다고 어찌나 성화던지 이해해 주십시오."

"……."

현수가 대꾸 없이 그를 바라보았다.

"안녕하십니까?"

현수는 가볍게 고개를 숙여 인사했다.

"서울 경찰청 사이버수사본부 과장입니다. 직책은 경무관입니다."

아들은 다시 자리에서 일어나 구십 도로 인사를 했다.

"제가 자식 복이 없는지 저희 집은 손이 귀해서 저도 아들 하나고 아들 녀석은 아직 자식이 없습니다."

아들을 보아하니 아이를 열 명은 낳고도 남을 만큼 정력적으로 보였다. 거기다가 눈빛도 굉장히 강한 남자였다. 의외로 어디서 본 듯한 느낌이 들었다.

"경무관님은 저와 안면이 있지 않습니까?"

"아니오, 오늘 처음 뵙습니다."

남자가 그의 말에 정색을 하며 아니라고 했다.

"이렇게 높으신 분을 제가 기억 못할 리가 없죠."

"그런가요? 낯이 익어서 말입니다."

분명히 어디선가 본 기억이 있지만 그게 어딘지를 몰랐다. 그가 아무리 많은 일정을 소화한다고 해도 이렇게 강하게 생긴 남자를 기억하지 못할 리가 없었다.

"자자, 그건 그렇고. 오늘 이렇게 모이자고 말씀드린 건 모두가 어르신의 대권에 관한 도움 때문이지요. 한편인 사람들이 친목을 도모해야 내년 대선에서 어르신이 승리를 하시는 데 도움이 되지 않겠습니까?"

김 의원의 말이 끝남과 동시에 상이 들어왔다. 그야말로 상다리가 부러지게 많은 음식들이 놓여지고 있었다. 진짜로 끝도 없이 음식들이 들어오고 있었다.

"이거 음식 때문에 타이밍을 놓쳤습니다. 허허허."

"그러네요."

김 의원은 어떻게 해서든지 재벌과 자식을 이어주고 싶어 하는 것 같았다. 김 의원의 아들이 그의 잔에 술을 따랐다.

"경무관이시라고요?"

"네, 아직은 하찮은 자리지요."

그는 이렇게 말하기는 했지만 뭔가 자신감이 느껴졌다. 아무래도 경찰청장 출신에 국회의원 아버지라면 경찰계의 로열 패밀리는 맞았다. 검찰과는 다르게 경찰은 그렇게 좋은 가문이 드물었기 때문이었다.

"미래의 경찰청장 후보입니다."

김 의원이 넌지시 말했다.

"그리고 저의 대를 이어 정치에도 입문할 아이구요."

"그러십니까? 이거 제가 잘 보여야겠습니다. 하하하."

"아닙니다. 무슨 말씀을요. 저희가 손 회장님께 잘해야지요."

그때 갑자기 김 의원의 아들이 자리에서 일어나 그에게 다시 구십 도로 허리를 굽혔다.

"잘 도와주십시오. 앞으로 회장님께 충성을 다하겠습니다."

이건 무슨 조폭들의 충성 맹세도 아니고, 현수는 마음에 들지 않았지만 성공하려고 애쓰는 그의 마음을 생각해서 아무런 말도 하지 않았다.

"앉아라. 회장님 부담되시겠다."

김 의원이 넌지시 그의 의중을 떠보고 있었다.

"아닙니다. 젊음이 이래서 좋은 거 아니겠습니까? 같은 젊은 사람으로서 서로 돕는 거죠."

김 의원의 아들은 웃고 있었지만 눈빛은 그렇지 않았다. 현수는 사람을 고를 때 가장 중요하게 생각하는 부분이 믿음이 가냐 가지 않느냐 보는 것이다. 지금 앞에 있는 김 의원의 아들은 1%의 믿음도 가지 않았다.

저런 류의 사람들은 빠른 충성의 맹세만큼이나 배신도 빨랐다. 현수는 나이는 어리지만 너무나 많은 사람들과 만남으로 인해 사람 보는 눈이 정확했다. 그건 아버지에게 배운 것도 한몫했다.

"결혼하신 지 얼마나 되셨습니까?"

"5년 차입니다."

"아직 아이가 없으시다구요?"

"네."

"우리 새아기가 몸이 약합니다. 아주 말랐어요. 자고로 여자는 통통해야 아이도 순풍순풍 잘 낳는데 걱정입니다."

김 의원의 말에 아들의 표정이 안 좋아졌다. 아이 얘기 때문인지 아내 얘기 때문인지 알 수 없었지만 전에 없이 차가운 표정이었다.

"아이는 하늘의 뜻이지요."

현수는 이렇게 말을 하고는 술잔을 기울였다. 김 의원은 계속해서 아들을 부탁했고 현수는 술맛이 점점 떨어져 갔다.

윙—

"실례하겠습니다."

급한 전화가 왔는지 김 의원의 아들이 밖으로 나갔다. 현수도 갑자기 담배 생각이 나서 밖으로 나왔다. 밤공기와 그가 좋아하는 솔향이 코끝에 다가오자 마음이 평온해졌다.

"닥쳐!"

담배에 불을 붙이다가 말고 현수는 소리가 나는 쪽을 쳐다보았다. 김 의원의 아들이 조금 떨어진 곳에서 등을 돌리고 전화를 받고 있었다. 몹시 화가 났는지 소리를 지르고 있었다.

"지금 그걸 말이라고 하나? 찾으란 말이야! 이 말 저 말 다 필요 없어. 이번에 와이프를 찾지 못하면 지난번에 마약 밀매에 대한 건은 그냥 못 넘어가. 알았어?"

그가 씩씩거리며 전화를 끊었다.

"와이프? 마약?"

현수는 그보다 먼저 방으로 들어갔다. 깨끗한 경찰은 아닌 것 같았다.

잠시 후에 김 의원의 아들이 들어와 아무렇지도 않은 표정으로 현수에게 술을 따랐다. 차가움이 느껴지는 이유가 있었다. 가까이 하고 싶지 않은 사람들이었지만 사업을 하다 보면 어떤 경우에는 이런 사람들도 필요한 법이었다.

현수는 김 의원의 식구들과 밤새 술잔을 기울였다.

새근새근 자는 아이들의 얼굴은 천사와 같았다. 깨어 있을 때는 못되게 굴어도 아이는 아이였다. 아직 은지는 채령에게 마음을 주지 않았다. 이전 유모와 너무 깊게 정이 들어버린 것이다.

하지만 은지도 누군가 자신의 옆에 있다는 게 싫지는 않은 모양이었다. 그녀에게 가라는 소리는 하지 않았다. 하루 종일 심통을 부리고 못되게 굴었어도 은지는 채령이 자신의 눈에 띄지 않으면 불안해했다.

그래도 오늘은 울지 않고 잠이 들었다. 잠든 은지의 머리카락을 쓸어 넘겨주고는 채령은 침대에서 일어났다.

우드득―

뼈에서 오늘 얼마나 힘들었는지 신호를 보내고 있었다. 아이들은 정말 지칠 줄 모르는 체력을 가지고 태어난 것 같았다. 건전지

선전에 나오는 토끼 인형처럼 하루 종일 뛰어놀았다. 채령은 웃음이 나왔다. 숙소에 들어가서 파스라도 붙여야 할 것 같았다.

채령은 서둘러 은지의 방을 치우고는 조용히 방을 빠져나왔다. 복도에 서서 채령은 잠시 두리번거렸다. 이곳은 진짜 미로 같았다. 잘못 길을 들었다가는 어제처럼 실수를 할 것 같아서 오늘 하루 종일 1층으로 내려가는 계단의 위치를 기억하면서 다녔다.

이 집은 중세시대를 연상케 만드는 곳이었다. 집 안의 벽과 천장은 체리색의 원목들로 이루어져 있었고 벽마다 명화들이 걸려 있었다. 그녀가 내려오는 계단도 체리색의 원목 난간에 붉은 카페트가 깔려 있어서 현대적인 느낌과는 아주 거리가 멀었다. 집주인은 젊은데 이곳은 100년은 더 된 집 같았다.

갑자기 소란한 소리가 들렸다. 무슨 일인가 싶어 채령은 계단을 내려오다 말고 아래를 내려다보았다. 그리고 그녀는 아래를 본 것을 후회했다. 지금은 이 집 주인의 눈에 띄고 싶지 않은데 둘의 눈이 정확하게 마주쳤다.

검은색 슈트를 입은 그는 굉장히 멋진 몸의 소유자였다. 그리고 매서운 눈빛을 가졌다. 그런 눈빛은 예전에 남편에게서도 느꼈었다. 그녀를 때리기 전에 보이는 아주 무서운 눈빛이었다.

순간 온몸에 소름이 돋았다. 집을 나온 지 이제 이틀째였다. 가족의 품이 아닌 낯선 곳에서 이틀을 보냈다. 하루는 모텔, 하루는 이 집에서 말이다.

어릴 때 가출도 해보지 않고 바르게 자란 그녀에게 이런 큰 결심을 하게 만든 건 남편의 거침없는 폭력이었다. 이제는 정말 생각하기 싫은데 불쑥불쑥 남편의 모습이 떠오르곤 했다. 아직 그의 정신적인 속박에서는 자유로워지지 못한 것 같았다. 시간이 더 필요했다.

채령은 말없이 고개를 숙였다가 들었다. 그리고 얼른 계단을 내려와 숙소로 향했다. 10평도 안 되는 공간이 그녀에게 주는 안도감은 대단했다. 그래도 하루를 보냈다고 이곳에 들어오니 마음이 편했다.

방에는 침대 하나 그리고 작은 싱크대와 냉장고, TV와 세탁기까지 갖춰져 있었다. 그냥 작은 원룸 같은 구조였다. 쉬는 날에는 하루 종일 있으면서 밥도 해먹고 커피도 끓여 먹을 수 있었다.

마음이 놓였는지 다시 허리가 아팠다. 채령은 자신의 앞방에 사는 순자에게 갔다.

딩동!

"어머, 이게 누구야. 들어와요."

"아니오, 쉬시는데……."

"괜찮으니까 들어와요. 여기 다 모여 있거든."

정말로 그 안에 아침식사 멤버들이 다 있었다. 치킨 한 마리에

캔 맥주를 마시고 있었다.

"이리 앉아요."

얼떨결에 채령은 그들과 동석을 하게 되었다.

"여긴 어인 일로?"

"허리가 좀 아파서 파스가 있으시면 빌리려고요."

그녀의 말이 떨어지기가 무섭게 순자가 약통을 들고 왔다.

"이따가 갈 때 가지고 가요. 가서 필요한 것 쓰고 돌려줘요."

언뜻 보니 약상자 안에는 없는 게 없었다.

"순자 언니한테 잘 왔어요. 언니는 만물상이에요. 이 집은 다 좋은데 쉬는 날 아니면 뭘 사러 가기가 불편하거든요."

치킨을 야무지게 뜯어 먹으며 수진이 말했다.

"몇 살이에요?"

"서른셋이요."

"막내네. 우리 편하게 말 놔도 되죠?"

"네."

평소 사람들하고 잘 어울리는 성격이 아닌데 언니들의 성격이 너무 좋아서 그녀도 금방 어울릴 수 있었다.

"여기에 있는 동안은 맘 편하게 있어. 이렇게 예쁜데 뭐가 문제였을까?"

순자 언니가 그녀의 등을 토닥여 주었다.

"그런데 예전 유모 분이 은지 아가씨를 아주 잘 돌본 모양이에요."

"잘했지. 돌이 지나자마자 사모님하고 회장님이 이혼하셨거든. 아무것도 모르는 핏덩어리를 유모가 진짜로 잘 보살폈지."

갑자기 은지가 안쓰러운 생각이 더 들었다. 모두가 어린아이에게 상처만 주고 떠나는 것 같았기 때문이다.

"그러니까 여기서 오래 있어. 아가씨 마음 아프게 하지 말고."

"네."

채령은 맥주가 넘어가지 않을 정도로 마음이 짠했다. 채령은 언니들과 한동안 수다를 떨고 자신의 방으로 돌아왔다. 파스를 허리에 붙이고는 침대에 누운 그녀는 어린 은지를 생각하며 눈물을 흘렸다.

그녀는 어린 시절 유모는 아니었지만 가정부 아주머니가 길러 주었다. 그녀가 기억하는 한 소풍이나 운동회, 학교의 학부모 참석 등은 모두 가정부 아주머니가 참석을 했다.

엄마가 오는 다른 아이들의 모습에서 그녀는 부러움을 느꼈다. 특히 비가 오는 날에 우산을 가지고 친구들을 마중 나오는 엄마들의 모습을 보는 날에는 더욱 속이 상했었다.

엄마처럼 다정하던 가정부가 바뀔 때면 채령은 심한 열감기에 시달려야 했다. 그게 어린 마음에 상처를 받아서 그랬다는 걸 나중에 커서야 알았다. 사랑의 목마름이었다.

은지를 볼 때마다 채령은 자신의 어렸을 적 모습이 떠올라 가슴이 아팠다. 둘 다 너무 처량맞다는 생각이 들었기 때문이다.

채령은 늦은 밤까지 잠이 오지 않았다.

강남의 80평 대의 고급빌라에는 두 명의 점잖은 교수 부부가 살고 있었다. 잔잔한 클래식 음악이 흐르는 가운데 남편은 소파에 앉아서 책을 보고 부인도 그 옆에 앉아서 책을 읽고 있었다. 겉으로 보기엔 너무나 평온한 집이었다.

김 서방이 채령과 연락이 끊겼다고 말한 지 벌써 며칠이 지났다. 채령에게는 달리 연락이 없었고 특별하게 신경이 쓰이지도 않았다. 채령은 애가 아니라 어른이었다. 며칠간의 부재로 큰일은 없을 것이었다.

하긴 딸아이와는 결혼 전에도 살가운 사이는 아니었다. 맞벌이 부부였고 공부 욕심 또한 많아서 거의 매일 책과 씨름을 하느라 하나뿐인 딸은 언제나 뒷전이었다.

채령이는 거의 어릴 때부터 봐주시던 아주머니의 손에 키워졌다. 애정이 없는 건 아니었지만 그들에게 중요한 건 그들의 삶이었다.

그래서 그런지 그들은 젊은 나이에 교수 타이틀을 거머쥐었다.

그리고 그 분야에 최고가 되었다. 부부는 서로 의지하며 연구하는 동반자였다. 뜨거운 사랑은 아니지만 둘만의 편안함이 있었다.

채령은 말썽 하나 피우지 않고 조용하게 자랐다. 뭐 솔직히 가정부들이 아이에 대해 별말을 안 했으니 조용하다고 생각할 수밖에 없었다. 모든 부모가 아이를 사랑으로 키울 거라는 생각을 하지만 그들에게 채령은 짐이었다.

처음부터 얼떨결에 생기고 연구를 하느라 지울 시간이 없어서 낳은 거지 사실 낳고 싶었던 아이도 아니었다. 영희는 자신만의 세계가 중요했다.

Rrrrrrr.

그들의 평화를 깨는 시끄러운 벨소리가 들렸다.

"홍 교수, 전화 받아."

전화기 옆에 앉은 죄로 영희가 전화를 받았다. 남편은 여전히 책에 빠져 있었다. 귀찮은 기자들만 아니었으면 좋겠다는 생각이었다. 요즘 그녀의 연구논문 때문에 기자들의 연락이 심심치 않게 왔기 때문이었다.

"여보세요."

교양 있는 목소리 톤으로 영희는 점잖게 전화를 받았다.

[여보세요?]

김 서방이었다.

[장모님, 접니다. 채령이한테는 연락이 없었나요?]

"그걸 왜 나한테 묻나? 자네가 알아서 해야지."

영희는 김 서방의 이런 전화가 마땅치 않았다. 가벼운 부부싸움을 했으면 자기들끼리 해결을 해야지 왜 친정에까지 전화를 하는지 이해가 되지 않았다. 채령이는 애가 아니라 어른이었다.

[혹시 장모님께서 데리고 계신데 저한테 거짓말하시는 건 아니시죠?]

"뭐라고? 내가 왜 그러겠나? 나도 학교 일이다 연구소 일이다 해서 몸이 열 개라도 모자란데?"

[아닙니다.]

"용건 다 말했으면 끊게."

[장, 장모님!]

김 서방이 전화에 대고 다급하게 말했다.

"왜 그래?"

짜증이 났다.

[혹시 연락 오면 저에게 말해주십시오. 걱정이 돼서요.]

"알았네."

영희가 전화를 끊자 옆에 있던 재원이 영희를 쳐다봤다.

"이 교수, 나 진짜 짜증나."

영희는 남편인 이재원 교수를 어디서건 이 교수라 불렀다. 둘은 동갑내기여서 말도 친구처럼 편하게 했다.

"뭐가?"

"아니, 자기들 일은 자기들이 알아서 해야지."

"누군데? 김 서방이야?"

"누구겠어."

"아직도 채령이 안 들어왔대?"

"그래."

"홍 교수가 알아서 하라고 했으니까 자기들이 처리하겠지."

김 서방은 집안도 좋고 사람도 서글서글해서 채령이 선을 보았을 때 거의 강압적으로 시집을 보냈었다. 그 후로도 꾸준히 때가 되면 전화도 하고 선물도 보내는 사위가 밉지는 않았다. 하지만 이렇게 자기들의 일을 처리 못하는 걸 보면 한심하기 그지없었다.

이젠 정말 김 서방이 알아서 잘 처리하기를 바라는 영희였다. 그녀는 그저 신경 쓰고 싶지 않을 뿐이었다.

영희가 다시 책을 펼쳐 들었다.

"이번 연구 잘돼서 좋았는데 채령이가 이렇게 속을 썩일지 몰랐어."

영희는 투덜거리면서도 눈은 책에 꽂혀 있었다. 너무나 개인적인 그들이었다. 나이가 오십이 넘고 손자를 볼 때였지만 그들에게는 오로지 자기 자신밖에 없었다. 남에게 피해를 주는 것도 싫고 피해를 당하는 것도 싫었다. 그건 자식이라도 마찬가지였다.

Rrrrrr.

"짜증나."

영희는 읽던 책을 닥 덮었다.

"여보세요!"

목소리가 자기도 모르게 날카로워져 있었다.

[안녕하십니까? 저는 한국신문 백주환 기잡니다.]

이번에는 기자였다. 영희는 짜증이 났지만 언론에는 관대했다. 자신이 교수로서 입지를 다지려면 언론의 힘이 필요했다.

"네, 그런데요?"

영희는 순간적으로 다시 교양을 장착한 목소리로 말했다. 이를 옆에서 지켜본 재원이 고개를 절레절레 흔들었다.

"호호호, 그러세요."

기자의 말에 영희의 목소리가 점점 하이 톤으로 바뀌어가고 있었다. 그들의 머릿속에는 채령이 사라진 지 오래였다.

Chapter 3

넓은 정원이 이제는 5월의 따스함을 머금고 있었다. 형형색색의 꽃들 사이로 아름다운 나비들이 자신들의 아름다움을 뽐내며 날아다니고 꿀벌들이 이 꽃 저 꽃을 옮겨 다니며 열심히 일을 하고 있었다.

눈이 시원할 정도로 넓은 정원은 세상의 모든 아름다움을 머금고 있었다. 의자에 앉아 여름을 맞이하며 조용히 책을 읽고 싶은 마음이 간절했지만 현실은 그렇지 않았다.

"아가씨!"

오늘도 정원에는 채령의 목소리가 크게 울리고 있었다.

"아가씨, 그쪽은 위험해요!"

2주가 되어갔지만 아가씨의 장난은 여름이 성큼 다가오는 것처럼 더해가고 있었다. 수영장을 막아버리자고 건의를 하든지 해야지. 매번 그들의 탱탱 볼은 수영장을 향해 달려들었다.

　풍덩!

　오늘 벌써 다섯 번째 탱탱 볼이 수영장 물에 빠졌다. 처음에는 물에 빠진 탱탱 볼을 건지기에 바빴는데 지금은 채령도 꾀가 늘어서 미리 대여섯 개를 가져다 놓았다. 나중에 한꺼번에 건지면 되니까 말이다.

　하지만 문제는 아가씨였다. 자꾸만 수영장 쪽으로 달려가서 채령의 걱정이 이만저만이 아니었다.

　"아가씨, 이 공이 마지막 공이에요. 이 공까지 물에 빠지면 우리 다 정리하고 씻으러 가는 거예요. 알았죠?"

　"싫어."

　귀여운 입술을 쑥 내밀며 은지가 고개를 저었다. 다섯 살 은지는 너무나 사랑스럽게 생긴 아이였다. 만화에 나올 법한 큰 눈에 작고 귀여운 입술, 그리고 동그란 얼굴이 너무나 귀여웠다. 특히 뽀글거리는 머리는 처음엔 파마를 한 줄 알았는데 자연산 곱슬머리였다.

　뽀글거리는 단발머리에 분홍 리본 머리띠를 한 은지는 정말로 살아 있는 인형 같았다. 하지만 은지의 지칠 줄 모르는 체력을 채령은 감당하기 힘들었다.

"아가씨, 탱탱 볼 다음에 뭘 할까요?"

이제 2주가 지나서인지 은지를 다루는 법을 조금은 안 채령은
은지에게 살짝 다른 놀이에 대해 물었다.

"인형놀이 어때요? 어제 안나 옷 만들다가 말았잖아요? 오늘
그거 끝낼까요? 아니면 발레 할까요?"

요즘 은지가 발레 옷 입는 걸 아주 좋아했다.

"발레."

"알았어요. 그럼 이 공이 마지막이에요?"

"응."

은지의 얼굴에 예쁜 미소가 걸렸다.

"유모 받아."

은지가 공을 던졌다. 잔디밭에서 공이 잘 안 굴러갈 거라 생각
했는데 공은 기름칠을 해놓은 것처럼 잔디밭에서 잘 굴러갔다. 넓
은 잔디밭인데도 이상하게 놀다 보면 수영장 옆으로 오게 되는 그
들이었다.

한참 축구를 하다 보면 공이 어김없이 수영장에 빠졌다. 이제
공놀이는 끝인 것이었다. 해도 저물어갔고 놀다 보니 시간이 이렇
게 된 줄 몰랐었다.

채령은 하루 종일 잔디밭에서 논 장난감을 챙기고 있었다. 그때

였다.

풍덩!

우려하던 일이 현실로 다가왔다. 은지가 수영장에 빠진 것이다.

"아가씨!"

순간 모든 시간이 정지된 것 같았다. 수많은 생각이 그 짧은 순간에 그녀의 머릿속을 지나갔다. 하지만 이번에는 그녀의 몸이 더 빨랐다. 재빠르게 그녀는 물속으로 뛰어들었다. 엄마가 억지로 배우게 한 수영이 이렇게 감사하게 쓰일 줄은 몰랐다.

그녀가 물속으로 들어가 은지를 잡기 전에 검은색의 물체가 은지를 감쌌다. 순간 채령은 저승사자가 은지를 데려가는 줄 알았다. 은지를 저대로 데려가게 둘 순 없었다.

채령은 자신의 모든 힘을 다해서 사라지려 하는 저승사자를 잡았다. 그리고 있는 힘껏 저승사자의 몸을 물었다.

"아아악!"

저승사자가 고통의 소리를 내고 있었다.

"안 돼, 아가씨는 절대로 못 데려가!"

채령이 목이 쉬도록 외치며 저승사자에게 매달렸다.

"안 돼, 다섯 살밖에 안 됐다고! 날 대신 데려가!"

진심이었다. 지금은 아무것도 생각할 겨를이 없었다.

"유모! 이채령 씨!"

이건 홍 집사의 다급한 목소리였다. 채령의 눈에 홍 집사에게 안겨 있는 은지가 보였다. 아이는 놀란 것 같기는 했지만 분명히 눈을 뜨고 홍 집사에게 매달려 있었다.

그리고 그녀는 저승사자의 등에 매달려 있었다. 뭔가 불길한 느낌이 들었지만 저승사자에게서 떨어지지 않았다.

"이만 나에게서 떨어지지 않겠나?"

무섭도록 차가운 음성과 함께 굳어 있는 표정의 손 회장과 눈이 마주친 채령은 순간 자신이 문 것은 저승사자가 아닌 손 회장의 어깨임을 깨달았다.

"죄, 죄송합니다."

2주 동안 열심히 피해 다닌 결과 채령은 회장을 보지 못했다. 이 집에 머물기 위해 그녀가 얼마나 노력을 했는데 이제는 영락없이 아웃이었다.

"정말 죄송합니다."

그가 수영장 밖으로 빠져나갔지만 그녀는 그 자리에 얼어붙은 듯이 그대로 있었다. 끝까지 은지를 보고 있었어야 하는데 잠깐 장난감을 정리하는 사이에 큰일이 날 뻔한 것이다. 회장이 손을 뻗었다.

"빨리 나오도록 하지."

채령은 그의 손을 잡았다. 책임을 지려 해도 우선은 물속에서 나가야 하니까 말이다. 물에 젖은 생쥐 꼴인 그녀는 지금 그의 시선을 온전히 받고 있었다. 홍 집사는 은지를 안고 벌써 안으로 들어간 상태였고 수영장 앞에는 그와 그녀 둘뿐이었다.

흰색 티셔츠에 청바지 차림인 그녀는 얇은 레이스 브래지어가 완벽하게 드러나 그녀의 풍만한 가슴을 그대로 드러내고 있었다. 하지만 지금 자신의 가슴을 손으로 가릴 정신이 그녀에게는 없다.

"아가씨는 괜찮으십니까?"

"그래, 물에 빠지자마자 구해내서 좀 놀란 것 빼고는 괜찮아."

"다행입니다."

놀란 건 채령도 마찬가지였다. 물방울이 머리에서 뚝뚝 떨어지고 그녀의 눈에서도 눈물이 떨어지고 있었다. 그리고 다리에 힘이 풀렸다.

풀썩!

무엇보다 은지가 무사하다니 다행이었다. 뭔가 따뜻한 게 그녀의 어깨 위에 걸쳐졌다. 대형 타올이었다.

"우선은 옷부터 갈아입고 와. 은지에 대한 일은 그때 묻도록 하지."

그는 이렇게 말하고는 자리를 떴다. 아마도 은지에게 갈 모양이었다. 채령은 은지가 걱정이 되었지만 지금 당장 달려갈 수가 없었다. 그래서 일단 자신의 숙소로 향했다.

"난 왜 이렇게 되는 일이 없을까?"

허탈한 마음이었지만 얼른 옷을 갈아입고 머리도 말릴 사이 없이 은지의 방으로 향했다. 아이가 걱정이 돼서 견딜 수가 없었다. 2주 동안 정말로 정이 많이 들었다. 혼자인 은지와 자신의 처지가 너무나 닮아서 채령도 나이가 어리지만 은지에게 의지를 한 것 같았다.

똑똑!

노크 후에 문을 열고 들어간 채령은 침대 위에 앉아 있는 은지를 보자마자 달려가 안았다.

"아가씨, 괜찮은 거예요? 어디 다친 데는 없어요?"

"응."

은지의 말에 채령은 품 안의 아이를 꼭 안았다. 이제야 안심이 되었다.

"미안해. 난 그냥 공을 주우려고. 으아앙."

은지가 갑자기 울음을 터트렸다. 무서웠던 모양이었다.

"괜찮아요. 울지 마요. 다음부터 수영장 근처에 안 가면 돼요."

"으아앙."

"알았죠?"

"응."

울면서도 아이는 그녀의 말에 대답을 했다. 채령이 다시 아이를 품에 꼭 안았다. 작은 몸이 계속해서 흐느낌에 흔들리고 있었다. 꼭 지켜주고 싶었다. 이제는 남편에게서 도망치는 것보다 이 아이를 지켜주고 싶은 마음이 더 컸다.

"음 음, 다 끝이 났으면 나 좀 보지."

옆에 손 회장과 홍 집사가 있었다. 들어올 때는 정신이 없어서 보지 못했었다.

"아가씨 재우고 뵙겠습니다."

"그럼, 그렇게 하도록 해."

그녀의 말에 손 회장이 순순히 대답을 해주고는 방을 나갔다. 채령은 은지의 얼굴에 흐르는 눈물을 닦아주며 말했다.

"오늘은 진짜 큰일 날 뻔했어요. 다시는 그렇게 위험한 행동을 하면 안 돼요?"

채령이 은지가 놀랄까 봐 웃으며 말하자 은지가 고개를 끄덕였다.

"한숨 잘까요?"

"응."

시간은 8시밖에 되지 않았지만 오늘은 빨리 재우는 게 나을 것 같았다.

"동화책 읽어줄까요?"

은지가 고개를 끄덕이자 채령은 은지가 가장 좋아하는 잠자는 숲속의 미녀 책을 펼쳤다.

"옛날에 옛날에……."

채령의 팔에 기대고 눈을 동그랗게 뜨고 있는 은지가 너무 귀여워 채령은 은지의 정수리에 입을 맞추었다. 은지에게 좋은 아기 냄새가 났다. 아마 유산을 하지 않았다면 그녀에게도 이런 아이가 있었을 것이다. 그럼 과연 집을 나왔을까? 아마도 나오지 못했을 것이다. 그런 걸 보면 은지의 엄마가 이해되지 않았고 은지가 한없이 불쌍했다.

그녀가 동화책을 거의 다 읽었을 무렵 은지가 잠이 들었다. 채령은 은지의 이부자리를 봐주고는 은지의 방에서 나왔다. 그리고 떨리는 마음으로 그의 방으로 갔다.

똑똑.

문고리에 손을 올리면서도 지난번처럼 그가 나체이면 어쩌나는 생각이 순간 들었다. 조심스럽게 문을 연 그녀는 방 안 소파에 앉아서 와인을 마시고 있는 그와 눈이 마주쳤다. 다행히 오늘은 가운을 걸치고 있었다. 아마 속에는 아무것도 입지 않았으리라.

괜한 상상이 되자 채령은 얼굴이 붉어졌다.

"이리 와서 앉지."

그의 딱딱한 말투에 아직도 적응되지는 않았지만 최고로 높은 위치에 있는 사람이니 어쩌면 이런 말투가 당연할 수도 있다는 생각이 들었다. 채령은 조심스럽게 그 앞에 앉았다.

"아까는 어떻게 된 일이지?"

"공놀이를 끝내고 제가 장난감을 정리하던 사이에 아가씨께서 물에 빠져 있는 공을 주우려다 물에 빠지신 것 같습니다. 다 제 잘못입니다."

"어째서지?"

"아가씨를 더 살폈어야 했습니다."

"그래서?"

"제가 잘못을 책임지겠습니다. 한 달간 감봉을 하셔도 좋고 다른 일을 시키셔도 좋습니다."

"그만두지는 않겠다?"

"제가 그만두기를 바라신다면 어쩔 수 없겠지만 전 이 집에서 아가씨와 함께 있고 싶습니다."

채령은 그에게 진심을 담아 얘기했다. 하지만 딸이 물에 빠져 죽을 뻔했는데 그녀를 가만히 둘 리가 없었다. 갑자기 채령은 그의 앞에 무릎을 꿇었다.

"믿으실지 모르겠지만 전 지금 아가씨와 떨어지고 싶지 않습니다."

"……"

"전 이곳에서 아가씨와 오래도록 같이 있고 싶습니다."

채령은 최대한 불쌍한 표정으로 손 회장을 쳐다보았다. 연기력이라고는 없는 그녀였지만 지금은 연기력이 필요했다. 어떻게 해서든 측은하게 보여야 했다.

"왜 내 어깨를 물었지?"

생각하지 못한 건 아니지만 갑작스러운 말에 채령은 멍하게 그를 쳐다보았다.

"거울을 보니 아주 가관이 아니더군."

그가 자신의 가운을 내려 어깨를 드러내자 그녀의 이빨 자국이 아주 야무지게 나 있었다.

"죄송합니다."

"죄송하다면 단가? 하마터면 은지를 놓칠 뻔했어."

"사실은 물에 뛰어들었는데 검은 옷이 보이기에 저승사자인 줄 알았습니다. 아가씨를 잡아가는 줄 알고 그만……."

"저승사자?"

그가 아주 황당하다는 표정을 지었다. 저승사자라니, 지금 생각해 보면 왜 그렇게 생각을 했는지 그녀 스스로도 이해가 되지 않았다.

"알았어, 내가 생각을 해보도록 하지. 하지만 은지가 물에 빠져 죽을 뻔한 것에 대한 책임은 져야 해."

"쫓겨나지 않는다면 뭐든지 하겠습니다."

"뭐든지라는 말을 아주 쉽게 하는군."

"……."

"그런 말은 아껴야 하는 법이지. 나가봐."

채령은 눈물이 그렁그렁한 눈으로 방을 나왔다. 한 달 감봉으로 마무리 된다면 좋을 것 같았다. 그 정도의 돈은 집을 나올 때 가지고 나왔으니까 말이다. 일단은 그가 쫓아내지는 않을 것 같아서 다행이었다.

채령이 자신의 방을 나간 후에 현수는 인상을 찡그리며 와인 잔을 단숨에 비워 버렸다. 뭔가를 깊이 생각하는 건 사업만으로도 족했다.

집안의 일은 홍 집사가 다 알아서 해주었고 아버지는 지금 별장에서 조용히 보내고 계셨다. 물론 아버지 옆에는 아버지를 도와주는 많은 메이드들이 있었기 때문에 그는 솔직히 신경 쓸 일이 없었다.

하지만 그에게 은지는 다른 문제였다. 오늘 모처럼 일이 일찍 끝나서 집에 오지 않았다면 은지는 큰일이 났을지도 몰랐다. 아니, 그보다 채령이 더 빨리 물에 뛰어들기는 했지만 어쨌든 오늘 은지는 물에 빠졌었다. 그때의 일을 생각하니 그는 정신이 아찔

했다.

그는 가운을 벗었다. 혼자 있는 시간에는 옷을 훌훌 벗어버리는 그였다. 답답한 게 싫었다. 완전히 나체가 된 그는 소파에 머리를 기대고 천장을 바라보았다.

오늘 마침 이렇게 집에 빨리 들어오지 않았다면 어떻게 되었을까? 그는 갑자기 등에 식은땀이 흐르는 게 느껴졌다.

"회장님, 오늘 일정은 이걸로 끝입니다."

5시가 조금 넘자 임 비서가 오랜만에 이상한 소리를 했다.

"저녁 약속을 잡았던 한수산업 회장님이 갑자기 회사에 화재가 발생해서 약속을 취소하셨습니다."

오늘 인터넷뉴스로 그도 보았지만 그냥 신경을 쓰지 않았는데 큰불이 난 모양이었다.

"전화드려."

"네, 전화는 이미 넣었습니다."

"잘했군."

"집으로 모시겠습니다."

"적응이 안 되는군. 6시도 안 돼서 퇴근이라……."

그는 이렇게 말하며 창밖을 보았다. 그리고 은지와 놀아줄 마음을 먹었다. 어색하겠지만 딸에게 좋은 아빠이고 싶은 생각은 항상 가지고 있었다. 실천을 못 할 뿐이었지만 말이다.

불현듯 유모의 얼굴이 떠올랐다. 그녀의 아름다움은 가끔 떠오르곤 했다. 이유는 모르겠지만 말이다.

집에 도착해서 그는 정원에서 뛰어노는 은지를 보았다. 공을 가지고 축구를 하고 있는 딸아이의 모습이 너무나 행복해 보였다.

저 모습이 엄마와 딸의 모습이었다면 그는 정말로 더없이 행복했을 것이다. 하지만 안타깝게도 그가 바라는 상황은 아니었다. 청바지에 흰 티셔츠를 입고 머리는 포니테일로 묶은 유모는 은지를 위해 최선을 다하고 있는 것 같았다.

"아가씨께 회장님 오셨다고 말씀드릴까요?"

"아뇨, 놀게 놔두십시오."

홍 집사가 그의 말을 듣고 뒤로 물러났다.

"은지가 유모를 좋아하나 봅니다."

"네, 아주 잘 따라서 다행입니다. 유모가 진심으로 아가씨를 대하고 있습니다."

그가 보기에도 은지는 정말로 행복해 보였다. 공이 수영장에 빠지자 유모가 은지를 붙잡고 뭐라고 말을 하고 있었다. 아마 그만하자는 얘기인 것 같았다.

잠시 후 장난감을 정리하고 있던 유모를 등지고 은지가 위험하게 수영장 쪽으로 다가가더니 순식간에 물에 빠졌다.

그는 잠시도 지체하지 않고 수영장을 향해 달렸다. 그 순간 그만 수영장으로 달려든 게 아니었다. 하지만 그가 더 아이와 가까운 쪽이어서 먼저 은지를 잡았다.

수영장 물이 깊지 않아서 그가 서면 가슴까지 왔지만 은지에게는 깊은 수위였다. 그가 은지를 안고 홍 집사에게 건네자마자 유모가 그를 덮치더니 있는 힘껏 어깨를 물었다.

"아앗."

살면서 이렇게 남에게 공격을 당해본 적이 없는 그였다. 그녀를 떼어 내서 물 밖으로 나왔을 때 그는 더욱 놀랐다. 아니, 심장이 멎는 줄 알았다.

그가 그녀를 무심결에 물에서 끌어 올렸을 때 그는 그녀의 마른 몸에서는 도저히 상상이 가지 않는 풍만한 가슴을 보았다. 거기에 개미같이 가는 허리는 그의 시선을 잡기에 충분했다.

그는 두 눈을 어디에 둘지 몰라서 큰 수건으로 그녀를 덮어주었다. 딸아이가 물에 빠진 걸 구한 지 몇 분이나 되었다고 여자의 몸에 넋을 잃고 있다니 솔직히 그런 자신이 아주 실망스러웠다.

그는 몸을 돌려 은지의 방으로 갔고 물기를 닦고 옷을 갈아입은 은지를 정말 처음으로 안아주었다. 그는 어색하게 딸아이를 안았지만 은지가 그의 품 안으로 쏙 파고들어 와 안겼다. 딸을 안고 있는 게 이렇게 기분이 좋은지 그는 처음으로 느꼈다.

"괜찮아?"

"응, 아빠. 유모 집에 보내지 마."

"뭐?"

"내가 잘못한 거야."

다섯 살 아이의 입에서 나온 말이라고는 도저히 믿기지 않는 말을 은지가 했다. 그는 그 말이 가슴 아팠다. 엄마에게 응석을 부리며 컸다면 이렇게 빨리 어른아이처럼 되지 않았을 텐데 하는 마음 때문이었다. 그의 잘못이 컸다. 선아만 잘못했다고 말할 수도 없는 일이었다.

"후~"

아까 일을 떠올리며 생각에 잠겼던 현수는 한숨 소리와 함께 소파에서 일어나 새로운 와인을 한 병 꺼냈다. 벌써 두 병째였다.

다시 소파에 앉은 그는 오늘 밤 쉽게 잠을 이루지 못할 거란 걸 느꼈다. 그녀가 그의 어깨를 물었을 때는 솔직히 아픔보다 놀랐었다. 그녀는 정말로 기를 쓰고 그에게 달려들었었다.

"저승사자라……."

황당했지만 그녀는 진심으로 은지를 저승사자로부터 구하기 위해서 필사적이었다. 현수는 채령의 진심을 그때 느낄 수가 있었다. 이 여자가 자신의 딸을 굉장히 아끼는구나라는 생각 말이다.

첫날 은지를 품에 안고 잔 게 어쩔 수 없어서가 아니라 은지를 생각하는 그녀의 진심이었던 것이다.

이런 유모를 놓친다는 건 은지에게도 그에게도 정말 안 좋은 일이었다.

"나에게 안 좋다?"

순간적인 생각인데 기분이 이상했다. 그가 굳이 안 좋을 이유는 없었다. 그녀가 필요한 건 오로지 은지 때문이었다. 그는 자신의 와인 잔에 다시 와인을 부었다. 그리고 단숨에 삼켰다. 그리고 그는 자신의 침대로 가서 눈을 감았다.

오랜만에 그의 머릿속에 여자가 들어와 있었다. 반갑지 않은 이혼 예정녀가 말이다. 이혼을 한 것도 아니고 무슨 사정인지 모르지만 그녀는 집을 나와 있는 것이었다. 남의 일에 손톱만큼도 관심이 없는 그가 지금 아이의 유모에 대해 몹시 궁금해하고 있었다.

술을 그렇게 마셨는데도 잠이 오지 않았다.

채령이 흔적도 없이 집을 나간 지 벌써 2주가 지났다. 전화기도 카드도 모두 그대로 두고 갔다. 자동차도 그대로 있었고 친정에도 아무런 연락을 하지 않고 있었다. 친구도 거의 없는 그녀였기에 갈 곳은 그렇게 많지 않았다.

경찰 입장에서는 현금지급기에서 돈이라도 찾아야 위치 추적이 되는데 그녀는 지금 본인 명의로 된 그 무엇도 사용하지 않고 있었다. 사이버수사대의 수장으로서 자존심이 상했다. 준혁이 지금 걱정을 하고 있는 건 채령이 혹시나 밖에서 다른 남자와 히히덕거리며 자신의 험담을 할지도 모른다는 생각 때문이었다.

언제나 바람기가 강한 여자였다. 아무나 보고 웃음을 흘리고 다니는 그런 여자였다. 그래서 항상 자신이 엄격하게 관리를 했는데 쥐새끼처럼 빠져나가 버렸다.

"자기, 불 끄면 안 돼요?"

아무것도 걸치지 않은 보라가 그의 몸으로 파고들어 왔다. 이제는 끈적이며 다가오는 이 여자도 의심스러웠다. 그러던 차에 그의 눈에 보라의 팔에 든 멍 자국이 보였다.

"이건 뭐지?"

준혁의 얼굴에 핏기가 사라졌다. 보라가 요즘 자꾸 의심이 갔다. 채령이 있을 때는 그냥 자신만을 바라보는 여자라서 좋아했는데 지금 보니 보라가 그렇지 않을 수도 있다는 생각이 들었다.

"이거 몰라요? 당신이 어제 사무실에서 날 잡아당겼을 때 생긴 거잖아요?"

보라는 확실히 채령과는 달랐다. 더 말이 많았고 따지고 들었다. 그래서 준혁도 넘어간 일이 많았지만 오늘은 상황이 달랐다. 이 여자가 확실하게 거짓말을 하고 있었다.

"어제는 하루 종일 경찰 간부회의였어."

"미안해요. 그제였어요."

그제 만난 건 맞았고 그가 그녀의 팔을 세게 잡은 것도 맞았지만 이쪽 부위인지 정확하게 기억이 나지 않았다.

확—

"뭐 하는 거예요?"

준혁은 그녀의 다른 팔을 살폈다. 그쪽에는 상처가 없었다.

"왜 나를 속이려고 하지?"

"제가 왜 속여요."

"아니, 넌 속이고 있어. 빨리 말하면 내가 용서해 줄게. 누구야?"

준혁은 머리로 피가 솟구치는 것 같았다. 그의 여자들은 하나같이 다 그에게 거짓말을 하고 있었다.

"뭘 용서를 해요? 당신 요즘 정말 이상해요."

"뭐?"

"이상하다고요!"

보라가 침대에서 몸을 내리자 그가 그녀의 머리채를 잡았다.

"아악!"

"용서를 빌어. 그러면 내가 봐줄게."

"아, 이거 놔요. 당신 미쳤어?"

"그래."

그의 눈에 지금 보이는 건 아무것도 없었다. 그의 여자들이 자꾸만 그를 배신하고 있었다.

Rrrrrrr.

보라가 운이 좋은지 아버지로부터 전화가 왔다. 그가 거부할 수 있는 전화가 아니었다.

"조용히 있어."

그는 이렇게 말을 하고는 전화를 받았다.

"여보세요?"

[어디야?]

"잠깐 사람 좀 만나고 있습니다."

지금 그는 보라의 집에 있었다.

[그래? 누구?]

"아버지는 모르는 사람입니다. 무슨 일이십니까?"

[어, 내일 새아기하고 저녁에 만날 사람이 있다.]

"내일요?"

갑자기 등 뒤에서 땀이 흘러내렸다.

"내, 내일 누구를 만나는데요?"

[하하하, 그게 말이다. 어르신께서 집으로 우리를 초대하셨지 뭐냐. 꼭 며느리도 데리고 오라고 하셨다. 이렇게 큰 영광이 어딨 겠냐.]

큰일이었다. 아버지에게 아직 채령이 집을 나갔다는 소리를 하지 않았다.

"아버지, 내일 저만 참석을 해야 할 것 같습니다."

[왜? 네 엄마도 가는데 며느리가 없어서야 되겠냐?]

아버지의 목소리에 노기가 서렸다.

"갑자기 어제부터 몸이 안 좋아서 지금 집에서 링거 맞고 있어요."

[어디가 안 좋은데?]

"원래 몸이 좀 약해요. 제가 일일이 아버지께 말씀을 안 드려서 그렇지."

[쯧쯧쯧, 젊디젊은 게 집에서 누워 있다니 내가 며느리를 잘못 골랐어. 내일 너라도 와.]

"알겠습니다."

전화를 끊고 나자 준혁은 화가 머리끝까지 치솟았다. 그리고 전화기를 들었다.

"김 경감, 내 말이 말 같지가 않아? 왜 아직 아무런 소식이 없는 거야?"

수화기 너머에서 남자가 쩔쩔매는 게 그대로 느껴졌다.

[아무런 흔적도 없습니다. 친정 집에는 아예 매복을 하고 있는데 찾아오지 않으셨습니다. 전화도 도청을 하고 있지만 연락을 전

119

혀 하지 않고 계십니다.]

"야, 진짜 이렇게밖에 못 해?"

[죄, 죄송합니다.]

탁!

준혁은 수화기를 바닥에 그대로 집어 던져 버렸다. 우리나라 최고의 사이버수사대에서, 그중에서도 최고인 김 경감에게 시켰는데 아무래도 최후의 방법을 써야 할 것 같았다. 개인적으로 공권력을 쓴다면 언젠가는 그의 발목을 잡을 게 분명했다.

아무래도 꼴도 보기 싫은 인간이지만 그를 만나야 할 것 같았다. 사이코패스도 아닌 것이 범죄를 즐기는 인간이었다. 사이코패스는 잔혹하게 살인을 저질렀지만 최성식은 성폭행만을 저질렀다. 아주 피해자들의 정신세계를 망가뜨리는 놈이었다.

가정 폭력, 성폭력을 담당하는 보라는 그를 사람이라고 생각하지 않았지만 준혁은 그의 또 다른 능력을 높이 샀다. 그건 사람을 찾아내는 데 탁월하다는 것이었다. 인생의 반을 성폭력으로 교도소에 왔다 갔다 하며 살았지만 출소를 하면 그가 반드시 하는 일은 흥신소였다.

최성식이 성폭행 다음으로 좋아하는 일이 탐정놀이였다. 하여튼 알 수 없는 정신 세계를 가진 아주 이상스런 인간이었다.

그래서 최후의 카드로 그는 최성식이라는 패를 들었다.

"최성식을 이용할 거야."

"안 돼요. 최성식은."

가운을 걸친 보라가 그의 얘기를 듣고 놀란 눈으로 준혁에게 말했다.

"최성식이 어떤 놈인지 알잖아요. 용의자를 추적하는 것도 아니고 그런 야만인에게 사모님을 찾으라니요. 아마 찾으면 그놈이 먼저 사모님을 먹어 치울지도 몰라요."

최성식은 전 북파공작원으로 철저하게 훈련을 받았지만 부상으로 첩보원이 되지는 못했다. 하지만 그 재주로 여성들을 연쇄 성폭행을 한 성폭력 전과 10범의 아주 걸레 같은 놈이었다.

그는 생활비를 벌기 위해서 간혹 사람들을 폭행하거나 빚을 대신 받아주는 일을 했는데 그 잔인함에 돈을 내뱉지 않은 사람들이 없다고 했다.

보라는 그놈이 남편이 보는 앞에서 부인을 성폭행한 사건을 맡은 적이 있어서 잘 알고 있었다. 아무리 그의 와이프가 마음에 들지 않는다고 해도 그런 녀석에게 맡길 수는 없었다.

"상관하지 마. 내가 알아서 해."

그는 이렇게 말을 하고는 옷을 입기 시작했다.

"가려고요?"

"왜? 딴 놈이라도 불러들이게?"

"안 그렇다는 거 알면서도 왜 그러는 거예요?"

짝!

보라의 얼굴이 돌아갔다.

"건방지게 굴지 마. 알았어?"

"……."

보라의 눈에서 눈물이 흘러내렸다.

"대답 안 해?"

"알았어요. 그런데 난 당신한테 뭐예요?"

"너, 넌 내 여자지."

보라는 그의 여자였다. 그 이상도 이하도 아니었다. 그녀는 부인도 아니었고 그 같은 공무원이 세컨드를 둘 수는 없었다. 그래서 그냥 그의 여자였다.

"왜 그렇게 요즘 보채지?"

그가 그녀의 얼굴을 어루만졌다.

"기다려, 내가 경찰청장이 된다면 너의 출세는 보장된 거니까. 그때까지 참아."

"……."

준혁이 보라의 턱을 손으로 쥐었다.

"난 채령이가 어떻게든 내 앞에 있기만 하면 돼. 그리고 이건 네가 관여할 문제가 아니야."

보라가 고개를 끄덕였다.

그는 입던 옷을 마저 입고는 보라의 집에서 나왔다. 그리고 전화기에 저장이 된 번호를 눌렀다.

"나야, 어디야?"

준혁의 얼굴에 차가운 미소가 걸렸다. 이제 채령을 잡는 건 시간 문제였다.

"지금 내가 그리로 가지."

그는 전화를 끊고는 차를 타고 출발하며 한숨을 내쉬었다.

"채령아, 일을 이렇게 만들면 안 되지."

그는 지금 최성식을 만나기 위해 상계동으로 가는 길이었다.

Chapter 4

 집 안이 시끄럽다 못해 유난스럽게 분주했다. 무슨 일이 있는지 은지를 데리고 모처럼 정원으로 나온 채령은 정신없이 움직이는 메이드들을 멍하게 바라보고 있었다.

 "유모?"

 "네, 아가씨. 정원에서 그네만 타는 거예요. 알았죠?"

 "응."

 수영장에 빠진 이후로 공을 들고 정원으로 나가는 일이 금지되었다. 은지가 보챌까 속으로 걱정을 했는데 자신의 잘못을 아는지 아니면 그때 너무 놀라선지 은지는 보채지 않았다.

 그래도 너무 집 안에만 있는 것 같아서 오늘은 며칠 만에 은지를 데리고 정원 구석에 있는 그네를 타기로 했다.

"궁금하지?"

"네?"

은지가 맑은 눈으로 채령을 쳐다보았다.

"무슨……."

"할아버지가 오신다고 홍 집사가 그랬어."

"네?"

"우리 집에서 제일로 무서운 사람이거든. 나한텐 최고로 좋은 할아버지고."

은지는 오랜만에 나오는 정원을 가로질러 그네로 달려갔다.

"아가씨!"

이제는 한순간도 눈에서 떼지 않으려고 채령은 은지의 뒤를 쫓았다. 은지가 그네에 앉자 채령이 그네를 밀어주었다.

"재미있어요?"

"응, 이거 아빠가 만들어준 거야."

"회장님이요?"

"응, 난 다 기억하고 있어. 아빠가 내가 아주 어렸을 때 날 위해서 만들어준 거야."

"언제요?"

"내가 아주 어렸을 때라고 할머니 유모가 그랬어."

채령이 보기에 그네는 굉장히 오래된 것 같았다. 회장이 만들었을 리가 없었다. 은지는 아빠가 자신을 예뻐한다는 걸 말해주고 싶어서 그녀에게 거짓말을 하고 있었다.

"와, 정말 좋겠어요. 세상에서 제일 높은 손 회장님이 이런 것도 만들어주고, 아가씨를 너무 사랑하시는 것 같아요."

은지의 얼굴에 미소가 지어졌다. 하지만 채령은 마음이 아팠다. 아무리 돈이 많은 집에서 태어났다고 하지만 은지는 부모의 사랑을 제대로 받지 못하고 있었다.

"아가씨, 더 세게 밀어줄까요?"

"응."

다섯 살 은지의 까르르 웃음소리에 채령도 덩달아 행복해지는 것 같았다. 정신없이 놀다 보니 누군가 그들의 곁에 온 것도 몰랐다.

"은지야."

낮은 저음의 목소리에 채령과 은지의 고개가 동시에 돌아갔다. 그곳에는 TV나 뉴스에서 많이 보았던 얼굴이 있었다. 삼화그룹의 명예회장인 손철우 명예회장이 휠체어에 앉아서 은지를 보며 웃고 있었다.

"할아버지!"

은지는 숨도 안 쉬고 그네에서 내려 할아버지에게로 달려갔다.

"할아버지, 언제 왔어?"

"방금 왔지. 우리 은지가 보고 싶어서 집에도 안 들어가고 여기부터 왔지."

무섭고 권위적일 거라 생각했는데 손 명예회장은 여느 할아버지처럼 다정하게 은지를 안았다. 은지도 휠체어에 탄 할아버지가 어색하지 않은지 할아버지에게 안겼다.

"할아비가 은지가 아주 보고 싶었어."

"나도."

"아빠가 잘 안 놀아줘?"

"아니, 잘 놀아줘."

"그래?"

"응."

은지는 너무 일찍 철이 들어버렸다. 일이 너무나 바쁜 아빠를 감쌀 줄도 아는 아이었다. 그래서 은지가 더 안쓰러웠다.

"자넨 누군가?"

손 명예회장이 그녀를 쳐다보았다. 유모가 바뀐 줄 모르고 있는 눈치였다.

"안녕하십니까? 아가씨의 새로운 유모 이채령입니다."

"그래, 수고가 많군."

손 명예회장이 그녀를 보며 미소를 지어주었다.

"우리 예쁜 은지 할아버지와 들어갈까?"

"응! 그런데 할아버지, 나 유모랑 인형 만들기로 했어."

"뭐?"

"토끼인형인데 은지 친구가 되어줄 거래."

손 명예회장이 채령을 한번 보더니 은지에게 뭐라고 속삭였다. 그리고 그들을 정원에 남겨둔 채로 홍 집사와 함께 집으로 향했다.

"뭐라고 했어요?"

"응, 토끼인형 하나 더 만들어서 할아버지 달라고. 밤에 은지 대신에 옆에 두신다고."

"그럼, 빨리 가서 만들어야겠어요."

"응, 그런데 두 개 만들 수 있어?"

"그럼요. 대신 빨리 가야 이따가 저녁시간까지 만들 수 있어요."

채령은 은지의 손을 잡고 은지의 방으로 향했다.

손 명예회장의 출현만으로 집 안 전체가 들썩거리고 있었다. 손 명예회장이 대단하기는 한 모양이었다.

애착인형을 만들기 위해서 인터넷에 주문을 했었다. 어제 오기는 했는데 손재봉틀도 홍 집사님께 말해서 구해야 했기 때문에 하루가 늦어졌다.

드르륵―

재봉틀 바늘이 움직이자 은지가 아주 신기해했다.

"이게 토끼가 되는 거야?"

"네, 아주 예쁘고 따뜻한 토끼가 나올 거예요."

분홍 토끼하고 파랑 토끼를 주문하길 잘했다는 생각이 들었다.

"분홍 토끼는 아가씨 갖고 파랑 토끼는 할아버지 드릴까요?"

"응, 오늘 할아버지 생일이야."

"네?"

"그래서 선물로 드리려고."

재봉틀을 돌리다가 말고 채령은 일어나서 스케치북과 크레파스를 은지에게 주었다.

"할아버지 얼굴 그려봐요."

"여기에?"

"토끼와 같이 선물로 드리면 좋아하실 거예요."

은지가 미소를 지으며 작은 고사리 손으로 할아버지의 얼굴을 그리고 있었다. 그동안 채령은 설명서를 열심히 봐가면서 재봉질을 했다.

집에서 나오기 전에 그녀의 취미 생활이 홈패션이었다. 앞치마도 만들고 이불도 만들고 무료한 일상을 그렇게 달랬는데 이렇게 써먹을 줄은 몰랐다.

집에 있는 손재봉틀보다 이 집의 수선실에 있는 재봉틀이 훨씬 좋았다. 이 집 안에 있는 모든 게 다 최고급인 것 같았다. 인형 만드는 데 집중을 하다 보니 해가 벌써 기울었다. 핑크색 인형을 안고 은지는 침대에서 잠들어 있었다.

똑똑!

"네."

홍 집사님이 방으로 들어오셨다.

"아가씨는 주무세요."

그녀가 재봉질을 하다 말고 일어섰다.

"이게 뭐예요?"

"토끼 인형이에요. 아가씨에게 애착인형이 있으면 좋겠다고 생각했거든요."

"예쁘네요."

"감사합니다."

홍 집사는 분홍 토끼 인형을 안고 잠을 자고 있는 은지를 보며 미소를 지었다.

"어쩜, 이렇게 회장님 어릴 때와 같으신지……."

홍 집사가 두 손을 모아 자신의 볼에 대며 눈물을 글썽였다. 아무리 봐도 여성 호르몬이 넘치시는 분 같았다.

"무슨 일이신지……."

"아참, 정신이 없었네요. 오늘 저녁 식사시간에 늦지 않게 아가씨 준비시켜 줘요. 1시간 정도면 충분하죠?"

"네."

채령이 은지에게 다가가서 귀에 대고 뭐라고 중얼거리자 은지가 눈을 동그랗게 뜨며 일어났다.

"뭐라고 한 거예요?"

"할아버지 선물 다 만들었다고요."

채령은 분홍 토끼를 꼭 안고 있는 은지를 안아 들고 욕실로 향했다. 그 모습을 홍 집사가 아주 흐뭇하게 보고 있었다.

채령은 은지를 씻기고 분홍 미니드레스를 입혀서 할아버지가 기다리고 계신다는 거실로 향했다. 분홍색 머리띠로 포인트를 준 은지는 하늘에서 내려온 아기 천사처럼 예뻤다.

은지의 손을 꼭 잡고 계단을 내려가자 거실의 사람들이 보였다. 거기에는 손 명예회장 이외에도 이름 모를 사람들과 그녀를 너무 빤히 쳐다보는 손 회장도 있었다. 드레스를 입은 아름다운 여자들도 중간중간에 있었다.

"할아버지!"

은지가 손 명예회장에게로 가버리자 채령은 정말 꿔다 논 보릿자루처럼 서 있을 수밖에 없었다. 화려한 상류사회의 모습은 외국 영화에서나 나오는 이야기인 줄 알았는데 오늘 이 집은 완벽하게 파티를 하는 모습이었다. 집 안의 모든 샹들리에가 켜져 있어 마치 무도회장에 와 있는 기분이었다.

여자들은 그녀가 송년회 때나 입을 법한 드레스 차림으로 와 있었고 남자들도 격식에 맞는 정장 차림이었다. 채령은 메이드들이 대기하고 서 있는 곳에 서서 은지만을 바라보고 있었다. 은지는 할아버지께 자신이 그린 그림과 그녀가 만든 파랑 토끼를 선물로 드리고 있었다.

아이의 눈에 행복이 가득했다. 오늘 정말 아쉬운 게 있다면 은지가 아빠에게 가서 안겨 있었으면 더 좋지 않았을까, 하는 것이었다.

은지의 아빠 손 회장과는 이곳에 내려오면서부터 계속해서 눈이 마주치고 있었다. 아마 그녀가 자꾸 은지 쪽을 보다 보니 그 옆에 앉아 있는 그와 자꾸 눈이 마주치는 것 같았다.

하지만 그렇다고 은지를 쳐다보지 않을 수도 없었다. 그랬다가 또 무슨 일이라도 생기면 그때는 정말로 그녀 스스로 못 견딜 것 같았다.

또 한편 채령은 은지를 보는 사이사이 주변을 살폈다. 혹시나 아는 사람이 있을까 불안했기 때문이다. 그녀는 유명한 사람은 아니었지만 남편이나 시아버지 때문에 가끔 주요 인사들의 부부 동반 모임에 참석했었다. 하지만 다행히 아직까지는 아는 얼굴은 없었다.

채령은 될 수 있으면 다른 사람들의 눈에 띄지 않기를 바라며 은지가 보이는 위치의 구석 쪽으로 몸을 조금씩 움직이고 있었다.

시선이 자꾸만 갔다. 아름다운 드레스를 입은 여인들 사이에서도 이상하게 흰색 블라우스에 스커트를 입은 그녀가 그의 눈에 자꾸만 들어왔다. 홍 집사 옆에 서서 은지를 바라보고 있는 유모의 표정은 딸을 보는 다정한 엄마 같았다.

선아가 유모의 반만이라도 했다면 그는 선아와 이혼을 하지 않았을 것이다. 갑자기 그녀의 검은 눈동자와 그의 눈이 마주쳤다. 그의 눈길을 피하지도 못하고 얼어붙은 유모의 모습이 안쓰러웠다.

그의 존재가 그녀에게는 마치 사나운 짐승같이 느껴지는 것 같았다. 자신을 잡아먹으려 드는 한 마리 맹수의 모습 말이다.

"손 회장."

아버지의 부름에 그는 시선을 아버지에게로 돌렸다. 잠시나마 즐거운 눈요기를 아버지께서 망치셨다.

"인사해라. 이쪽은 성운그룹의 막내딸이다."

큰 키에 모델을 해도 될 만큼 잘 빠진 몸매에 나이도 굉장히 어려 보이는 아가씨가 그의 앞에 서 있었다.

"안녕하세요. 조아라입니다."

목소리에서도 아기 티가 역력했다. 현수는 자리에서 일어나 성운그룹의 막내딸에게 고개를 살짝 숙였다. 그 옆에는 야망으로 가득하다는 평이 자자한 성운그룹 회장이 서 있었다.

"회장님, 안녕하십니까?"

그가 고개를 숙여 그에게 인사를 했다.

"이거 들켰구만. 우리 딸만 인사를 시키려 했는데 말이야."

맘에도 없는 말을 표정 하나 변함없이 하고 있었다. 연말 파티에서 본 첫째 딸을 그가 거들떠도 보지 않자 지난번 창립기념일에는 둘째 딸을 데리고 오더니 이제는 비장의 카드 막내딸이었다. 오늘 막내딸까지 퇴짜를 놓으면 누굴 데려올지 궁금할 지경이었다.

그렇게 말하는 조 회장도 조금은 멋쩍을 것이다. 하지만 조 회장은 기대에 찬 눈빛이었고 현수는 기가 막혔다. 이렇게 어리고 예쁜 딸을 왜 이렇게 이혼남에게 시집을 못 보내서 안달인지 조 회장의 욕심에 두 손을 들었다.

"손 명예회장님, 생신을 진심으로 축하드립니다. 우리 막내가 지난번에 별장에 가서 인사를 드렸다는데 친구들하고 같이 가서 누가 되지 않았는지 모르겠습니다."

"아니야, 나도 즐거웠네. 젊은 친구들이 어디 늙은이랑 놀려고 하나? 아라처럼 착한 아이나 그렇게 늙은이를 신경 써주지."

"아닙니다. 아라가 어찌나 회장님과의 시간이 즐거웠다고 하는지 저도 좀 놀랐습니다."

"그래? 하하하."

아버지는 진짜로 마음에 드셔서 그러는지 아니면 조 회장의 비위를 맞춰주시는지 몰랐지만 두 분은 죽이 너무 잘 맞았다.

"우리 아라 집 안 구경 좀 시켜주게. 이렇게 넓은 집은 처음일 거야."

어이가 없었다. 재계 10위의 성운그룹은 마나님의 씀씀이가 크기로 소문이 자자했다. 집도 아마 그의 집보다 크기는 작을지 몰라도 사치스러움은 이곳보다 더하면 더했지 덜하지는 않을 것이다.

"그래, 손 회장이 아라 집 구경 좀 시켜줘."

오늘따라 아버지의 반응이 영 마음에 들지 않았지만 아버지의 말씀을 어길 생각은 없었다.

"가시죠, 아라 양."

그가 말을 하자 아라가 수줍게 그의 팔에 팔짱을 꼈다. 하지만 현수의 시선은 아라가 아닌 유모에게 가 있었다. 여전히 따스한 시선으로 은지를 바라보고 있는 유모였다.

"아빠, 왜 그 언니랑 가?"

가만히 있던 은지가 그를 보고 한마디 했다.

"아이고 우리 손녀님께서 아빠를 뺏긴 것 같나 보네. 우리 꼬맹이 아가씨는 할아버지랑 놀까?"

조 회장이 끼어들었다.

"싫어요."

은지가 눈치를 보며 아버지에게로 파고들었다.

"우리 은지가 낯을 가려서."

그때였다. 유모가 아버지의 뒤로 다가왔다.

"아가씨께서 주무실 시간입니다."

"그래, 아이들에게는 늦은 시간이지."

은지가 냉큼 유모의 옆으로 가자 유모가 은지의 귀에 뭐라고 속삭였다. 은지는 바로 아버지에게 가서 볼에 입을 맞추었다.

"할아버지, 사랑해요."

"오호, 그래."

아버지의 입에 함박웃음이 지어졌다. 은지는 그렇게 하고는 유모의 손을 잡고 2층으로 올라갔다. 계단을 오르다 말고 또 유모가 뭐라고 속삭이자 이번에는 그에게 다가왔다. 그리고 그에게 다가와서는 손으로 귀를 대라는 신호를 보냈다. 그가 은지에게 귀를 대주자 다섯 살짜리 꼬맹이가 그에게 이렇게 말을 하는 것이었다.

"아빠, 난 이 언니 싫어요."

그렇게 말하고는 냉큼 위로 올라가는 은지였다. 유모가 이 말을 시켰을 리가 없지만 듣고 나니 크게 웃음이 터졌다.

"너무 예뻐요."

옆의 여자는 아이의 말이 뭔지 모르니 은지가 예쁘다며 칭찬을 하기에 바빴다. 하지만 그의 눈길은 계단을 오르는 은지와 유모에게 향해 있었다.

"구경 안 시켜주실 거예요?"

"가지."

속으로는 은지의 말을 들어주고 싶었지만 지금 그녀를 거절한다면 또 다른 여자가 그에게 접근할 게 뻔했다. 아버지의 생일은 언제나 여자들이 그에게 들러붙는 날이었다.

선아와의 이혼 후에는 그 강도가 점점 심해지고 있었다. 재계 1위의 기업인 삼화그룹의 안주인이 되기 위해 그들은 혈안이 되어 있었다.

5월인데도 아직 밤공기가 차가웠다. 거의 벗다시피 한 드레스를 입은 아라는 조금은 추울 것 같았지만 그는 정원을 거닐었다.

"정원이 참 넓어요. 우리 집의 몇 배는 돼 보여요."

"……."

"여기도 좋은데 집 안도 구경시켜 주세요."

"아니, 여기가 좋아."

"……."

여자는 말이 없었다. 같이 걸어다니는 것까지가 그가 할 수 있는 최대의 호의였다. 더 이상 그에게 요구하는 것은 사양이었다. 그가 걸음을 멈추고 그네에 앉았다.

"우리 집에 있는 그네와 같아요."

그녀가 그렇게 말하며 그의 옆에 앉아서 그네를 탔다.

137

"와, 진짜 오랜만에 타봐요."

너무 어린 여자는 싫었다. 그리고 수다스러운 여자는 더더욱 싫었다. 담배 생각이 절로 나는 순간이었다. 그런데 그때 그의 시선을 사로잡는 여자가 집에서 걸어나오고 있었다. 화려한 드레스의 물결 사이에 너무나 평범하다 못해 초라한 옷을 입은 그녀가 누구보다 당당하게 걸어나오고 있었다.

옷이 아닌 사람에게서 나오는 아우라가 그녀에게선 느껴졌다. 뭐지? 도대체 이 알 수 없는 신경 쓰임은 뭘까? 그는 속으로 생각에 잠겼다. 하지만 그의 눈길은 여전히 그녀에게 가 있었다.

"회장님, 밤바람이 너무 차요. 우리 들어갈까요?"

"그러지."

그가 그네에서 일어서자 숙소로 향하던 유모가 그를 보고는 고개를 숙였다. 왜 그녀가 자신을 쳐다볼 때면 이렇게 두근거리는지 그는 이해가 되지 않았다. 그녀보다 젊고 더 날씬하며 매력 있는 여자가 옆에 있는데도 그의 심장은 은지의 유모를 향해 뛰고 있었다.

그녀가 인사만을 하더니 빠른 걸음으로 숙소로 도망치듯이 갔다. 더 느린 걸음으로 가도 좋으련만.

"가요."

아라가 다시 그의 팔에 팔짱을 끼었다. 아까보다 더 깊이 밀착을 해서 그의 팔에 그녀의 풍만한 가슴이 닿았다. 아라의 가슴이 닿는 순간 현수는 물에 빠져서 옷이 젖어 있던 유모가 생각났다. 그렇게 여자를 보며 덮치고 싶다는 생각이 든 건 처음 있는 일이었다.

그는 본관으로 들어가면서도 생각은 은지의 유모에게로 향해 있었다. 이채령이라는 여자가 자꾸만 그의 신경을 건드렸다.

은지의 손을 잡고 계단을 오르는 내내 채령의 뒤통수가 따가웠다. 은지가 아빠에게 귓속말로 얘기를 하고 올라올 때 그의 표정은 아주 즐거워 보였다. 아빠에게도 사랑한다고 말하고 오라 했는데 그 말이 그렇게 우스운 얘기는 아니었다. 하지만 분명 그녀를 바라보는 그의 표정은 은지로부터 아주 재미있는 말을 들은 표정이었다.

"아가씨, 아빠에게도 사랑한다고 했어요?"

"응."

은지는 아주 즐거운 표정으로 그녀에게 말했고 거짓말 같지는 않았다. 은지의 핑크색 방은 진짜 공주의 방이었다. 남부럽지 않게 큰 그녀도 이런 방은 동화책 속에서나 보는 공주님의 방이라 생각했다.

모든 걸 다 가진 은지는 남들에겐 당연한 부모님의 사랑은 받지 못한 것 같았다. 이래서 신은 공평하다고 하는 건가? 은지의 드레스를 벗기면서 채령은 생각했다.

"아빠가 좋아요? 할아버지가 좋아요?"

"아빠."

은지는 한 치의 망설임도 없이 대답을 했다.

"아빠가 왜 좋은데요?"

은지의 표정이 심각해졌다. 한 번도 그 이유를 생각해 본 적이 없는 것 같았다. 괜한 질문을 한 것 같았다. 아무리 재벌가의 아가씨라고 해도 은지는 다섯 살 꼬마였다.

"자, 아가씨 지금부터 깨끗이 씻고 자는 거예요. 이를 혼자서 잘 닦으면 내일 사탕 하나 줄게요."

"정말?"

"네."

은지는 발이 보이지 않게 빠른 속도로 욕실을 향해 뛰어갔다. 요즘 썩은 이가 생겨서 예전 유모가 울 때마다 주던 사탕과 초콜릿을 금지시킨 채령이었다. 은지는 의자를 놓고 올라가서 칫솔에 치약을 짜서 이를 닦기 시작했다.

"우리 아가씨 이도 잘 닦고 예쁘네요."

한참을 이를 닦고 샤워를 한 은지가 채령에게 뜬금없이 말했다.

"난 그 언니 싫어."

"네?"

"언니가 아빠 옆에 있는 게 싫어."

방으로 돌아오기 전에 아빠가 다른 여자와 있는 게 은지는 싫었던 모양이었다. 그런 은지의 모습이 귀여워 채령이 물었다.

"아빠는 아가씨하고만 있었으면 좋겠어요?"

"아니, 난 그 언니가 싫어."

어릴 때 딸이 아빠를 동경하는 거라고 생각한 채령은 은지를 커다란 타올로 감싸고는 닦아주기 시작했다.

"우리 아가씨는 안 예쁜 데가 없어요."

이렇게 말하며 은지의 볼에 뽀뽀를 해주었다. 채령은 은지와의 스킨십을 중요하게 생각했다. 아가씨라서 어렵다고 멀리할 게 아니라 진짜 엄마처럼 돌봐주고 싶었기 때문이었다. 처음에는 쑥스러워하던 은지도 이제는 그녀의 뽀뽀를 당연하게 받아들였다.

"오늘 일찍 자야 내일 일찍 일어나서 놀죠."

"알았어."

은지가 발가벗은 채로 자신의 침대로 뛰어갔다. 채령은 마른 수건과 은지의 잠옷을 챙겨 침대로 가서 머리를 말려주고 잠옷을 입힌 후에 잠을 재웠다.

은지는 잘 때가 가장 사랑스러움의 정점을 찍는 것 같았다. 어찌나 예쁜지 채령은 한참을 은지의 자는 모습을 보고 자신의 숙소로 발을 옮겼다. 고단한 하루가 이렇게 끝이 났다.

정원에 나오자 시원한 바람이 그녀의 얼굴을 스쳤다. 오늘은 집 안에 사람들까지 많아서 솔직히 굉장히 답답했는데 이렇게 밖으로 나오니 상쾌했다.

　그때였다. 정원 구석에서 무언가가 움직였다. 순간 움찔했지만 크게 동요하지는 않았다. 오늘은 파티가 있는 날이고 사람들은 어디든 있을 수 있으니까 말이다. 그냥 지나치려 했는데 이놈의 호기심이 그녀를 한번 붙잡았다.

　고개를 살짝 돌리다가 그와 딱 눈이 마주쳤다. 채령은 얼른 고개를 숙여 인사를 하고는 숙소로 뛰다시피 해서 달려갔다. 아름다운 아가씨 옆에 있는 그의 눈에 그녀가 얼마나 초라하게 보일지 알기 때문이었다.

　그와는 자꾸만 시선이 마주쳤지만 그 이유는 알 수가 없었다. 그녀를 동정 어린 시선으로 보는지 아니면 젊은 여자가 유모를 하는 게 신기해 보이는 건지 모를 일이지만 확실한 건 그녀 자신이 자꾸만 초라해진다는 것이었다.

　자신의 숙소로 들어온 채령은 힘없이 침대에 걸터앉았다. 지금은 자신의 초라함을 생각할 때가 아니었다. 남편과 살 때의 그 굴욕적이던 생활을 몇 주도 되지 않아서 잊어버린 것 같았다.

　집에서 나오기 전날의 남편이 떠오르자 채령은 머리를 두 손으로 감싸고 무릎 사이에 끼워 넣었다. 그날의 참담함 기억이 몸에 뱀이 기어오르듯이 스멀스멀 기억나고 있었다.

　"싫어."

채령의 얼굴에 땀이 송골송골 맺히고 있었다. 그녀를 조수석의 구석으로 몰아붙이며 입에 담을 수도 없는 욕을 하며 그녀의 머리를 내리치는 남편에게 하지 못한 말이었다.

"싫어, 그만해!"

그녀는 5년 동안의 매질에 이 말을 제대로 입 밖으로 내뱉은 적이 한 번도 없었다.

"제발 그만해. 흑흑흑."

채령은 그날의 악몽을 온몸으로 느끼고 있었다. 그때였다.

딩동!

누군가 그녀의 방문의 초인종을 눌렀다. 순간 놀란 채령은 남편 생각에서 헤어 나오질 못하고 온몸을 돌돌 말고 침대 위에 그대로 앉아 있었다.

똑똑!

"유모, 나야."

박 언니의 목소리였다. 채령은 그제야 마음을 놓고는 눈물을 닦고 가 현관문을 열어주었다.

"아니, 안에 있으면서……."

채령의 퉁퉁 부은 눈을 보고는 순자는 입을 다물었다.

"울었어? 무슨 일이야?"

"아니에요."

"아니긴 울었는데."

"어쩐 일이세요?"

"오늘 다들 너무 바빠서 저녁도 못 챙겨 먹었잖아? 이거 케익하고 떡이야. 지금도 손님들이 다 안 가서 음식을 제대로 가져올 수가 없었어."

그녀가 접시를 채령에게 내밀었다.

"아직 우리는 안 끝나서 가봐야 해. 아까 보니까 밥도 못 먹은 것 같아서."

"감사해요."

순자를 안 지 2주밖에 되지 않았지만 정말 정이 많이 들었다. 친언니처럼 살뜰히 챙겨주는 순자가 채령은 너무 고마웠다.

"지난일은 잊는 게 좋아. 기억해 봐야 본인만 힘들어. 알았지?"

"네."

"먹고 자. 검사할 거야."

"알았어요."

그녀의 말에 채령은 겨우 미소를 지어 보였다. 순자는 이렇게 그녀를 위로해 주고 본관으로 향했다. 아직도 음악 소리가 별채에까지 들리고 있었다. 채령은 순자가 준 케익을 억지로 입에 넣었다.

그녀가 이렇게 운다고 해결되는 건 아무것도 없었다. 기운을 차려야 했다.

따르릉— 따르릉—

그녀의 알람이 열심히 울리고 있었다.

"5분만……."

채령은 알람을 자신도 모르게 끄고 다시 잠을 잤다. 어젯밤에 불안해서 잠을 설쳤더니 몸이 너무 피곤했다. 사르르 잠이 든 채령은 정말로 오랜만에 단잠을 잤다.

"지금 몇 시지?"

침대에서 벌떡 일어난 채령은 핸드폰을 찾아서 시간부터 확인했다. 그 잠깐의 시간이 한 시간이었다. 시계는 8시 30분을 가리키고 있었다. 9시에 은지를 깨워야 해서 8시 50분엔 은지 방에 도착을 해야 하는데 난리였다.

"어쩌지."

너무 당황하니 머릿속이 하얗게 되어버렸다. 우선은 샤워는 못하더라도 세수는 해야겠다는 생각에 욕실로 들어간 채령은 초스피드로 준비를 하고 나왔다. 얼굴에는 스킨, 로션만 바르고 감지도 않은 머리는 포니테일로 묶고 하늘색 블라우스에 네이비 플레어스커트를 입은 채령은 정말 평생 처음으로 전속력으로 뛰며 출근을 하고 있었다.

퍽!

"죄송합니다."

그녀는 너무 서두르다가 본관의 출입구에서 누군가와 세게 부딪쳤다. 하지만 지금은 그게 중요한 게 아니었다.

"이봐."

고개를 숙이며 사과를 하고 들어가려는 순간 귀에 익숙한 저음의 소리가 들렸다. 울고 싶었다. 채령은 가던 길을 멈추고 뒤를 돌아보았다. 그가 그녀가 부딪친 곳의 양복을 손으로 털며 그녀에게 다가왔다.

"죄송합니다."

"집에서 뛰면 안 된다는 거 모르나?"

이렇게까지 화를 낼 줄은 몰랐는데 손 회장은 화가 많이 난 것 같았다. 큰소리를 내지 않았지만 그의 저음의 목소리가 더 차갑게 울리자 무서웠다.

"지금 은지를 깨우기에 너무 늦은 시간 아닌가?"

"죄송합니다."

이럴 때는 무조건 죄송하다고 하는 게 마음 편했다. 그래도 그동안은 무뚝뚝했지 이렇게 무섭게 대하지는 않았는데 아주 속이 상했다.

"어머, 안녕하세요?"

어제 파티에서 손 회장의 옆을 지키고 있던 여자가 아침에도 여전히 그의 옆에 서 있었다. 그렇다면 둘이 같이 밤을 보냈다는 얘기인데, 그렇다고 하기엔 여자의 표정이 너무나 당당했다. 하긴 요즘은 섹스에 대해 좀 너그러운 시대니까 그럴 수도 있었지만 채령은 본인이 더 민망했다.

여자가 끼어들자 그는 말을 멈추고 가던 길을 갔다. 여자도 그의 뒤를 따랐다. 채령은 그들을 더 볼 사이도 없이 은지의 방으로 빠르게 걸어갔다.

손 회장의 무서운 얼굴이 계속 떠올라 채령은 머리를 흔들었다.

"지각하는 걸 굉장히 싫어하네."

이렇게 혼잣말을 중얼거리며 채령은 은지의 방문을 열었다.

"아가씨, 미안해요."

은지는 자리에서 일어나 잠이 덜 깬 채로 채령을 보고 있었다. 그 모습이 어찌나 귀여운지 채령은 올라오면서의 일을 잊어버리고 은지에게로 향했다.

Chapter 5

어두운 밤거리에 한 남자가 주변을 살피며 두리번거리고 있었
다. 남자의 눈빛은 어두운 밤을 가를 만큼 아주 날카로웠다. 5월
의 날씨와는 전혀 어울리지 않는 바바리를 입고 중절모를 쓴 남자
는 마치 영화에 나오는 탐정을 흉내 내는 것 같았다.

딸깍. 딸깍.

입에는 담배를 물고 몇백 원짜리 싸구려 플라스틱 라이터의 불
을 계속해서 켰다 끄기를 반복하는 그였다. 무슨 이유에선지 그는
입에 문 담배에는 불을 붙이지 않았다. 그렇게 멍하게 한참을 서
있던 그가 라이터를 주머니에 넣고는 담배를 여전히 입에 문 채
어디론가 전화를 했다.

"경무관님."

[최 사장, 이게 얼마 만인가?]

주변에 사람이 있는 모양이었다.

"행동합니다."

[그럼, 그래야지. 고생하게. 내가 손님이 있어서.]

최성식의 눈이 번뜩였다. 이 건만 잘 해결하면 미래의 경찰 우두머리의 약점을 크게 하나 쥐게 되는 것이었다. 가방끈도 짧고 여자들 맛보는 걸 좋아하는 그였지만 자신에게 유리한 것을 취할 줄도 알았다.

그는 담배를 피우지 않는다. 술 또한 마시지 않았다. 그는 여자들 살결의 맛을 못 느끼게 하는 모든 안 좋은 것을 하지 않았다. 그리고 그는 범죄를 저지를 때마다 느끼는 희열을 맨정신으로 하나하나 기억했다.

오늘 그는 다른 범죄를 계획하고 있었다. 김준혁은 수단과 방법을 가리지 말고 자신의 와이프를 찾으라고 했다. 아마 나중에는 그 말을 후회할 것이다. 그건 그가 보장할 수 있었다.

기다리던 목표물이 그에게 다가오고 있었다. 주차장으로 걸어들어오는 여자는 아무 생각 없이 그가 있는 쪽으로 왔다. 그는 그녀가 오기 전에 벌써 몸을 숨기고 그녀를 기다렸다.

"그냥 딸년을 잘못 낳았다고 생각해."

그는 쭈그리고 앉아서 조용히 말했다. 그때였다. 여자가 그가 원하는 위치에 서자 그는 빛의 속도로 여자에게 달려들어 배를 가격했다.

퍽!

이러면 보통의 여자들은 한 방에 기절했다. 너무 맥없이 쓰러지니 재미가 없었다. 성식은 여자를 둘러메고는 자신의 차에 태웠다. 이렇게 넓은 캠퍼스 주차장에 CCTV가 없었다. 그를 위해서는 좋은 일이지만 말이다.

그는 기절한 여자와 함께 쉽게 찾기 힘든 양평의 폐교로 갔다. 가면서 그녀의 가방에서 핸드폰을 꺼내 길가로 던져 버렸다. 여자는 대학교수였다. 오십이 넘은 나이치고는 아주 마음에 드는 몸매의 소유자였다.

그는 운전을 하면서 입맛을 다셨다. 어쩌면 오랜만에 재미를 좀 볼 수 있을 것 같았다.

"휘~"

그는 운전을 하며 기분 좋게 휘파람을 불었다.

채령의 얼굴은 굳어져 있었고 은지의 얼굴은 울기 일보 직전이었다. 모두가 원하지 않은 불청객이 은지의 방에 들어왔기 때문이었다. 잘 놀고 있는 은지와 채령 사이에 갑자기 한 여자가 끼어들었다.

"안녕, 나 알지? 오늘부터 은지의 한글 수업을 맡게 된 아라 샘이야."

오늘부터 은지의 가정교사가 들어온다고 지금 홍 집사에게 들었다. 그리고 말이 떨어지기가 무섭게 아란지 뭔지 하는 여자가 방으로 들어와서 자기소개를 하고 있었다. 아라는 어제 이 집 주인의 곁에 있던 여자였다.

어제는 굉장히 야한 드레스를 입고 화려한 화장을 해서 그런지 오늘 마치 사감 코스프레를 한 것 같은 옷차림의 그녀는 어색해 보였다. 거기에 아기들이 싫어하는 뿔테 안경이라니 진짜 어이가 없었다.

"다섯 살인데 한글도 못 읽으면 창피한 일이야. 알았어?"

"으아앙."

그녀의 말에 은지가 참고 있던 울음을 터트렸다.

"뚝! 아무 때나 그렇게 보채면 안 되지."

가만히 있으면 중간이나 가지, 아라는 자신의 생각을 아이에게 가감 없이 말하고 있었다. 낯선 사람인데다가 딱딱하게 구니 은지로서는 무섭고 싫을 게 뻔했다.

"은지 유모라고 했죠? 은지와 수업할 때는 잠시 자리 좀 비켜주세요."

은지가 그녀의 말에 놀란 얼굴로 채령의 얼굴을 쳐다보았다.

"죄송하지만 수업시간에 방해되지 않게 옆에 있을게요."

"여긴 밑의 사람들이 참 말이 많은 것 같네요. 안 그런가요?"

아라가 홍 집사를 쳐다보며 말했다. 얼마나 대단한 집안의 딸이기에 이 집 사람들이 누구나 다 존경하는 홍 집사님을 저렇게 대할까라는 생각이 들었다.

"저기, 제가 뭐라고 불러야 할지……."

"네?"

"제가 앞에 계신 분을 뭐라 칭해야 할지 모르겠군요. 어제는 성운그룹의 따님이시라 제가 그에 어울리게 아라 님이라 불러 드렸고 오늘은 어찌 된 일인지 갑자기 우리 아가씨를 가르치신다고 하니 선생님이라 불러야 하는데, 제가 어떻게 해야 할까 묻는 겁니다."

"아니, 집사씩이나 되면서 호칭 정리도 안 되면 안 되죠."

채령은 아라의 머리통을 한 대 후려치고 싶었다. 어쩜 저렇게 버르장머리가 없는지, 은지를 뭐라 할 게 아니라 본인부터 가정교육을 제대로 받고 오라고 말하고 싶었다.

"그럼 저는 오늘 은지의 선생님으로 대하겠습니다."

홍 집사님이 이렇게 차가운 표정인 건 처음이었다. 이 큰 집을 다스리는 분이 아라 하나 잡지 못할 리가 없었다.

"이 집의 수십 명의 식솔들은 저의 말에 일사불란하게 움직입니다. 모두들 유능한 사람들이죠. 그들은 저의 말을 대부분 칼같이 따르지만 분명 이유가 있을 때는 자신의 주장대로 합니다. 오늘 유모는 아가씨를 위해 이곳에 남고 싶어 하는 겁니다. 저는 유모의 생각을 존중합니다."

홍 집사가 아라를 뚫어지게 보며 말했다.

"선생님께서는 지금 아주 큰 실수를 했습니다. 이 방에서 가장 윗사람은 선생님이 아닌 우리 아가씹니다. 이 방의 주인은 아가씨니까요. 밖에서 얼마나 대단하신지는 모르겠지만 이 방에서는 아가씨를 가르치는 선생일 뿐입니다. 유모와 동등한 입장이죠."

"뭐, 뭐라고요? 나중에 이 집에서 내 위치가 어떻게 될 줄 알고 그러시는 거죠?"

"그건 나중이 돼봐야 알 일이죠."

홍 집사가 말을 잘랐다.

"난 이 언니 싫어."

"뭐?"

은지의 말에 아라가 발끈하자 은지가 채령에게로 파고들었다.

"그만하시죠. 수업을 하러 오셨으면 조용히 가르쳐 주세요. 아가씨가 자꾸 놀라십니다. 그리고 아가씨는 이름을 부르는 데 익숙하지 않으세요. 이름 대신 아가씨라고 불러주세요."

"뭐, 다섯 살 꼬맹이한테 아가씨라고?"

아라는 자신의 감정을 숨기지 못하는 스타일이었고 채령이 느낄 수 있는 건 절대로 아라가 이 집의 안주인이 되어서는 안 된다는 것이었다. 아마 아라에게 호감이 있는 손 회장이 어제 그녀와 잠자리를 하고 은지와 친해지라고 이런 자리를 마련한 것 같은데 오히려 역효과가 날 것 같았다.

아라는 누구를 가르칠 만한 인성이 아니었다. 그런데 오늘 아침부터 이 여자는 왜 이렇게 여러 사람을 힘들게 하는지 이해가 가지 않았다. 손 회장과 사귀는 사이라면 은지에게 누구보다 잘 보여야 하는데 그런 게 전혀 없이 자신의 뜻대로만 하려 했다.

"나가!"

갑자기 은지가 소리를 쳤다.

"정말 버릇이 없구나."

아라도 지지 않고 은지에게 말했다. 은지가 이렇게 사람에게 과민하게 구는 걸 채령은 처음 봐서 몹시 당황스러웠지만 은지를 품에 꼭 끌어안고는 다독이기 시작했다.

"아가씨, 이러는 거 아니에요."

"나가라고 해."

이제는 울먹이기 시작했다.

"아직 아가씨께서 수업을 받으실 준비가 되어 있지 않으신 것 같습니다. 다음에 준비가 되면 그때 연락을 드리죠."

홍 집사가 상황을 정리하자 아라는 두말도 하지 않고 방을 나갔다. 이제 해결이 된 것 같았다.

"따라가 보셔야 하는 것 아니에요?"

아라가 자리를 떠난 건 반가웠지만 성운그룹의 딸인 걸 안 이상 홍 집사님이 그로 인해 불이익을 당할까 봐 걱정이 되었다. 하지만 홍 집사님은 웃을 뿐 그녀를 따라가지 않고 오히려 채령과 은지를 달래주었다.

그때였다. 갑자기 은지의 방으로 손 명예회장이 전동휠체어를 타고 들어왔다. 홍 집사와 채령이 자리에서 일어났다. 그의 뒤에는 아라가 아주 당당한 표정으로 서 있었다. 마치 싸우고 나서 아빠를 데리고 온 아이의 표정이었다.

"은지야."

손 명예회장이 은지를 다정하게 부르며 팔을 벌렸다. 하지만 은지는 채령의 다리를 붙들고 꼼짝도 하지 않았다.

"저거 보세요. 아이가 사회성이 너무 부족하다니까요."

"……."

"제가 그걸 가르쳐 주려고 이렇게 아침부터 왔는데 모두가 협조를 안 해주네요. 그리고 전 은지랑 친하고 싶지, 은지의 하녀는 아닌데 모두들 은지를 싸고돌며 아가씨라고 부르라고 하니 이건 아닌 것 같아서요."

아라의 말을 들으면서도 손 명예회장의 눈은 그녀의 다리를 잡고 있는 은지에게 향해 있었다.

"은지야?"

그가 다시 한 번 은지를 불렀다.

"저 보세요. 유모에게 딱 붙어 있잖아요. 새엄마라도 들어오면 분명히 다툼이 생길 거예요. 은지의 삐뚤어진 태도는 다 유모하고 홍 집사 때문이에요."

말이 너무나 심했다. 얘기를 들어보니 어제 손 회장과 잠자리를 한 건 아닌 것 같았다. 아침에 이곳에 왔다고 했으니까 말이다. 하긴 아버지도 계신데 여자와 집에서 잔다는 건 말이 되지 않는 일이긴 했다.

이도 저도 아닌데 아라라는 여자의 자신감은 다 어디서 나오는 건지 채령은 신기하기만 했다.

"아가씨, 할아버지께 대답해야죠."

보다 못한 채령이 자신의 다리에 애처롭게 매달려 있는 은지에게 말했다.

"싫어, 할아버지가 저 언니 편이잖아."

"은지야, 할아비는 은지 편이야."

"아냐."

손 명예회장의 표정이 안쓰러울 정도로 어두워졌다.

"아라 양, 아무래도 우리 은지가 아직 가정교사를 받아들일 때가 아닌 것 같네. 어제 자네의 얘기만 듣고 내가 너무 섣부르게 결정을 했어. 우리 은지가 어리다고 생각했는데 의사가 이렇게 분명한 아이였는지 내가 미처 몰랐어."

"명예회장님, 지금 은지 또래의 제 사촌 조카들은 읽고 쓰기가 다 되거든요. 이대로 방치하시면 안 됩니다."

"공부 좀 못하면 어떤가, 은지만 즐거우면 되지."

"아니, 앞으로 이 큰 기업을 이끌어 나가려면……."

"그건 나중 일이지. 한 치 앞도 모르는 때 아닌가? 오늘은 이만 가주게. 내가 경솔했던 것 같아. 이해해 주게."

"명예회장님."

"홍 집사, 아라 양 잘 바래다 드리게."

"네."

그 어느 때보다도 빠르게 홍 집사님이 아라를 밖으로 데리고 나갔다. 손 명예회장은 한참을 은지에게서 시선을 떼지 못하고 있었다.

"자네가 힘이 들겠구먼."

"아닙니다."

"은지가 자네를 예전 유모보다 더 따르는 것 같아. 결혼은 했나?"

"네, 하지만 지금은 이혼 준비 중입니다."

"아이는?"

"없습니다."

그는 채령과 은지를 번갈아 보았다.

"이혼 소송 중인가? 그렇다면 내 변호사를 소개해 주지."

"아닙니다. 제 일입니다."

"그래, 그러면 뭐든 부탁할 일이 있으면 홍 집사에게 말하게. 내가 램프의 요정은 아니지만 우리 은지를 잘 돌봐주고 있는 자네에게 한 가지 소원은 들어주겠네."

"……."

그의 말에 놀라서 채령은 뭐라 대답을 할 수가 없었다.

"은지야, 아직도 할아비가 싫어?"

"아니."

이렇게 말을 하며 은지가 달려가 전동휠체어에 앉아 있는 할아버지에게 안겼다.

"할아버지, 난 그 언니 싫어."

"왜?"

"어제 그 언니가 아빠랑 같이 있었어. 아빠가 은지보다 그 언니 더 좋아해."

은지는 자기가 좋아하는 아빠가 은지랑 놀아주지도 않는데 아라랑 노는 것 같아서 싫었던 것이다. 다섯 살 꼬마의 눈에 아라가 아빠를 빼앗아가는 것 같아서 싫었던 모양이었다.

"아니야, 아빠도 할아버지도 은지만 사랑해."

"진짜?"

"그럼."

채령은 은지가 부러웠다. 따뜻한 눈길로 바라봐 주는 할아버지가 있었기 때문이었다. 채령은 할아버지, 할머니를 볼 수가 없었다. 부모님이 결혼하기 전에 양가 어른들이 모두 돌아가셨기 때문이었다.

그래서 이렇게 따뜻한 가족들의 모습을 보면 마냥 부러웠다. 이 꼬마 아가씨가 이렇게 부러워 본 적은 처음이었다. 어쨌든지 아침부터 한바탕 소동을 치르고 나니 다리에 힘이 풀리는 것 같았다.

아침부터 삼화그룹 대회의실에는 전국의 삼화그룹 임원들로 꽉 차 있었다. 이번 3일간의 회의는 삼화그룹의 미래가 걸린 아주 중요한 일을 하기위한 발판이 되는 회의였다. 남해사업본부의 창단식이자 그동안 기획실에서 추진해 온 남해 사업의 기획원안에 대한 발표와 회의가 10시간째 이어지고 있었다.

이건 사람이 할 짓이 아니었다. 쉬는 시간도 거의 없는 스파르타식 강행군이었다. 남해 사업 때문에 서울과 수도권에 편중되어 있던 삼화그룹의 사옥이 부산에도 지어질 예정이었다. 아무래도 남해 사업의 근거지는 부산이 될 테니 말이다.

열띤 토론을 하면서 발표자들은 현수의 날카로운 질문 공세에 모두들 오금을 저리고 있었다.

"오늘은 이만합시다."

8시가 넘어서야 그의 입에서 하루를 마감하자는 소리가 나왔다.

"내일은 오전 9시까지 모입시다."

모두가 회의실을 빠져나가자 임 비서가 그에게 다가왔다.

"오늘 오전에 명예회장님께서 전화를 하셨습니다. 회의 중이라고 말씀드렸더니 끝나고 전화하라고 하셨습니다."

현수는 임 비서의 말을 들으며 고개를 숙이고 목을 주물렀다.

"그리고 성운그룹이 조아라 씨께서 쉬지 않고 전화를 거셨습니다."

"핸드폰."

그에게 임 비서가 보관 중이던 개인 휴대폰을 주었다.

"아버지."

[회의는 잘 끝났고?]

"네, 무슨 일이십니까?"

[성운그룹 막내딸을 어떻게 생각하나 해서.]

어제 다른 여자들이 달려드는 게 싫어서 성운그룹이 막내딸과 있었다. 그게 이렇게 화근이 될 줄은 꿈에도 생각지 못한 현수였다. 아침에 갑작스런 아라의 출현에 이게 뭔가 싶었지만 아라보다 유모에게 더 신경이 가서 그녀가 그의 팔짱을 끼든 말든 신경 쓰지 않았다.

어제도 아버지 앞에서 은지의 교육 어쩌고저쩌고 떠들어댈 때도 그는 아라가 뭐라고 지껄이는지 조 회장이 옆에서 뭐라고 거드는지 신경조차 쓰지 않았는데 오늘 오전에 아무래도 무슨 일이 있기는 있었던 모양이다.

"아버지, 전 조아라 양이 조금도 마음에 들지 않습니다."

[알았다. 난 네가 아라를 마음에 들어하는 줄 알았다.]

"아닙니다."

그는 칼같이 딱 잘라 말했다.

"어떻게 그렇게 어린아이를 마음에 둘 수가 있겠습니까."

[알았다.]

"몸은 좀 어떠십니까?"

[괜찮아.]

두 번의 암 수술로 몸 상태가 많이 안 좋은 아버지였다. 맑은 공기를 마시며 별장에 계시다가 공기도 안 좋은 서울로 모시니 마음이 좋지 않았다. 아버지는 그에게 재벌가의 회장이기 이전에 한 사람의 남자로 존경을 받을 만한 인물이었다.

[이번에 들어온 유모가 아주 마음에 들더구나. 은지가 유모를 따르는 것도 보기 좋고. 어디서 그런 사람이 들어왔는지 은지가 복이 많은 아이긴 한 것 같아.]

아버지의 눈에도 채령이 은지를 생각하는 게 보이신 것 같았다.

"좋은 사람인 거 같습니다."

[월급을 더 올려주든지 해서 꼭 마음이 변하지 않게 해. 요즘 아이를 마음 놓고 맡기는 게 쉬운 일은 아니니까.]

"알겠습니다."

[난 내일쯤 별장으로 내려갈까 한다.]

"이따 저녁에 봬요."

[너무 무리하지는 말고. 내가 겪어보니 건강은 좋을 때 지켜야 해.]

"네."

아버지와 통화를 하는 중에도 아라에게 계속해서 전화가 왔다. 이 여자는 포기를 모르는 것 같았다. 인상을 쓰며 휴대폰을 임 비서에게 넘겼다.

"나머지 일정은?"

"없습니다. 3일간 마라톤 회의가 이어져서 나머지 일정은 3일 후로 미뤘습니다."

"잘했어."

현수는 이렇게 말을 하고 자리에서 일어났다. 집으로 가는 내내 그의 머릿속엔 아침의 일이 떠올랐다. 화장기 하나 없는 채령의 얼굴이 떠올랐기 때문이었다. 꾸미지 않아도 사람을 묘하게 끄는 매력이 있었다.

출근을 하기 위해 계단을 내려오다가 별관 쪽에서 부리나케 달려오는 채령의 모습이 보였었다. 중앙 현관으로 나오면 되는데 그는 일부러 메이드들이 출입을 하는 동쪽 현관으로 빠르게 움직였다. 왜 그랬는지 지금 생각해도 이해가 가지 않는 행동이었다.

문을 열고 나가자마자 그는 자신을 향해 돌진해 오는 그녀와 부딪쳤다.

"죄송합니다."

그리고 그냥 들어가려는 그녀에게 그는 화를 냈다. 그를 반겨주기를 바라는 건 아니었지만 아무런 반응 없이 그냥 지나가는 사람에게 사과하듯이 하는 그녀가 현수는 몹시 마음에 들지 않았다.

뭘 바란 건 아니었지만 괜히 심술이 난 건 사실이었다. 거기에 아라의 등장은 그를 더욱 화나게 만들었다. 아라를 본 채령의 얼굴에서 둘이 그렇고 그런 사이구나라는 표정을 그는 읽어버렸다.

"제길!"

창을 보며 낮게 욕을 뱉었다. 그의 욕설에도 서울의 도심은 무반응이었다. 빠른 걸음으로 땅만 보며 걸어가는 사람들을 보며 그는 복잡한 생각을 떨쳐 냈다. 회사의 일로도 그는 머리가 땅바닥에 닿을 정도로 많은 생각의 무게를 지고 있었다. 그만 생각하자.

오늘따라 고요한 정원에 외로움이 빼곡하게 내려앉아 있었다. 퇴근 후 그는 그 외로움들을 발로 밟으며 여느 때와는 다르게 딸아이의 불 켜진 창을 올려다보았다. 분명 은지 때문만은 아니었다. 그는 솔직히 딸만을 생각하는 다정한 아버지는 아니었기 때문이었다.

거실에서 홍 집사와 얘기 중인 아버지께 인사를 드리고 그는 자신의 방으로 향했다.

"호호호, 하하하."

여자들의 웃음소리가 복도를 가득 채우고 있었다. 신경을 쓰지 않으려 하는 만큼 자꾸만 우연치 않게 그녀가 눈에 띄었다. 반갑지 않은 일이었다.

그는 딸아이의 방문 앞에 잠시 걸음을 멈추었다. 그렇게 한참을 은지와 채령의 웃음소리를 듣고 있었다. 무슨 내용인지는 모르겠지만 둘은 너무나 기분 좋게 웃고 있었다. 얼마나 그렇게 서 있었을까, 방 안의 웃음소리가 멈추었지만 현수는 여전히 그 자리에 있었다.

찰칵!

"어머!"

깜짝 놀란 그녀의 아름다운 눈과 더 놀란 그의 눈이 마주쳤다.

"밖에 계신 줄 몰랐습니다."

여전히 화장기가 하나 없는 얼굴이었다. 놀랍도록 하얀 피부가 그의 시선에 먼저 들어왔다. 서른이 넘었다고는 절대로 믿기지 않는 얼굴이었다.

"회장님?"

"자나?"

"네, 아가씨는 주무십니다."

더 이상 이 여자 앞에 있다가는 엉뚱한 생각을 하게 될 것 같았다. 마치 이 앞의 여자에게 관심이 있다고 말이다. 그가 몸을 돌렸다.

"회장님."

그녀가 그를 분명히 불렀다. 그가 고개를 돌리자 그녀가 말했다.

"은지 아가씨가 회장님을 너무 좋아합니다. 하지만 다섯 살 나이에 맞지 않게 아버지를 꼭 닮았습니다. 표현을 하지 않으니 말입니다. 회장님께서 먼저 다가와 주심이 어떨지……."

"건방지군."

누구에게 충고를 듣는 건 사양이었다. 특히 그녀에게는 말이다.

"죄송합니다."

그는 몸을 돌려서 자신의 방으로 가지 않고 2층에 있는 거실로 향했다. 그곳에는 작은 바가 있었다. 그가 가끔 술을 마시는 곳이었다. 요즘은 잘 가지 않았지만 지금 그는 술 생각이 간절해졌다. 그는 와인 냉장고에서 와인을 꺼내는 대신에 냉장고에 있는 소주를 꺼내서 창가에 있는 테이블로 갔다.

숙소로 향하는 그녀의 모습이 보였다. 소주를 따서 잔에 부었다. 맑고 투명한 것이 방금 전 가까이서 보았던 채령의 피부 같았다.

"건방져."

은지는 그의 아킬레스건이었다. 그도 은지에게 자신이 못하고 있다는 사실을 누구보다 잘 알았다. 그녀가 그걸 건드린 것이었다. 사라져 가는 그녀를 바라보며 그가 소주를 단번에 털어 넣었다. 목을 타고 내려가는 싸구려 알코올이 만신창이가 된 현수의 상처를 소독하고 있었다.

그때였다. 누군가 그의 옆에 다가왔다. 익숙한 향이었다.

그리고 또 다른 빈 잔을 꺼내 소주를 따랐다.

"술 드셔도 돼요?"

"한 잔 정도야 마셔도 되지 않을까?"

그러면서 그의 빈 잔에도 술을 따라주었다. 아버지의 전동휠체어가 옆에 다가오는데도 듣지 못하고 생각에 잠겨 있었다. 아버지와 이렇게 술자리에 마주 앉는 게 정말 오랜만이었다.

아버지는 그가 이렇게 술을 마실 때면 말없이 옆에 앉아 계셨다. 물론 자주 있는 일은 아니었지만 아버지는 그에게 충고하려 들지 않았다. 그저 그가 문제를 잘 해결하게 기다려 주었다. 그게 아버지의 교육관이었다.

오늘도 아버지는 그의 옆에 계셨다. 묻지도, 그렇다고 어른으로서 충고도 하지 않은 채 아무 말 없이 아들을 위로하고 계셨다.

남자들의 위로법은 이랬다. 여자들처럼 수다로 풀지 않는다. 그저 이렇게 곁에 말없이 앉아 있는 것만으로도 큰 위로가 된다는 걸 알기 때문이었다.

그의 빈 잔에 술을 또 부어주셨다. 아버지는 한 잔의 술로 그와 보조를 맞추고 계셨다. 혼자 마셨다면 몇 병은 마셨겠지만 그는 오늘 한 병의 술로도 많은 위로를 받을 수 있었다.

"내일도 회의냐?"

"네."

"그럼 들어가서 쉬어."

"네."

한 병을 다 마셔갈 즈음 아버지는 이렇게 말씀을 하시고 조용히 거실을 나가셨다. 익숙한 전동휠체어의 소리가 오늘따라 그의 가슴에 큰 무게로 다가왔다. 그리고 자신도 은지에게 그런 아버지가 되어주고 싶었다. 마음에 의지가 되는 아버지로 말이다.

은지가 아빠를 좋아한다는 채령의 말이 그의 머릿속에서 맴돌았다. 현수는 자신의 방으로 들어가는 대신에 딸아이의 방으로 들어갔다. 수면등이 켜져 있는 은지의 방은 평화로움 그 자체였다.

그는 빌소리를 죽여 은지의 침대 옆으로 갔다. 아이는 천사의 얼굴을 하고 평화롭게 잠들어 있었다. 그는 땀에 젖은 은지의 머리카락을 이마에서 떼어내 넘겨주었다. 그의 손길에도 은지는 세상모르고 자고 있었다.

무슨 말인가를 하고 싶은데 괜히 마음이 시려왔다. 이게 무슨 감정인지는 모르겠지만 은지를 그가 사랑하고 있는 건 확실했다. 커가면서 자신의 외모를 무섭도록 닮아가는 은지를 보면 왠지 마음이 시렸다.

엄마 없이 아이를 키운다는 것은 대기업을 운영하는 그도 어려운 일이었다. 중요한 회의가 있어서 오늘 같은 날은 편하게 쉬고 내일을 준비해야 하는데 편하게 쉬는 건 물 건너간 것 같았다.

현수는 그렇게 한참을 은지 옆에 앉아 있었다. 미안한 마음이 들어서 움직일 수가 없었다. 이건 다 채령 때문이었다. 그는 깊은 한숨을 내쉬었다.

Chapter 6

　배가 욱신거리고 속은 메슥거렸다. 거기에 온몸은 가위에 눌린 것처럼 꼼짝을 할 수가 없었다. 5월인데 온몸에 차가운 냉기가 가득 차올랐다. 어떻게 된 일인지 영희는 알 수 없었지만 지금 그녀가 위험에 빠져 있다는 것만은 확신했다.

　쓸데없이 이성적인 그녀의 뇌가 그녀에게 그렇게 말을 하고 있었다. 눈을 뜨기가 두려웠다. 눈을 떴을 때 펼쳐질 상황이 감당되지 않을 것 같았다. 하지만 고맙게도 그녀는 걱정할 필요가 없었다. 눈에 테이프가 붙여져 있었기 때문이었다.

　몸을 살짝 움직여 보니 그녀의 손과 발이 무엇인가로 꽉 묶여 있었다. 살가죽에 달라붙어 있는 느낌인 걸 보니 테이프로 돌려

묶은 것 같았다. 주차장에서 검은 그림자가 그녀를 덮친 이후 기억이 없었다.

철컥!

문이 열리는 소리가 들렸다. 그리고 누군가 들어왔다. 그녀의 코에 굉장히 고급스러운 남자 향수 향이 감돌았다.

"여보세요?"

얇은 톤의 남자 목소리는 듣기에 거슬렸다. 마치 옛날 사극에 나오는 내시의 목소리 같았다.

"잡아다 놨습니다."

그녀를 두고 하는 말인 것 같았다.

"뭐라고요? 알아서 하라고 하지 않았습니까? 뉴스에도 나오고 하면 알아서 자기 발로 오겠죠. 사람이 머리를 써야지요. 어차피 잡히면 감옥밖에 더 가겠습니까? 여자는 내가 맘대로 합니다."

누가 자기 발로 오고 여자를 마음대로 하다니, 도대체 알 수가 없었다. 오십이 넘도록 살면서 이렇게 무서웠던 적은 없었다. 영희는 자꾸만 화장실이 가고 싶었다. 너무 무서우니 사람이 원초적으로 되어가는 것 같았다.

"씨발, 자기가 하라고 해놓고 딴소리는."

남자는 이렇게 말을 하고는 그녀에게로 와서 발로 그녀의 등을 툭툭 건드렸다.

"일어나. 깨어 있는 거 다 알아."

남자는 그녀가 눈을 감고 있다는 걸 알고 있었다. 하지만 그렇다고 눈을 뜰 수는 없는 일이었다. 남자의 혀가 그녀의 귀를 핥았다. 축축한 그의 혀는 마치 뱀같이 느껴졌다. 온몸에 소름이 끼쳤다.

"채령이는 어딨어?"

이놈이 지금 채령이에 대해 묻고 있었다. 하지만 그녀는 채령이 어디 있는지 알지 못했다. 이놈만 그녀의 몸에서 떨어질 수만 있다면 채령이 어디에 있는지 말해줄 수도 있었다. 그만큼 그녀는 모성애가 존재하지 않았고 그의 혀가 그녀의 살에 닿는 게 싫었다.

"말하기 싫어? 하지만 내일이면 당신이 사라진 사실을 알게 될 거야. 그러면 당신 남편이 경찰에 신고를 할 테고 당신은 뉴스에 나가게 되겠지. 그럼 당신 딸이 집으로 연락을 할 테니까 우리는 기다리면 되는 거야. 즐기면서."

그가 손을 그녀의 가슴에 가져갔다.

"늙은 아줌마치고 아주 탄력이 있어. 하하하."

"돈이 필요해? 돈 줄 테니까 풀어줘."

"지금은 돈보다 여자가 필요해."

그의 더러운 손이 그녀의 가슴을 주물럭거렸다.

"으흐흐, 한판 즐기자고. 너도 원하지?"

"싫어!"

"싫기는, 속으론 좋으면서."

그의 손이 그녀의 옷 속을 파고들어 브래지어 위로 가슴을 만졌다.

"아악, 살려줘요!"

소름이 끼치도록 싫었다.

팍!

"꼼짝 마!"

갑자기 시끄러운 소리가 들리더니 그가 그녀의 몸에서 떨어졌다.

"아이 씨!"

도와줄 사람이 온 모양이었다.

"저리 안 떨어져, 새끼야?"

"여기는 어떻게 알고 온 거예요?"

"난 네가 어디에 가는지 부처님 손바닥 보듯이 다 알아."

누군지 몰라도 정말 감사할 상황이었다.

"재미 좀 보려는데 진짜 이건 아니지."

"엉뚱한 소리는 집어치우고, 받기로 한 돈은 얼마야?"

"여자만 잡으면 돼. 그러면 돈 많은 새끼니까 많이 주겠지."

"확실하게 해."

"일단 잡고 마음에 안 들면 여자를 안 돌려 보내면 되는 거지. 그럼, 그 새끼 성격에 돌아버릴걸. 그 새끼도 어차피 우리 같은 사이코니까."

그 새끼가 누군지 몰라도 그에게 돈을 받을 모양이었다.

"아줌마, 딸 예쁘던데? 어디 있어? 딸이 어디에 있는지 얘기해 주면 아줌마는 돌려보내 줄게."

새로 들어온 남자가 말했다.

"몰라요. 진짜예요. 딸이 우리하고 연락을 아예 안 해요."

사실이었다.

"그렇다면 일이 좀 시끄러워지는 거지. 뉴스에도 나오고 말이야. 아니, 딸이 엄마하고 안 친한가 봐? 집을 나갔는데 엄마한테 전화도 안 하고 말이야."

처음으로 채령이와 유대 관계가 없었던 걸 후회했다.

"어떻게 하실 거예요?"

"이제부터는 아줌마의 유명세가 얼마나 큰지 알아봐야지."

이들은 도통 알아들을 수 없는 말만 했다. 영희는 두려움에 떨며 어딘지도 모를 공간에 그렇게 누워 있었다. 공포와 바닥에서부터 올라오는 추위로 벌벌 떨면서.

채령은 이곳의 저녁시간이 너무나 행복하고 좋았다. 사람들이 모두 한자리에 모여서 즐겁게 그날의 일들을 이야기하는 게 사람 사는 냄새가 났다. 언제나 조용했던 친정에서의 삶과 혼자 밥 먹는 일이 많았던 5년간의 결혼 생활을 비교하자면 이곳은 징말 행복하게 시끄러운 곳이었다.

"얘기 들었어?"

"무슨 얘기?"

무리 중에 가장 호기심이 많은 수진이 이야기를 꺼냈다.

"가수 홍주환이 성폭행으로 고소를 당했대."

"걔가 뭐가 부족해서? 한류스타에 돈 많아 잘생겨 여자들이 줄을 섰는데 그럴 리가 없어."

원래 홍주환 팬인 민희가 발끈했다.

"정말이래요?"

채령도 궁금해서 물었다. 요즘은 휴대폰도 없는 데다 숙소에 있는 컴퓨터도 사용할 시간적인 여유가 없었다. 은지와 놀고 나면 쓰러져 자기도 바빴다.

"그리고 있잖아, 요즘에 되게 유명한 여교순데 실종됐대. 근데 이상한 게 그 여자가 학교에서 사라졌다는 거야. 쥐도 새도 모르게 말이야. 신랑도 교수고 사위가 경찰간분데 아주 망신이지."

얘기를 듣다 말고 채령의 얼굴이 굳어졌다.

"그 교수 이름 알아요?"

"모르지. 인터넷 보면 아는 얼굴일걸? 요즘 많이 나오던데?"

수진이 자신의 핸드폰을 채령에게 건네주었다.

"봐봐, 이 여자."

설마 했는데 핸드폰에는 엄마의 얼굴이 떠 있었다.

"채령아, 괜찮은 거야?"

채령의 얼굴이 창백해지자 옆에서 조용히 그들의 얘기만 듣고 있던 순자가 채령에게 물었다.

"……."

"채령아."

이미 채령의 귀에는 아무것도 들리지 않았다. 엄마가 지금 실종이 된 것이다.

"이 사람 알아?"

"엄마예요."

"어?"

채령의 말에 모두가 놀란 얼굴이었다. 이렇게 유명한 사람이 엄마라는 게 믿어지지 않는 얼굴이었다.

"집에 연락해야 하는 거 아냐?"

"내 핸드폰 써. 아버지에게 연락해. 어서."

채령은 귀신에 홀린 듯이 아버지에게 전화를 걸었다. 처음에 건 전화는 너무 떨려서 잘못 걸었고 두 번째 전화를 하니 아빠가 전화를 받았다.

[여보세요?]

"아빠, 저예요."

[채령아.]

"엄마는 어떻게 된 거예요? 납치가 맞아요?"

[그래.]

"지금 아빠 혼자인 거예요?"

[아니, 지금 김 서방이랑 같이 있다.]

"……."

김 서방이라는 말에 채령은 온몸이 굳어버렸다. 엄마 걱정에 잠시 평소에 친정에 잘하는 신랑이 그곳에 가 있을 거라는 생각을 못했다. 남편의 모습이 상상이 갔다. 아마도 희미한 미소를 짓고 있겠지. 모두의 눈이 그녀를 향해 있었지만 채령은 이미 전화기 너머의 악마에게 온 신경이 가 있었다.

"채령, 무슨 일이야?"

순자가 그녀의 손에서 전화기를 빼앗아 들었다. 그리고 그녀가 귀에 전화기를 대자마자 채령의 온몸이 왜 굳었는지를 알았다. 순자는 전화를 바로 끊어버렸다.

"내가 전화가 오면 아니라고 말할게."

"……."

"아니면 내일 당장 가서 전화번호를 바꿀까?"

순자의 말에 채령은 다리의 힘이 풀려서 그 자리에 주저앉았다. 준혁을 너무 얕봤던 그녀의 잘못이 가장 컸다. 그가 얼마나 비상한 사람이었던가를 잊고 있었다.

"순자 언니, 무슨 일인데 둘 다 이래?"

"채령이 신랑이 전화 받았어."

"뭐?"

채령이 멍하게 있었다.

"채령이 신랑인 거 맞아."

"응, '오랜만이야, 잘 지냈어?' 라고 하더라. 젊은 남자가."

"아빠한테 한 거 아니야?"

"장모가 사라졌으니 친정에 있었나 봐."

채령은 멍하게 자리에서 일어났다. 그녀의 탈주극은 3주 만에 막을 내리는 것이었다. 채령은 자신의 숙소로 돌아왔다. 모두들 채령에게 위로의 말을 했지만 지금은 그녀의 귀에 아무것도 들리지 않았다.

엄마도 걱정이 되고 그녀 자신도 걱정이 되었다. 채령은 자신의 침대에서 벌떡 일어났다. 본채로 건너온 채령은 은지의 방으로 향했다. 지금 그녀는 은지를 못 보게 될까 봐 걱정이 되었다. 아이가 또 한 번의 이별을 경험하게 하고 싶지는 않았다.

은지가 자고 있는 방문을 열고 들어가 은지의 침대 옆에서 그녀는 한참을 앉아 있었다. 자고 있는 은지의 얼굴을 보니 미안하고 안쓰러운 생각이 들었다.

"아가씨, 난 아가씨를 평생 지켜주고 싶었어요."

그렇게 말을 하며 그녀는 자고 있는 은지의 얼굴을 쓰다듬어 주었다. 부드럽고 따뜻한 은지의 피부가 그녀의 마음까지 따뜻하게 해주었다.

"나랑 아가씨랑은 비슷한 게 많아요. 어렸을 때 너무 바쁜 부모님에게서 태어나서 저도 가정부 아줌마 손에 컸어요. 아줌마가 잘 해주기는 했지만 엄마는 아니잖아요."

갑자기 코끝이 찡해졌다.

"그런데 이상하게 엄마는 자식보다는 일이었어요. 난 그런 엄마는 세상에서 우리 엄마 하난 줄 알았어요. 그래서 결혼해서 아이를 낳으면 정말 사랑으로 키우고 싶었는데 아이 둘을 잃었어요. 폭력적인 남편을 만나 참고 산 내 잘못이에요."

채령의 눈에서 뜨거운 눈물이 흘러내렸다. 투명하게 보일 뿐이지 눈물은 채령의 피눈물이나 마찬가지였다.

"그냥 처음부터 참지 말고 나왔더라면 아이들이 생기지 않았을 텐데 내가 너무 미련했어요. 난 진짜 아가씨에게 잘하고 싶었는데……."

　채령은 손으로 얼굴을 가리고 그렇게 한참을 울었다. 그때였다. 갑자기 누군가의 손이 그녀의 어깨에 닿았다. 그리고 따뜻하게 그녀를 뒤에서 안아주었다. 소스라치게 놀란 채령이 몸을 빼려고 했지만 그녀를 안고 있는 남자의 힘을 당할 수가 없었다.

　"쉬, 그냥 편하게 울어도 돼."

　채령은 낮은 저음의 목소리에 더 놀랐다. 목소리의 주인공은 다름 아닌 손 회장이었다. 그는 위로를 하고 있었지만 채령은 너무나 충격이었다. 도대체 이 사람은 아까는 화를 냈다가 지금은 이렇게 따뜻하게 자신을 위로해 주는지 도대체 이해가 가지 않았다.

　"울고 싶으면 울어."

　"회장님, 괜찮습니다."

　채령은 가능한 차갑게 대꾸를 했다. 그가 이러는 이유를 채령은 알지 못했다.

　"으으응."

　그들의 작은 소란에 은지가 보채기 시작했다. 채령은 그의 팔에서 얼른 빠져나와 은지의 가슴에 손을 얹고는 살며시 두드려 주었다. 그러자 은지가 다시 잠에 빠져들었다. 채령은 민망함에 얼른 방을 빠져나오려 했지만 그의 손에 손목을 잡혔다.

　"회장님."

"……."

그는 아무런 말 없이 그녀의 손목을 잡고는 은지의 방에서 나왔다. 그의 손을 뿌리치고 도망갈 생각에 그녀는 복도를 보았지만 오늘따라 복도가 끝도 없이 길어 보였다. 이렇게 그녀가 생각하는 사이에 채령은 벌써 그의 방 안에 들어와 있었다.

이제 보니 그는 가운 차림이었다. 지난번 그의 벗은 몸이 생각나자 그녀의 얼굴이 화끈거렸다. 하지만 다행히 그의 방은 불빛이 없어서 그녀의 붉어진 얼굴을 들키지 않았다. 다만 달빛이 방 안 분위기를 묘하게 만들고 있었다.

"죄송합니다. 왜 이러시는지 모르겠지만 가보겠습니다."

"궁금한 게 있어."

그녀가 왜 울고 있었는지 궁금해서 물을 것이다. 뭐라고 답을 해야 하나 하는 생각이 들었다. 뒤에서 다 들은 줄 알았는데 다행히 못 들은 것 같았다. 채령은 얼굴을 들어 그를 보았다. 하지만 달빛이 그의 얼굴만은 피해가서 그의 표정이 어떤지 보이지 않았다.

"아버지 생신날 말이야."

"……."

"왜 은지에게 아라가 싫다고 말하라고 시켰지?"

"네?"

전혀 엉뚱한 질문이었다.

"전 아가씨에게……."

"나에게 관심이 있나?"

그가 그녀의 말을 자르고 들어와서 엉뚱한 소리를 했다. 이건 또 무슨 자다가 봉창을 두드리는 소리인지 채령은 어둠 속에 가려진 그의 얼굴을 멍하게 볼 뿐이었다.

"왜 나에게 관심을 갖지?"

"전 회장님에게……."

이번에는 그가 채령의 입술을 단번에 삼켜 버려 아무런 말도 할 수가 없었다. 아니, 너무 놀라서 그의 입맞춤에 저항하지도 못하고 놀란 눈으로 당하고 있을 뿐이었다. 아니, 충격에 빠졌다. 그의 입술이 투덜거리기만 할 줄 알았는데 키스를 너무나 완벽하게 할 줄도 알았다.

그녀가 얼굴을 돌리지도 못하게 양손으로 잡고는 그는 그녀의 입술을 단단한 혀로 밀고 들어와서 입속까지 점령해 버렸다. 반항을 해야 하는데 자꾸만 그의 혀가 주는 쾌락에 빠져드는 채령이었다.

남편과는 키스를 제대로 한 적이 거의 없었다. 남편은 언제나 그녀를 차지하는 데만 급급한 사람이었다. 그건 사랑의 행위가 아닌 폭력에 가까웠다. 하지만 남편과의 경험이 전부인 채령은 그게

섹스의 전부인 줄 알았고 키스는 소리를 막기 위한 수단인 줄만
알았다.

이렇게 집요하게 그녀를 설득하는 키스는 처음이었다. 그녀가
입술을 맞아주길 원하는 게 느껴졌다. 그리고 그녀의 슬픔을 위로
해 주고 있었다. 말로 하는 게 아닌 그는 입술로 그녀를 위로하며
동시에 탐색을 하고 있었다.

그는 터프했지만 남편처럼 폭력적이지 않았다. 그가 그녀의 아
랫입술을 갑자기 빨아 당기자 놀란 채령이 그의 가운 사이에 드러
난 맨가슴에 손을 얹어 중심을 잡았다. 손바닥으로 느껴지는 그의
단단한 피부의 느낌은 강인함 그 자체였다.

채령은 자신도 모르게 그의 가슴을 쓸어내리며 그의 집요한 키
스를 받아들이고 있었다. 손바닥에서 느껴지는 그의 거친 심장 박
동이 그녀를 쾌락의 세계로 이끌고 있었다.

그의 흥분이 그녀 또한 흥분하게 만들고 있었다. 채령이 자신도
모르게 그의 혀를 빨아들였다. 그러자 그가 그녀의 입속으로 더
깊이 자신의 혀를 밀어 넣었다. 마치 목젖 안까지 파고들어 갈 기
세였다.

"으으음."

그녀의 입에서 신음이 흘러나왔다. 그녀가 키스에 정신이 팔린
사이 그의 손이 그녀의 티셔츠 안으로 들어와 맨가슴을 감쌌다.

그러고 보니 숙소에 들어가자마자 그녀는 샤워를 했고 속옷을 입지 않은 채 면으로 된 짙은 네이비 색 원피스 잠옷을 입고 있었다는 걸 깜빡했었다.

잠자기 전이라 편하게 있었는데 너무 정신이 없어서 이러고 본관에 온 것이었다.

그가 빠져나오기 위해 꿈틀대는 그녀의 허리를 한 손으로 단단히 잡고 다른 한 손으로는 풍만한 가슴을 거칠게 주무르고 있었다. 그것만으로도 정신이 혼미할 지경인데 그는 열정으로 인해 단단해진 그녀의 유두를 사정없이 비틀었다.

"아앙!"

그녀의 입에서는 비명 대신에 교태가 섞인 신음 소리가 튀어나왔다. 그는 다시 그녀의 유두를 손가락 하나로 희롱하기 시작했다. 더 이상 이 자리에 있다가는 무슨 일이 벌어질지 몰랐다.

너무나 황홀하고 좋았지만 지금은 이럴 상황이 아니었다. 정신이 조금이라도 있는 그녀가 먼저 거부해야 했다. 채령은 있는 힘껏 그를 밀어냈다. 그러자 놀란 그가 그녀를 쳐다보았다.

"제가 잠시 제정신이 아니었나 봅니다."

"아니, 우리는 충분히 제정신이었어."

"죄송해요."

채령이 그가 잡을 사이도 없이 뛰쳐나왔다. 채령의 볼에 다시 뜨거운 눈물이 흘러내렸다. 이제 이 집을 떠나지 못할 또 하나의 이유가 생긴 것 같아 두려웠기 때문이었다.

입술에 아직도 촉촉함이 남아 있었다. 현수는 자신도 모르게 그녀가 내달리고 있는 정원을 바라보고 있었다. 빠르게 사라져 가는 채령의 뒷모습을 내려다보며 그는 방금 전에 일어난 놀라운 일들을 되새김질하고 있었다.

키스를 하려던 생각은 결코 아니었다. 집으로 오는 내내 채령을 생각하다가 우연히 채령과 마주친 그 순간 그는 이성의 끈을 살짝 놓았다. 아직 이혼도 하지 않은 유부녀였다. 상황이 어찌 되었든 참았어야 했다.

그의 입술은 아직 그녀의 향이 남아 있었고 그의 손은 그녀의 감촉을 기억하고 있었다.

"미쳤어."

여자란 사업적인 도움이나 아니면 정말 그의 원초적인 욕구를 해결하는 것 이외로는 깊이 생각을 해본 적이 없는 그였다. 한가로이 그런 생각을 할 만큼 그에게는 여유로운 시간이 허락되지 않았다.

사랑 같은 건 시간이 남아도는 사람들이 하는 일이라고 생각한 그였다. 그렇다고 지금 채령을 사랑한다는 건 아니었다. 지금은 그저 다른 여자들과는 달리 그의 시간을 그녀가 조금씩 차지해 가고 있다는 것이다.

오늘도 약간의 술이 필요할 것 같았다. 현수는 2층 거실에 있는 바로 가서 와인 병을 꺼냈다. 그리고 잔에 따르지도 않고 병째로 들고 마시기 시작했다. 평소 와인의 맛을 음미하는 취미가 있던 그였다. 고급 와인을 투명한 와인 잔에 따라 그 향과 색과 맛에 취하는 걸 좋아하는 그가 오늘은 와인을 병째 들고 들이켜기 시작했다.

멋 같은 건 필요 없었다. 그저 빨리 취해서 이 욕망에 들뜬 몸을 잠재우고 싶을 뿐이었다. 몇 번의 목 넘김으로 그의 목구멍은 알코올로 타들어갔다. 밤이 깊어가는지 정원의 조명이 더욱 환하게 느껴졌다.

유리창을 통해 보는 정원은 공허해 보였다. 지금 그의 마음처럼 말이다. 현수는 취한 몸을 이끌고 자신의 방으로 들어갔다. 방의 입구에 들어서자마자 그는 가운을 벗어버리고 온전한 자연인이 되었다. 침대에 쓰러지듯이 눕자 부드러운 침대보가 그의 몸에 기분 좋게 닿았다.

이제 잠을 잘 것이다 내일은 여자를 생각할 시간이 없을 정도로 바쁜 날이 될 것이었다. 그러면 그는 모든 걸 잊고 일에 집중하면 그만이었다.

머리가 깨질 듯이 아프긴 했지만 세상모르고 자다가 깨어보니 아침이었다. 현수는 샤워를 마치고 드레스룸에 들어가 은회색 양복을 꺼내 입었다. 짙은 색 양복을 선호하는 그였지만 오늘은 기분 전환을 하고 싶었다.

넥타이 대신에 오늘은 붉은색의 화려한 행커치프를 꽂았다. 거울에 비친 자신의 모습이 만족스러웠다. 오늘은 회의의 연속이라 멋내는 게 소용없는 날이었지만 그래도 기분은 좋았다. 하지만 그것도 잠시였다. 문을 열고 나가자마자 그는 복도에서 채령과 마주쳤다.

얼굴이 굳어진 채령은 그를 보자 말없이 고개를 숙였다. 그는 그녀를 그냥 보며 그 자리에 서 있었다. 그러자 채령이 눈치 빠르게 은지의 방으로 서둘러 들어갔다.

그를 피해준 걸 고마워해야 하는데 그의 마음은 자신을 피하는 것 같아 서운했다. 현수는 서운함을 뒤로하고 1층으로 내려갔다.

"안녕히 주무셨습니까?"

그보다 먼저 아버지께서 식당에 와서 앉아 계셨다.

"그래, 좋은 아침이구나."

그는 식탁에 앉아서 밥을 먹기 시작했다.

"오늘도 바쁘겠구나."

"네, 남해 사업에 관한 회의가 길어질 것 같습니다."

"그래, 오늘 회의가 끝이 나면 나와 함께 김영수 의원을 만났으면 싶구나."

"어르신을요?"

"그래, 내가 별장으로 돌아가기 전에 만나는 게 나을 것 같구나."

"네, 알겠습니다."

그가 회장이 되고는 전혀 사업에 관여를 안 하는 아버지였지만 이번 남해 사업은 회사의 사활이 걸린 문제이기 때문에 걱정이 되시는 모양이었다.

식사를 한 후에 그는 회사로 향했다. 회사에 발을 들여놓는 순간부터 그는 모든 걸 잊고 오롯이 일에만 집중을 했다. 그래야 그가 복잡한 머릿속의 미로에서 빠져나올 수 있을 것 같았다.

장모의 실종 신고가 접수되자마자 준혁은 처가로 향했다. 차를 운전하는 동안 그의 얼굴에 비열한 미소가 걸렸다. 그가 쳐놓은 덫에 채령이 걸려들기만을 기다리면 되는 것이었다. 처가에 도착을 하자마자 그는 수많은 기자들에 에워싸인 처갓집을 보았다.

"장모가 유명하기는 한가 보군."

생각보다 유명한 장모 때문에 채령이 빨리 장모가 사라진 걸 알 것 같았다.

"경무관님, 홍 교수님이 납치되신 겁니까?"

"……."

"이번에 발표하신 논문 때문에 납치가 되셨다고 하는데……."

"저는 잘 알지 못합니다. 지금은 장모님이 연락이 안 되고 있는 것이지 납치라고 속단하지는 말아주십시오."

"그럼, 가정불화로 집을 나가신 단순 가출 사건입니까?"

"두 분은 그 어떤 부부보다 사이가 좋으십니다."

그는 이렇게 말하고는 경찰들의 경례를 받으며 집 안으로 들어갔다. 그의 등장에 경찰들은 긴장했다. 세상이 무너지지 않는 한 언제나 차기 경찰청장 후보인 그였다. 그는 경찰들에게 항상 어려운 사람이었다.

"수고하는군."

다정하게 그들에게 말을 건 준혁은 얼굴에 가득했던 미소를 지우고 자신이 갖고 있는 모든 연기력을 동원해서 장모가 걱정되서 아주 죽을 것 같은 표정을 지으며 집 안으로 들어갔다.

장인은 평소의 냉철한 모습이 아닌 정말 세상을 다 잃은 것 같은 표정으로 멍하게 소파에 앉아 있었다. 채령이 집을 나갔을 때와는 많이 다른 분위기였다. 자신의 딸보다 부인이 더 걱정이 되는 모양이었다.

"저 왔습니다."

"……."

그가 오거나 말거나 장인은 평소의 반듯한 자세가 아니라 온몸이 축 처진 채로 소파에 널브러져 있었다.

"경찰에서 연락은 왔습니까?"

"……."

"아니면 혹시 다른 곳에서 연락 오지는 않았습니까? 장모님이라든지 아니면 범인이라든지……."

범인이라는 말에 장인이 그를 째려보았다.

"지금 자네는 우리 홍 교수가 납치라도 됐다는 건가?"

"아니, 제 말은 실종신고가 접수되었으니까……."

"어제부터 홍 교수가 연락이 되지 않은 건 사실이지만 납치된 건 아닐 거야."

"그럼, 어디 혼자 여행이라도……."

"그 사람은 혼자 여행 같은 걸 가는 사람이 아니야."

지금 장인도 이랬다가 저랬다가 감정의 기복이 심해지고 있었다. 한마디로 지금 장인은 제정신이 아니었다. 속으로 흥미진진했다. 빨리 채령에게 전화가 와야 하는데 말이다.

초저녁부터 준혁은 장인과 그렇게 말없이 있었다. 멍하게 앉아 있는 장인을 두고 그는 정신없이 거실을 서성이고 있었다. 오늘 하루 종일 뉴스가 나갔고 이쯤 되면 채령도 알 것 같았다. 채령이 국내에 있는 한은 말이다.

여태까지 조사해 본 결과 채령은 해외로 도망가지 않았다. 출국자 중에서는 채령의 흔적은 찾을 수가 없었다. 그렇다고 채령이 범죄자들처럼 중국 어선을 타고 밀항 같은 걸 할 리도 없었다.

얼마나 시간이 흘렀을까 기다리던 전화벨이 울렸다. 준혁은 확신했다. 그 전화가 채령에게서 온 전화일 거라고.

Rrrrrrr.

전화벨이 울리는데도 멍청한 장인은 전화를 받을 생각도 하지 않았다.

"장인어른!"

자신도 모르게 목소리가 커졌다. 놀란 장인이 그를 쳐다보고만 있을 때 그가 전화기를 들어 장인에게 건넸다.

"여보세요?"

긴장된 얼굴로 그가 장인을 쳐다보았다. 그리고 말을 하라는 손짓을 보냈다. 신호만 잡히면 대충 위치를 파악할 수 있었다.

"채령아."

확실히 채령의 전화였다. 부모는 그녀의 가출을 별거 아니라고 생각하고 관심도 없었지만 그래도 딸은 부모 걱정을 하고 있었다.

"그래."

채령은 지금 엄마에 대해서 묻고 있는 모양이었다.

"아니, 지금 김 서방이랑 같이 있다."

시간을 더 끌어야 했다. 그는 입모양으로 장인에게 전화를 끊지 말라고 계속 말했다. 그래서 장인은 전화를 끊지도 못하고 그를 멍하게 바라보고 있었다.

"채령아."

이름만 부르는 장인이 답답해서 그가 전화기를 받아 들었다.

"이채령."

상대방은 대답도 하지 않고 있었고 주변의 웅성거림만이 들려왔다. 혼자 있는 건 아닌 듯했다.

"오랜만이야, 잘 지냈어?"

그가 이렇게 말을 하자 채령이 전화를 끊었다. 이제부터 그가 행동할 시간이었다. 그는 밖에서 도청을 하고 있는 팀에게 전화를 걸었다.

"전화 위치 추적했나?"

[네.]

"알았어."

그는 이렇게 말을 하고는 여전히 멍하게 있는 장인에게 말했다.

"장인어른, 제가 장모님을 구출해 오겠습니다."

"뭐? 찾았나?"

"네, 찾았다고 하네요."

그의 말에 장인의 얼굴빛이 달라졌다.

"제가 장모님을 구출해 오면 장인, 장모님은 저를 위해 뭐든 해주셔야 합니다."

"알았네."

장인은 철석같이 약속을 했다. 준혁은 뒤도 돌아보지 않고 집에서 나와 최성식이 있는 아지트로 향했다. 그는 차를 몰며 미소를 띠었다. 최성식과 모종의 거래를 한 그였다. 보라 앞에서는 말하지 않은 그들의 거래였다.

보라 앞에서 통화를 하고 그는 다음 날 최성식과 비밀 통화를 했다. 단순 성폭행 미수로 1년만 살다가 나오게 해주겠다고, 그리고 지금 혐의받고 있는 강간 살인 사건에 대해선 없었던 일로 해주겠다는 약속이었다.

최성식의 입장에서는 손해를 볼 일이 아니었고 그 입장에선 아버지가 알기 전에 채령을 데려올 방법이었다. 그의 시나리오에는 채령의 어머니를 멋지게 구하고 그걸 빌미로 이제 채령을 꼼짝 못하게 할 생각이었다.

"너는 내 손바닥 안에 있어."

준혁은 차가운 미소를 지었다. 최성식이 알려준 아지트로 그는 경찰들의 지원 요청을 받았다. 보이는 곳에서 멋지게 처리하고 싶었기 때문이었다. 누구나에게 존경 받는 경찰이 되려면 가끔 이렇게 실적도 중요했다. 장소도 드라마틱하게 고른 최성식이었다.

"폐교라……."

양평의 폐교 주위를 경찰들이 빵 둘러싸고 있었다. 그는 차에서 내려 기다리고 있는 경찰들에게 다가갔다.

"지금 진압하려고 합니다."

"나 혼자면 충분해."

그의 말에 지원팀을 이끌고 있던 경장이 그를 쳐다봤다.

"위험합니다."

"총이나 빌려줘. 내 장모님이야. 내가 직접 구해야지."

그는 경장에게 총을 빌려 안으로 들어갔다. 그리고 아무도 그가 지시하기 전에는 들어오지 말라고 말했다. 폐교에 들어간 그는 어머니 옆에 서 있는 최성식과 그의 공범을 보았다. 그리고 그가 경찰에 들어와서 가장 잘하는 걸 했다.

그는 망설임 없이 총구를 범인의 머리에 겨누고 쏘았다. 공범부터 쏜 현수는 최성식에게로 다가갔다.

"왜 이제야 온 거야?"

최성식은 공범이 죽었는데도 아무렇지 않은 표정으로 그를 보았다.

"약속은 지켜. 나도 건드리고 싶은 거 참았으니까."

"……."

"그냥 해버릴 걸 그랬나?"

최성식은 바바리에 중절모까지 쓰고 자기가 무슨 탐정이나 되는 것처럼 굴었다. 준혁이 그의 옷을 눈으로 훑어 내리자 최성식이 웃으며 말했다.

"탐정 같지 않아?"

그가 비릿하게 웃을 때 준혁은 그의 머리에 대고 또 한 발의 총을 쏘았다. 정말 아무리 생각을 해도 그는 명사수인 것 같았다. 이제 그의 범죄에 증인은 사라진 것이다. 사회적인 쓰레기도 치우고 채령도 찾을 수 있고 일석이조의 일이었다.

그는 죽은 최성식과 그의 공범의 손에 미리 준비한 총을 쥐어주었다. 그래야 정당방위가 될 수 있기 때문이었다.

"괜찮으십니까?"

총소리에 놀란 경찰들이 그가 있는 공간으로 몰려들었다.

"괜찮네. 총 잘 썼어."

"아닙니다. 다치실까 봐 걱정했습니다."

"괜찮아."

그는 이렇게 말을 하고 경장의 어깨에 손을 올렸다. 그리고 많은 사람들 앞에서 정신을 잃고 있는 장모님 곁으로 갔다.

"장모님, 김 서방입니다. 이제 괜찮습니다."

준혁은 의미심장한 미소를 지으며 장모의 눈에 붙은 테이프를 떼주었다.

"악!"

장모가 옆에 쓰러진 사람들을 보더니 소리를 질렀다.

"저 녀석들이 장모님을 쏘려고 해서 저도 어쩔 수가 없었어요. 제가 장모님을 구한 거죠."

핏기가 하나도 없이 창백한 장모의 얼굴을 보며 준혁이 말했다.

"고맙다는 인사도 안 하세요?"

"고, 고맙네."

"뭘요, 이게 다 제가 채령이를 사랑하는 마음인 거죠. 처가 예쁘면 처갓집 말뚝에도 절을 한다고 하지 않습니까? 하하하."

그가 장모를 일으켜 세웠다. 경찰들이 들어와서 그가 괜찮은지를 물었고 쓰러져 있는 두 구의 시체를 수습하기에 바빴다.

Chapter 7

핸드폰 발신지를 추적해서 주소를 받아 들고 그는 아주 신나게 주소지를 찾아왔다. 하지만 그가 온 이곳은 너무나 높은 담벼락이 있는 집이었다.

자신 있게 초인종을 누르고 들어올 때까지 그는 이 집이 부자든 말든 아무 상관이 없었다. 하지만 집 안에 들어올수록 그가 생각하는 부자와는 뭔가 차원이 다른 곳이라는 느낌이 들기 시작했다.

"우후, 집에 수영장이 다 있고."

서울에 오랜 세월을 살았고 그의 집도 부유하기는 했지만 이 집은 정말 스케일이 남달랐다.

"별천지군."

마치 치외 법권을 행사하는 곳 같았다. 법이 통하지 않는 권력의 집 같은 곳 말이다. 대사관저가 아닌가 하는 생각이 순간 들 정도였다. 그가 경찰임을 밝히자 이 집에서 일하는 남자가 그를 안내했다.

"이곳은 뭐 하는 곳입니까?"

"사람을 찾으러 오셨다면서 여기가 어딘지도 모릅니까?"

길을 안내하는 남자가 기분 나쁘게 툴툴거렸다. 가르쳐 주기 싫으면 말 것이지 툴툴거리다니, 준혁은 남자를 한 대 치려다 그들을 보고 있는 눈들이 있어서 참았다.

"최씨는 저쪽에 나뭇가지 제거하는 걸 도와줘요."

"네."

이 집의 주인인 것 같은 남자가 준혁을 안내해 준 남자에게 일을 지시했다.

"안녕하십니까? 경찰에서 나왔습니다."

그는 자신의 신분증을 남자에게 보여주었다.

"무슨 일이십니까?"

점잖게 생긴 남자가 그를 보며 물었다.

"이 사람을 찾고 있습니다."

그가 채령의 사진을 그에게 보여주었다. 남자는 무심한 눈길로 사진을 한 번 보더니 그렇게 말했다.

"누군지 모르겠군요."

"이곳에서 이 여자가 전화를 했습니다."

"여기서 일하는 사람은 제가 잘 압니다."

"그래도 확인을 해봐야겠습니다."

"그건 제가 허락을 할 수가 없군요. 이만 나가주십시오."

경찰 생활을 오래하다 보니 뭔가 꺼림칙한 느낌이 들 때가 있었다. 그걸 심증이라고 하는데 바로 지금 그랬다. 하지만 집주인이 이렇게 아니라고 하는데 수색 영장 없이는 뒤질 수가 없었다.

그는 주변을 두리번거렸다. 너무 넓어서 밖에 있는 사람들의 얼굴도 확인이 되지 않는데 집 안의 사람들까지 확인할 방법이 없었다.

"그럼, 제가 수색 영장을……."

그때였다. 그의 눈에 작은 여자아이가 보였고 그 뒤로 채령이 나타났다. 행복한 표정의 아이와 함께 채령 역시도 자신에게 보여준 적이 없는 행복한 표정으로 여자아이의 뒤를 따르고 있었다.

"저기 있군요."

"……."

그의 말에 여태껏 채령의 존재를 부인하던 남자가 입을 다물었다.

"이채령!"

그의 목소리를 들은 채령이 그 자리에 힘없이 주저앉았다. 한 달간의 기나긴 숨바꼭질이 드디어 막을 내리는 순간이었다.

채령은 다시 집으로 들어왔다. 다행히 홍 집사의 도움으로 집으로는 가야 하지만 대신에 은지를 돌보는 유모 일은 계속한다는 조건이었다.

홍 집사가 채령이 집을 나온 게 가정 폭력인 것 같다며 매일 채령이 출근을 해서 멀쩡한지 안 한지 보아야겠다고 했다. 만약에 그게 싫다면 채령을 돌려보낼 수 없으며 남편을 가정 폭력으로 접근금지 명령을 신청하겠다고 말했다.

처음에 남편은 안 된다고 했지만 홍 집사의 반협박에 못 이겨 겨우 승낙을 해주었다. 그래서 오늘 근무를 하고 은지가 자는 9시에 남편이 그녀를 데리러 다시 왔다.

"왜 그랬지?"

운전을 하던 그가 채령에게 물었다.

"왜 그랬는지 모르는 당신이 더 이상해요."

이번엔 지지 않고 채령이 말했다. 예전엔 그녀가 맞아 죽어도 아무도 모른다는 생각에 그가 두려웠지만, 지금은 최소한 홍 집사는 그녀가 사라진다면 분명히 그녀를 찾아줄 거라는 확신이 들었기 때문에 당당할 수 있었다.

부모보다 홍 집사를 더 의지하게 되다니 정말 아이러니한 일이었다.

"내가 당신을 얼마나 그리워했는지 알아?"

그의 말에 얼마나 소름이 돋는지 그는 모를 것이다. 한 달간의 그녀의 행복은 그렇게 막을 내렸지만 그래도 은지를 볼 수 있다는 게 그나마 그녀에게는 한줄기 빛이었다.

"내가 장모님을 구하느라 목숨까지 걸었는데 고맙다는 얘기도 안 하나?"

"몰랐어요."

뉴스에서 엄마가 돌아왔다는 얘기는 들었다. 하지만 생각보다 그렇게 크게 보도되지는 않았다.

"당신 엄마를 구하느라 내가 두 놈을 죽였지."

그가 사람을 죽였다는 소리에 채령의 얼굴이 굳어버렸다.

"내가 당신 엄마가 좋아서 그렇게 했겠어? 다 당신의 식구니까 지켜 주려고 그런 거지."

"……."

그 말을 듣는 채령은 소름이 끼쳤다. 그는 언젠가 그녀도 죽일 것 같았다.

"오늘은 집에 오랜만에 왔으니까 편히 자."

주차장에 차를 세우자 그녀의 몸이 자동적으로 떨려왔다. 언제 그의 주먹이 그녀를 향해 날아들지 모르기 때문이었다. 하지만 오늘은 그가 그냥 차에서 내렸다. 아무런 폭력도 없었다. 이게 더 불안했다.

"저기……."

이혼에 대한 얘기가 입 밖으로 나오지 못하고 맴돌았다.

"말해."

"우리 이대로는 힘들어요."

정말로 밑바닥에 있던 용기란 용기는 다 끌어 모아 그에게 말했다. 그녀는 그의 얼굴조차 보지 못하고 그의 손을 내려다보았다. 그가 갑자기 주먹을 쥐었다. 언제 저 손이 그녀에게 날아올지 몰랐다.

"그래서?"

"저기 그러니까……."

"이혼이라도 하겠다는 거야? 설마? 아니지?"

그가 그녀의 머리를 쓰다듬기 시작했다.

"너, 요즘 왜 이렇게 날 피곤하게 만드는 거야? 미쳤어?"

"……."

툭툭툭.

그가 손바닥으로 머리를 아프지 않게, 그러나 자존심이 상하게 내리쳤다.

"그런 생각일랑은 아예 하지도 마. 죽고 싶지 않으면."

그가 이렇게 말하고는 차에서 내렸다. 채령은 너무나 심장이 떨려서 차에서 내리다가 그만 땅에 주저앉았다.

"빨리 가서 쉬자. 오늘 너무 피곤하다."

그는 아무렇지 않게 말하고는 앞장서 걸었다. 채령은 온몸이 두려움으로 떨리기 시작했다. 다시는 돌아오고 싶지 않았던 남편의 집에 그녀는 돌아왔다.

다음 날 아침까지 채령은 거의 뜬눈으로 밤을 새웠다. 그와 한 침대를 쓰니 도저히 잠이 오지 않았다. 그의 체취가 악취처럼 느껴져서 그녀는 그에게서 돌아누워 있었다. 이렇게 그녀의 인생은 끝이 나는 것일까.

집을 나간 후에 달라진 게 있다면 그가 그녀를 출근시켜 주고 있다는 것이었다.

"언제까지 유모를 할 거야?"

"……."

"교원자격증까지 있으면서 겨우 생각한 게 유모야? 실력이 그 것뿐이 안 되나?"

그는 지금 그녀를 아주 대놓고 비웃고 있었다.

"거기 남자들이 아주 많던데 눈 맞은 놈이라도 있는 거야?"

대꾸를 할 가치도 없었다. 이렇게 그는 매일 아침저녁으로 그녀의 피를 말리고 있었다. 다시 한 번 집을 나가면 그때는 죽을 줄 알라고 말했다. 사람을 죽여봐서 이제는 쉽게 죽일 수 있을 것 같다는 말을 밥 먹듯이 하고 있었다.

이렇게 그녀에게는 큰일이 일어나고 있었는데 손 회장은 며칠째 그녀의 눈에 보이지 않았다. 아마 그녀에게 키스를 한 그날 밤의 일을 후회해서 그녀를 피해 다니고 있을지도 몰랐다. 이제 그 두근거림도 다 소용이 없는 일이었다.

어떤 걸 바라는 건 아니었지만 왠지 그날은 그가 그녀를 구해줄 기사가 되어줄 것 같은 느낌을 받았었다. 하지만 세상에 그런 남자는 없었다. 그리고 남자는 남편 하나로 족했다. 어차피 다른 남자를 만난다고 해도 이러지 말라는 법은 없으니까 말이다.

그리고 남편은 절대로 그녀를 놔주지 않을 것이다. 왜 그런지 이유를 알고 있었다. 아마 평생 괴롭히고 싶기 때문일 것이다.

"괜찮은 거야?"

점심을 먹으며 순자가 걱정스레 물었다.

"아뇨."

하나도 괜찮지가 않았다. 언제 어디서 남편이 그녀를 때릴지 몰랐고 그의 폭언에 채령은 조금씩 지쳐 가고 있었다.

"이혼은 안 해준대?"

수진이 눈을 동그랗게 뜨며 물었다.

"물어볼 수나 있겠어? 말 꺼냈다가 무슨 봉변을 당하려고."

순자의 말에 모두가 고개를 끄덕였다.

"힘내."

순자가 채령의 손을 잡아주었다.

"그래도 다행히 이제 함부로 어떻게 하지는 못할 거야. 홍 집사님이 출퇴근은 할 수 있게 했잖아. 안 그러면 끌려 들어가서 무슨 일을 당할지 모르는데 말이야."

"그래도 아직 안심하긴 일러."

순자, 수진, 민희는 자신의 일처럼 걱정이었다. 식사를 마친 채령은 은지에게 바로 향했다. 그녀가 은지와 떨어져 있는 시간은 식사시간뿐이었다. 이때는 홍 집사가 대부분 교대를 해주었다.

"식사는 맛있게 했어요?"

"네."

은지의 방으로 가자 그녀가 스케치북에 그려놓은 토끼를 홍 집사가 잘라주고 있었다.

"이거 저기에 붙이고 싶어."

한 손에는 그녀가 만들어준 애착인형을 끼고 다른 손으로 자른 토끼 그림을 들고 채령을 보자마자 보채고 있었다.

"알았어요. 잠깐만요."

"응."

은지는 벌써 토끼 그림을 붙일 곳에 가서 서 있었다.

"감사 인사도 제대로 드리지 못했어요."

"감사 인사 받을 만한 일을 한 적 없어요. 그날 들키지 말았어야 했는데……."

"그래도 이렇게 하루의 반은 안전한걸요."

"무슨 일이 있으면 나한테 바로 말해요. 알겠죠?"

"네."

든든한 사람들이 많아져서 채령은 너무 힘이 되었다. 집에 들어와서 부모님과 통화는 딱 한 번 했다. 엄마는 충격으로 병원에 있었고 아빠 또한 엄마의 곁을 지키느라 그녀에 대해서는 신경도 써주지 않고 있었다.

홍 집사가 나가고 채령은 은지에게 다가가 꽉 끌어안았다.

"왜 그래?"

"그냥 아가씨를 안아보고 싶어서요."

"슬퍼?"

"아뇨, 슬퍼 보여요?"

은지가 그녀의 눈에서 흐르는 눈물을 닦아주었다.

"울지 마."

"네."

채령은 한동안 말없이 은지를 꼭 안고 있었다. 자신의 처지가 불쌍해서, 그리고 이런 그녀를 생각해 주는 많은 사람들이 고마워서 그렇게 한동안 채령은 소리 없이 은지를 안고 울었다.

며칠 동안 시간은 정신없이 흘러갔다. 남해 사업에 대한 확실한 답을 구하기 위해 그는 아버지와 함께 어르신을 만났고 그 후 사업에 관한 확실한 준비 작업에 들어갔다. 다만 꺼림칙한 건 선아를 자주 만나야 한다는 것이었다.

아무리 사업상의 일로 만난다고 해도 불편한 건 어쩔 수가 없었다. 거기다가 내일은 어르신의 생신잔치가 있다고 그의 집으로 초대를 받았다.

가지 않을 수 없는 자리였고 분명히 선아도 올 텐데 걱정이었다. 남들의 입에 오르내리는 게 그 무엇보다 싫었다. 하지만 내일은 남 애기를 좋아하는 사람들에게 아주 재밌는 애깃거리를 제공하는 것이나 다름없었다.

"임 비서, 내일 일정이 어떻게 되지?"

조수석에 앉아 있는 임 비서에게 물었다.

"내일은 저녁 약속 이외에는 일정을 모두 비워두었습니다."

임 비서는 어르신이라는 단어조차 감히 입에 올리지 않았다.

"알았네."

요 며칠 퇴근이 아주 많이 늦었다. 회의 때문이기도 했지만 그는 일부러 12시 이전에 집에 들어가지 않았다. 채령과의 일이 있은 후 그는 생각이 많아졌다. 아름다운 여인이었고 그를 너무나 원초적으로 자극했지만 자신은 삼화그룹을 책임지는 사람이었다.

지금처럼 남해 사업과 같은 큰일을 도모할 때는 여론이 중요했다. 괜한 스캔들은 좋지 않을 게 분명했다.

집에 도착한 그를 오늘도 홍 집사가 맞이했다.

"다녀오셨습니까?"

"네, 별일 없었지요?"

그냥 형식적인 물음이었다.

"별일은 없습니다만."

뭔가 할 말이 있는 것 같아 보였다.

"무슨 일 있습니까?"

현수는 가던 길을 멈추고 홍 집사를 쳐다보았다.

"일하는 사람들은 모두 제 소관이지만 은지 아가씨를 돌보는 유모만은 회장님께서 아셔야 할 것 같아서……."

"유모?"

지금 상황에서는 별로 달갑지 않은 얘기였지만 반대로 제일 궁금한 이야기이기도 했다.

"이번 유모와 아가씨의 관계가 너무 각별해서 걱정스런 점이 있습니다."

무슨 말을 하려는 건지 짐작이 가지 않았다.

"유모의 신랑이 찾아와서 유모는 지금 숙소에 묵지 않고 집에서 출퇴근을 합니다."

갑자기 기운이 쭉 빠지는 느낌이었다. 이혼을 할 생각이 아닌 모양이었다.

"잘된 거 아닙니까?"

"가정 폭력에 시달려 온 것 같습니다."

"그게 저와 무슨 상관이라도 있는 일입니까? 그건 유모의 개인 사입니다."

그의 차가운 대답에 홍 집사의 표정이 아주 복잡해졌다.

"제가 회장님께 말씀을 드리는 건 이번에 유모가 혹시나 남편의 폭력 때문에 그만두게 된다면 지난번 유모가 그만뒀을 때와는 상황이 많이 다를 거라는 걸 인지시켜 드리는 겁니다."

"……."

"유모의 개인사를 회장님께 단순히 보고하는 게 아닙니다."

"그래서요? 남의 일에 제가 관여를 할 수는 없지 않습니까?"

"불쌍한 사람입니다. 혹시나 폭행의 흔적이 보인다면 이혼을 할 수 있게 회장님께서 도와주실 수 있지 않을까 생각했는데 제 생각이 짧았습니다."

홍 집사는 그가 태어나기 이전부터 이 집에 있던 사람이었다. 그가 기억하는 한 이런 부탁은 처음이었다.

"쉬십시오."

홍 집사는 더 이상의 말을 하지 않고 그에게 인사를 한 뒤에 물러갔다. 자신의 방으로 들어간 현수는 신경질적으로 옷을 갈아입었다. 은지가 채령에게 마음이 많이 간 것 같았다. 아빠처럼 말이다.

"제길!"

하필이면 말썽 많은 유부녀라니, 행복하게 살기라도 한다면 포기나 쉽지 측은한 생각까지 드니 더욱 신경이 쓰이는 여자였다. 옷을 다 벗은 그는 담배를 입에 물고는 창가에 섰다. 그와 키스를 한 날 그녀가 사라지는 모습을 이렇게 서서 보았었다.

그는 담배를 던져 버리고 그대로 침대에 누웠다. 더 이상 생각했다가는 머리가 터져 버릴 것 같았다. 억지로 머릿속으로 숫자를 세며 잠을 청했다.

거의 뜬눈으로 밤을 새운 현수는 새벽같이 집을 나왔다. 우연이라도 채령을 만나기 싫어서였다. 흔들리는 마음을 그녀를 보면 확인할 것 같아서였다. 출근을 해서 저녁까지 현수는 안 그래도 일에 매달리는데 오늘은 더 열심히 일에 매달렸다.

"요즘 너무 건강에 신경을 쓰지 않으시는 것 같습니다."

"괜찮아."

임 비서의 말을 한마디로 자른 현수는 회장실 안에 있는 드레스룸에서 옷을 갈아입었다. 짙은 네이비 색 슈트에 붉은색 넥타이로 포인트를 준 그는 잡지책에서 갓 튀어나온 모델 같았다. 그가 회장실에서 나오자 여 비서들의 감탄 어린 시선이 그에게 쏟아졌다.

어르신의 집으로 직접 초대를 받은 건 이번이 처음이었다. 대권 인사답게 평창동의 커다란 한옥집은 마치 옛날 사대부 집 같았다. 수많은 차량들이 주차할 곳을 찾지 못해서 정신이 없었다. 결국은 차량 안의 주인들만 내리고 차들의 다른 곳으로 주차를 하게 되었다.

그도 천천히 한옥의 정취를 느끼며 안으로 걸어 들어갔다. 어르신이 처음으로 이렇게 성대하게 생일파티를 하시는 이유는 단 하나였다.

자신의 측근들의 결속을 다지기 위함이었다. 말하자면 전당대회 같은 느낌이라고 할까? 집 안에 들어서자 조선시대로 타임머신을 타고 돌아간 느낌이었다.

커다란 소나무들과 돌로 된 바닥이 마치 종묘에 있는 신로 같은 느낌이었다. 신로란 귀신들이 다니는 돌로 된 길이었다. 현수는 자신의 집 마당도 굉장히 넓고 크다 생각했는데 이 집과는 비교도 되지 않았다.

"집 안에 석탑이라……."

다보탑과 석가탑이 집 안에 있었다. 크기도 그만했고 모양도 같았다. 독실한 불교신자인 어르신의 취향이었다.

그가 집 안으로 들어서자 익숙한 얼굴의 정치인들이 삼삼오오 몰려 있었다. 어르신은 사람들에 둘러싸여 있어서 가서 인사를 드리기도 힘든 상황이었다.

"자기야."

뒤에서 그를 부르는 선아의 소리에 뒷목에 소름이 쫙 돋았다. 어디서나 튀는 그녀였다.

"……."

"손 회장님이라고 불러야 대답해 줄 거예요? 우리 친구 하기로 하지 않았나?"

"그런 적 없어."

"하긴 친구는 좀 그렇다, 그래도 나보다 두 살 오빠인데."

제정신이 아닌 여자였다.

"아저씨한테 인사는 드렸어요?"

정말 오지랖은 태평양보다 넓은 여자였다.

"이리 와요."

그의 팔을 끌고 그녀가 사람들을 밀치며 어르신의 앞으로 갔다.

"아저씨, 우리 왔어요."

아저씨란 소리에 모두가 그와 선아를 쳐다봤다. 그는 최대한 아무렇지 않은 표정으로 어르신께 인사를 드렸다.

"생신 축하드립니다."

"그래, 둘이 있으니 보기가 좋군."

어르신이 이렇게 말을 하며 둘을 보았다.

"그런 말은 하지 마세요. 우린 재결합은 안 하니까요."

"알았다. 그나저나 성운그룹의 조 회장이 우리 손 회장을 사위로 삼고 싶어서 아주 안달이던데 오늘은 보이지 않는군."

"거기는 안 돼요."

"왜?"

"아저씨가 손 회장의 스타일을 몰라서 그래요. 진짜 조용하고 가정적인 여자를 좋아해요. 재벌집 딸보다는 그냥 평범하게 자란 여자가 잘 맞아요."

그는 가만히 있는데 어르신과 선아만 신이 나서 말을 하고 다른 사람들은 그를 동물원의 원숭이 쳐다보듯이 보고 있었다. 그때였다.

"생신 축하드립니다."

귀에 익은 목소리였다. 김 의원이 그의 가족들과 함께 온 모양이었다. 현수는 김 의원의 아들과 눈이 마주치자 가볍게 눈인사를 했다. 하지만 오늘 그는 혼자 온 게 아니었다. 이야기로만 들었던 부인과 같이 온 모양이었다. 너무 말라서 아이가 잘 생기지 않는 다던…….

순간, 세상이 멈추어 버렸다. 김 의원 아들 옆에 요즘 그에게 가장 골칫거리인 채령이 서 있었다. 너무나 단아한 드레스 차림의 그녀는 오늘 주인공처럼 아름다운 모습으로 땅만 바라보고 김 의원 아들 옆에 팔짱을 끼고 서 있었다.

그의 표정이 굳어지자 선아가 그의 팔짱을 다시 끼며 말했다.

"아저씨, 저희 밥 먹으러 가요."

"하여튼 너는……."

어르신은 정말 선아를 예뻐했다. 진짜 딸같이 생각하는 것 같았다. 하지만 지금 그의 눈은 채령에게 향해 있었다. 선아의 말 덕분에 채령도 그를 쳐다보고 있었다. 너무 놀라서 죽을 것 같은 표정이었다.

김 의원의 아들에 대한 인상이 그렇게 좋지 않았는데 오늘부로 현수의 뇌리에 그는 나쁜 놈으로 각인이 되어버렸다. 가정 폭력이라, 경찰이 그런단 말이지? 라는 생각이 그의 머리에 계속해서 떠오르고 있었다.

"아는 사람이에요?"

눈치 빠른 선아가 물었다.

"응, 어르신을 통해서 만났어."

"저기 예쁘게 생긴 여자를요?"

"아니, 그 신랑하고 시아버지."

"여자도 알아요?"

"……."

선아가 눈을 가늘게 뜨고 그를 바라보고 있었다.

"둘이 아는 사이 같은데……."

"은지 유모야."

"네?"

선아의 입을 다물게 하는 데는 은지 얘기가 최고였다. 선아도 자기 딸에 대한 기본적인 미안함은 있을 테니까 말이다.

"농담이죠?"

"진담이야."

"저렇게 젊고 예쁜데 유모가 말이 돼요? 그리고 여기 올 정도의 사람의 와이픈데?"

그가 걸음을 옮기자 선아가 악착같이 그의 팔짱을 끼고 쫓아왔다. 지금은 채령과 떨어져 있는 게 상책이었다. 안 그러면 채령의 남편을 한 대 칠 것 같았다.

온몸이 굳어버렸다. 갑자기 귀머거리가 된 것처럼 세상의 모든 소리로부터 단절된 느낌이었다. 그와 눈이 마주쳤다. 신랑의 팔짱을 끼고 손 회장과 눈을 마주쳤을 때 채령은 처음으로 두려움이란 걸 느꼈다.

남편이 그녀가 손 회장을 바라보는 눈길을 봤다면 오늘이 그녀의 제삿날이라는 데 그녀는 전 재산을 걸 수도 있었다.

"어르신, 안녕하십니까? 이쪽은 제 아내입니다."

"미인이시구만. 반가워요."

"생신 축하드립니다, 어르신."

떨리는 음성으로 채령은 인사를 했다. 차기 대권주자인 어르신을 만나 떨리는 게 아니라 예기치 않은 장소에서 손 회장을 만난 순간 너무나 놀랐기 때문이었다. 어르신에게 인사를 마친 남편은 그녀를 데리고 사람들 앞에 나서 인사를 했다.

아무래도 정계 쪽의 사람들과 인맥을 쌓고 싶어 하는 눈치였다. 머릿속은 온통 손 회장으로 가득 찬 채령은 사람들에게 형식적으로 인사하기 바빴다.

"너 왜 그래?"

"네?"

"왜 그렇게 성의가 없어? 오늘이 어떤 자린 줄 알아?"

"미안해요."

"자꾸 이러면 내일 은진지 뭔지 하는 그 계집애한테 못 갈 줄 알아. 알았어?"

그녀는 공포에 고개를 끄덕였다. 그나마 그녀가 숨을 쉴 수 있는 곳인데 은지에게 못 간다면 진짜로 맞는 것보다 싫을 것 같았다. 정신을 가다듬은 채령은 사람들에게 억지 미소를 지으며 열심히 남편 옆에서 인사를 했다.

"안녕하십니까, 회장님."

그의 손에 이끌려 간 곳에서 채령은 하마터면 그 자리에 주저앉을 뻔했다. 남편은 그녀가 가는 집이 손 회장의 집인 줄 모르는 것 같았다. 그냥 아주 부잣집인 줄만 아는 듯했다.

남편은 그만큼 그녀 주변의 것에는 관심이 없었다. 오로지 그녀에게 다른 남자가 있고 없는지만 관심이 있었다. 그런데 오늘 정말 그녀의 맘에 들어온 남자가 있다는 걸 남편이 알게 된다면 어떨지 그녀는 두려웠다. 눈치채면 어떻게 하지?

"대단한 미인이십니다."

손 회장의 옆에 있는 여자를 보며 남편이 입에 침이 마르도록 칭찬을 했다. 채령이 보기에도 여자는 굉장히 세련돼 보였다. 우리가 흔히 생각하는 커리어우먼의 대표적인 모습이었다. 거기다가 오늘 그녀가 입은 파격적인 드레스는 모든 남자들의 시선을 받기에 충분했다.

도대체 누군데 손 회장의 옆에 있는 것일까? 애인임에 틀림없었다. 그렇지 않고서는 저렇게 자연스럽게 자신의 가슴을 손 회장의 팔에 부비고 있지는 못할 것이다.

"호호호, 감사해요. 그런데 누구신지?"

여자는 약간 비꼬는 느낌으로 말을 했다.

"저는 서울 경찰청 사이버수사대 경무관 김준혁입니다."

"아, 네."

"김석우 의원님이 저의 부친이십니다."

"아, 그래요? 저도 김 의원님하고 잘 아는데……."

"압니다. 대원그룹 따님이신 거. 아버지께서 어찌나 칭찬을 많이 하시는지 말입니다. 사교성이 너무 대단하시다며 집사람이 반만이라도 닮았으면 하고 말씀하십니다."

아예 대놓고 그녀를 험담하고 있는 남편이었다.

"그렇구나, 그럼 내가 사교성을 가르쳐 드려야겠군요. 그럼 우리는 실례."

그녀가 갑자기 채령의 팔짱을 끼더니 남자들과 좀 멀리 떨어진 곳으로 갔다. 영문을 모르고 얼떨결에 끌려온 채령은 멍하니 그녀를 올려다봤다.

"샴페인 한잔해요."

웨이터가 든 쟁반에서 샴페인 잔 두 개를 들고는 하나를 채령에게 건넸다.

"감사합니다."

"인사가 늦었죠? 나 은지 엄마예요."

"네?"

그러고 보니 웃는 얼굴이 은지와 많이 닮아 있었다. 아빠만 닮았다고 생각했는데 웃는 모습은 딱 엄마였다.

"놀랐죠? 나도 아까 은지 유모라고 해서 놀랐어요."

"네, 좀 당황스럽기는 합니다. 은지가 엄마는 하늘나라에 있다고 해서 그런 줄 알았어요."

"뉴스는 안 보고 사시나 봐요."

"관심이 없는 분야는 아예 신경을 끄고 살아서요."

채령은 조용히 할 말을 다하는 성격이었고 은지 엄마는 사람을 휘어잡으면서 말을 하는 강한 스타일의 여자였다.

"은지 잘 있죠?"

"직접 오셔서 보시는 게 좋을 것 같아요."

"왜죠? 잘 자라고 있는 아이에게 엄마의 존재가 갑자기 나타나면 충격이죠."

"아이에게요? 아니면 엄마에게요? 엄마가 있는데 자신의 마음만 편하자고 아이를 모른 체하고 사는 건 결코 옳은 일이 아니에요."

"……."

"은지는 지금 엄마의 사랑이 필요해요. 키우라고 드리는 말씀이 아니라 엄마라는 존재가 나에게 있고 날 사랑하고 있다는 걸 아이가 알았으면 해서요."

만난 지 10분도 되지 않은 여자에게 이런 말을 할 수 있다는 게 채령도 신기했다.

"은지를 많이 예뻐하는군요. 아이는 없나요?"

"네."

"당신의 말 생각해 보도록 하죠."

"감사합니다. 초면에 너무 실례가 많았습니다."

"아뇨, 더한 욕을 먹어도 싸죠."

직선적이라서 그렇지 여자는 굉장히 성격이 좋아 보였다.

"만나서 반가워요. 난 김선아예요."

그녀가 손을 내밀었다.

"전 이채령입니다."

"은지 잘 부탁해요. 난 어릴 때부터 나밖에 모르고 자랐어요. 내가 하고 싶은 거 갖고 싶은 건 다 갖고 살았어요. 그래서 내가 하고 싶은 일들 때문에 은지를 버린 거예요."

"다시 합치실 생각은……."

채령은 결코 만만한 여자가 아니었다. 조용하면서도 할 말은 다 했다.

"노(NO)예요. 난 손 회장 성격 못 맞춰요. 저 사람은 완전 현모양처를 바라니까요."

채령의 시선이 자연스럽게 손 회장에게로 향했다.

"굉장히 매력적인 남자예요. 나와는 안 맞아서 그렇지."

"잘 어울리시는데요."

"나보다는 채령 씨 같은 스타일이 훨씬 더 잘 어울리는 사람이에요. 채령 씨가 결혼 안 했다면 내가 아마 두 사람 연결시켜 줬을 거예요."

쿨한 건지 생각이 없는 건지 채령은 멍한 얼굴로 선아라는 여자를 바라보았다. 이해가 안 가는 구석이 많은 사람이었다.

"여보."

소름 끼치는 소리가 뒷목을 타고 올라왔다. 채령의 굳어가는 표정을 선아가 이상하게 보고 있었지만 채령은 알지 못했다.

"아무리 우리 이사님이 좋아도 여기만 있으면 안 되지. 우리 채령이가 이렇게 사회성이 없습니다."

그가 채령의 허리에 손을 두르자 채령의 얼굴이 더욱 창백해졌다.

"저기요. 제가 여기저기 데리고 다니면서 인사시킬 테니까 남자분들과 인사하세요. 여기는 신경 쓰지 말고."

"그래도 되겠습니까?"

"그럼요. 난 채령 씨가 마음에 들어요."

남편이 사라지자 채령이 숨을 거칠게 쉬었다. 답답한 마음이 거친 호흡으로 이어진 것 같았다.

"편하게 숨 쉬어요."

"후~"

"남편하고 무슨 일 있죠?"

"……."

"미안한 소리지만 난 채령 씨의 남편처럼 탁한 눈빛을 가진 사람들하고는 상대를 잘 안 하죠. 뭔가 숨기는 것 같은 그런 느낌의 사람 말이에요."

다른 사람의 눈에는 이렇게 한눈에 보이는데 채령은 왜 결혼할 때 그걸 몰랐을까 하는 생각이 들었다. 그때는 그냥 무심한 엄마, 아빠에게서 벗어나고 싶은 마음이 강했던 것 같았다. 그래서 그냥 무턱대고 첫 번째 선을 본 남자와 결혼을 한 것이었다. 결과는 이렇게 됐지만 말이다.

"뭔지 모르겠지만 나한테 말해요. 도와줄 테니까요. 은지를 돌봐주는 사람인데 내가 그 정도는 해야죠."

"……."

"알았어요. 도움이 필요하면 대원그룹 이사실로 와요. 언제든지 환영할 테니까요."

채령은 말이라도 고마웠다. 은지의 유모라는 이유로 이렇게 잘

해주는 선아가 채령은 부담스러웠지만 그 이유를 조금은 알 것 같아서 그녀의 호의를 저버리지 못했다. 자신이 버리고 간 딸에 대한 미안함을 지금 은지에게는 못 보여주고 그녀에게 대신 잘하는 것 같았다.

하지만 그런 이유만으로는 설명이 다 되지는 않았다. 채령이 알지 못하는 다른 이유도 있는 것 같았다.

"말씀이라도 고맙습니다."

"샴페인 한 잔 더 해요. 그리고 진짜 여기 괜찮은 사람들 소개해 줄게요."

진짜로 선아는 사람들에게 채령을 소개해 줬다. 물론, 은지의 유모가 아닌 김 의원의 며느리로 말이다. 그래서 나머지 시간은 나름 유쾌한 사람들과 재미있게 보냈다. 집에 올 때는 상황이 달랐지만 말이다.

남편은 운전대를 잡자마자 시비를 걸기 시작했다. 그리고 집에 돌아온 후 처음으로 그에게 정말로 죽지 않을 만큼 맞았다. 이유는 없었다. 말도 되지 않는 이유를 대며 그녀는 차에서 한 차례, 그리고 집에서 한 차례 두 번에 걸쳐서 심하게 맞았다.

내일 은지한테 가야 하는데 너무 걱정이었다. 그가 보내주어야 하는데 왠지 놓아줄 것 같지가 않았다.

그가 그녀가 누워 있는 침대로 올라왔다. 그러자 채령은 자신도 모르게 몸을 움츠렸다.

"왜 그래?"

그가 차가운 얼음수건을 가지고 와서 그녀의 빨갛게 부어오른 얼굴에 댔다.

"말을 잘 들어야지 내가 이렇게 미치지 않지?"

남편의 손이 그녀의 얼굴에 닿자 채령은 온몸이 떨려옴을 느꼈다.

"안 그래?"

그의 손이 한 번 더 몸에 닿자 채령은 온몸을 떨었다. 그녀가 갑자기 미친 듯이 경련을 일으키자 이번에는 준혁이 놀랐다.

"채령아!"

싫었다. 그가 자신의 몸에 손을 대는 게 말이다. 채령은 희미해져 가는 의식 속에서도 계속해서 싫다고 외치고 있었다.

남편이 그녀를 내려다보고 있었다. 걱정 어린 눈빛이었다. 그건 그녀의 걱정이라기보다 그녀가 잘못되면 자신이 처할 상황에 대한 걱정일 것이다. 사람들에게 알려질까 봐 그녀를 병원에도 데려가지 않는 그였다.

Chapter 8

남편이 운전대를 잡고 운전을 하면서도 계속해서 욕을 내뱉고 있었다. 아침에 채령이 아파서 오늘은 출근을 못 할 것 같다고 전화를 하자 홍 집사님이 경찰에 바로 신고한다는 말에 그는 지금 투덜거리며 그녀를 데려다주고 있었다.

"멀쩡한 거 보여주고 바로 나와."

그는 지금 그녀가 온몸에 멍투성이라는 걸 알면서도 멀쩡하다고 말하라고 시키고 있었다. 두 눈은 액세서리인지 얼굴을 제외한 곳에 검은 멍이 들어 있는 게 보이지 않는 것 같았다.

"아주 웃기는 사람이야. 자기가 돈이 많으면 많았지 어디서 훈계질이야."

홍 집사님이 아직도 그 집의 주인인 줄 알았다.

"그 집 주인은 뭐 하는 사람이야?"

"사업을 한다고 들었어요."

"사업? 무슨?"

이걸 말해야 하나 말아야 하나 고민을 하던 순간 갑자기 차가 끼어들었다.

끽!

"야, 이 자식아! 눈 똑바로 뜨고 다녀!"

불같이 화가 난 남편은 은지의 집에 도착할 때까지 계속 소리쳤다. 사람이 더욱더 포악해지는 것 같았다.

"얼른 다녀와. 10분이야. 더 지체했다가는 내일은 병원에 있을 줄 알아."

"……."

퍽!

갑자기 손이 날아들어 그녀의 머리를 때렸다.

"대답해."

"네."

집을 나가기 전보다 더 심각한 상황이 되었다. 사람이 더 불안해 보였고 예전에는 그녀에게만 화를 내던 걸 이젠 모든 사람들에게 내고 있었다. 아무래도 그녀가 집을 나갔던 게 남편에게는 더 안 좋은 영향을 미친 것 같았다.

"잘 들어, 허튼소리 했다가는 이 집 꼬맹이는……."

"알았어요."

그가 은지를 두고 하는 협박은 듣고 싶지 않았다. 그렇게 말을 하고 채령은 차에서 내렸다. 날씨가 더운데도 채령은 카디건과 긴 치마로 온몸의 상처를 가렸다. 하지만 얼굴의 부기는 속일 수가 없었다. 그녀는 고개를 숙이고 홍 집사를 찾았다. 아침 시간이라 모두 다 바빴다.

"안녕하세요?"

정원에서 일을 하시는 분들이 그녀를 보고 인사를 했다. 채령은 얼른 고개를 숙였다. 그러다가 중심을 잃고 쓰러질 뻔했다.

"괜찮으세요?"

"네."

모두가 그녀를 쳐다보고 있는 것 같았다. 남편에게 맞아 온몸에 멍이 든 보잘것없는 여자가 된 것 같아서 괴로웠다.

"이채령 씨!"

홍 집사의 목소리였다. 땅만 쳐다보고 걷느라 그가 앞에 있는 줄도 몰랐다.

"안녕하세요, 집사님. 오늘은 근무를 못 할 것 같습니다."

"그럴 것 같군요."

홍 집사의 말에 채령은 숙였던 고개를 들었다.

"이 꼴을 해서 무슨 일입니까? 순자 씨!"

"네."

"채령 씨를 지금 숙소로 데리고 가요."

당황한 채령이 자신의 팔을 잡은 순자의 손을 뿌리치며 말했다.

"저는 지금 바로 나가야 해요. 안 그러면 아가씨가……."

"아가씨가 다친다고 협박을 했나요? 그런 어림없는 소리에 신경 쓸 필요 없어요. 그리고 이제 집으로 돌아가지 않아도 됩니다."

"네?"

"뭐 해요, 순자 씨."

채령은 순자의 손에 이끌려 숙소로 향했다. 이게 도대체 어떻게 된 일인지 모르겠지만 남편이 독을 품으면 그녀는 물론이고 은지가 다칠 수 있었다.

"순자 언니, 내가 가지 않으면 아가씨가 위험해져요."

"진정해. 홍 집사님이 알아서 하신다고 하셨으니까 기다려 보자. 우선 좀 쉬어야겠어. 사람을 어떻게 하루 사이에 이 꼴로 만들어놔. 나쁜 새끼!"

순자는 그녀의 말을 들으려고도 하지 않고 채령을 숙소로 데리고 갔다. 채령의 마음은 더 불안해져 갔다.

손에 든 핸드폰의 시계가 정확하게 10분이 지났음을 알려주고
있었다.

"어, 이것 봐라."

준혁은 찌증이 몰려오기 시작했다. 사람을 둘이나 죽이고 찾은
여자였다. 물론 죽일 필요까지는 없었지만 뭐든 뒤탈을 없게 하는
게 중요했다. 그런 의미에서 그 쓰레기들은 처리할 수밖에 없었
다.

준혁은 자신의 차에서 내려 집 안으로 들어가려 했다. 그때였
다. 누군가 그의 어깨를 툭툭 쳤다.

"뭐야?"

감히 그의 어깨를 친 간 큰 녀석을 보기 위해 그가 뒤를 도는 순
간 그의 얼굴은 돌덩이로 맞은 것 같은 충격을 받았다. 아니, 돌덩
이에 맞은 것 같았다. 턱이 돌아가고 뭔가 입에서 툭하고 튀어나
왔다.

이게 말로만 듣던 원 펀치 쓰리 강냉이인가. 그의 입에서 계속
해서 피가 흘러나왔다.

퉤!

"어떤 새끼야!"

그가 눈의 초점을 맞추기도 전에 그는 배가 터질 듯한 충격을
받았다.

"윽!"

정신이 하나도 없었다. 여기저기에서 쉴 새 없이 날아드는 주먹에 준혁은 계속해서 정신없이 맞고만 있었다. 말이 경찰이지 사격을 제외한 모든 무술에는 경험이 없는 그였다. 무술에 자격증만 있지 써볼 기회가 거의 없었다.

그만큼 그는 경찰 엘리트로서의 탄탄대로만 걸었었다. 경찰청장인 아버지의 비호 아래 그는 책상에서만 업무를 보았기 때문이었다. 그래도 그는 훈련을 받은 경찰인데 상대방을 한 대도 못 때리고 맞기만 하고 있었다.

"윽!"

이번에는 배를 제대로 맞았다. 숨이 잘 쉬어지지 않았다. 준혁은 그 자리에 무릎을 꿇었다.

"우리 은지를 죽인다고 했다고? 어떻게 그런 말을 할 수가 있지?"

이 목소리는 어디서 들은 적이 있었다. 준혁은 고개를 들어 앞에 서 있는 남자를 쳐다보았다. 그리고 준혁은 얼굴이 굳어졌다. 지금 그의 앞에 서 있는 건 다름 아닌 삼화그룹의 회장인 손현수였다.

"회, 회장님."

"감히 내 딸을……."

"그 아이가 따님이신지 정말 몰랐습니다. 전 이 집의 주인이 다른 사람인 줄 알고."

그때 그가 이 집의 주인이라고 믿었던 남자가 나왔다.

"홍 집사가 들은 말이 사실인가?"

"네, 분명히 유모와 아가씨를 죽이겠다는 협박이었습니다."

"제가 언제 그런 말을 했다고 그러십니까? 그 여자 말은 다 거짓말입니다."

갑자기 어디선가 그의 목소리가 들렸다. 차 안에서 채령에게 했던 말들이었다. 그리고 그녀를 때리는 소리도 들렸다.

퍽!

갑자기 손 회장이 그의 머리를 내려쳤다.

"여자를 때려? 그것도 우리 집 앞에서?"

"제가 그런 게 아닙니다."

무조건 시치미를 뗐지만 날아드는 건 주먹뿐이었다. 사업만 할 줄 알았던 남자가 이렇게 주먹이 셀 줄은 몰랐다. 마치 조폭의 두목 같았다. 그리고 그의 뒤에는 경호원들이 쭉 서 있어서 정말 영화에서 나오는 조폭들 같아 보였다.

"유모의 가방에 제가 몰래 넣어둔 도청기가 아니었으면 계속 저렇게 맞고 살았을 것 아닙니까?"

이 집의 주인인 줄 알았던 남자가 채령이 몰래 도청장치를 넣어났다고 했다. 그럴 리가 없었다. 이건 다 채령이가 한 짓이었다.

"채령이가 도청장치를…… 윽!"

다시 한 번 주먹이 날아들었다.

"이 자식 경찰에 넘겨."

손 회장이 경호원들에게 말했다. 이런 일이 경찰에 알려진다면 그의 인생뿐 아니라 아버지의 정치생활도 끝이었다.

"회장님!"

그가 경호원들에게 질질 끌려 가면서 말했다.

"한 번만 용서해 주십시오! 회장님!"

"잠깐!"

다행히 손 회장이 그들을 멈추게 했다.

"제가 무슨 일이라도 할 테니까 용서해 주십시오!"

"그래? 그렇다면 이혼서류에 도장을 찍을 수 있겠나?"

지금은 뭐라도 답해야 했다. 일단은 이 자리를 피하는 게 급선무였다.

"네, 그럼요."

"좋아, 윤 변호사 불러."

이건 아니었다. 진짜로 그가 이혼서류를 가져올 모양이었다.

"최 박사님 불러서 유모 진단서 끊고."

"네, 벌써 연락해서 오고 계시는 중입니다."

"저, 저기 회장님. 이건 저희 부부의 일입니다."

"아직 정신을 못 차렸어. 여기 당신과 당신 아버지를 몰락시킬 증거들이 이렇게 많은데 나랑 한번 붙어보겠다고?"

"죄, 죄송합니다."

빼도 박도 못할 상황이 되어버렸다. 준혁은 빨리 이 상황을 빠져나가기 위해서 아버지의 도움이 필요하다고 생각했다.

"아버지께 전화 한 통만……."

"아버지께 전화를 드리는 건 이혼 도장을 찍은 후에 하도록. 홍 집사님, 나머지는 잘 부탁드립니다."

그는 이렇게 말을 하고는 대기해 있던 자신의 차에 올랐다. 아마 출근을 하는 모양이었다. 준혁은 입술을 깨물었다. 오늘 그는 확실하게 손현수에게 당했다.

차에 오른 현수는 아직도 주먹이 욱신거렸다. 더 때렸어야 하는 건데 마음이 풀리지 않았다. 그는 주먹을 다시 한 번 불끈 쥐었다. 여자를 때리는 건 용서가 되지 않았다. 그것도 가장 아껴줘야 할 가족을 때린다는 건 남자로서 가장 못난 짓이라고 그는 생각했다. 그리고 채령이 그런 대우를 받았다는 게 그는 화가 났다.

눈을 질끈 감은 현수는 오전에 급박했던 상황이 떠올랐다. 출근을 하려는데 홍 집사가 그를 붙들었다. 그냥 평소의 마중이 아닌

상기된 표정의 홍 집사는 그로서도 낯설었다.

"무슨 일이십니까?"

"도와주십시오. 아무래도 유모가 남편에게 폭행을 당한 것 같습니다. 아침에 유모의 남편에게 전화가 와서 아파서 오늘은 출근을 못 한다고 하는데 영 믿음이 안 가서 일단은 출근을 하고 병원에 가라고 했습니다."

"……."

"도와주십시오. 아무래도 그냥 뒀다가는 큰일을 치를 것 같습니다."

"유모 신랑이 경찰입니다. 그것도 높은 간부고요."

"그래도 한 번만 도와주십시오."

그래서 그는 유모의 신랑이 올 때까지 기다렸다. 첫 번째는 홍 집사가 이렇게까지 간곡하게 부탁을 한 적이 없었기 때문이었고 다른 이유는 채령의 안전이 걱정되었기 때문이었다.

거실에 앉아 창밖을 바라보는 그의 눈에 채령이 보였다. 가늘고 여린 그녀가 오늘따라 더 초췌한 모습이었다. 걷는 것도 불안한 모습이었다.

홍 집사와 얘기 중이던 채령이 숙소로 가자 홍 집사가 그에게 달려와서 상황을 얘기했다. 그리고 집 안으로 들어오기 전의 상황도 함께 얘기해 주었다. 현수는 바로 몸을 일으켜 짐승만도 못한 놈을 응징하기 위해 주차장으로 향했다.

그리고 어릴 때 이후에 써보지 않았던 주먹을 짐승에게 날렸다. 자신이 얼마나 소중한 것을 함부로 다루고 있는지 알아야만 했다. 현수가 아무리 갖고 싶어도 가질 수 없는 걸 가져놓고도 그는 그걸 함부로 다뤘다.

그랬다. 현수는 채령이 갖고 싶었다. 하지만 모든 상황이 그들은 연결될 수 없음을 말해주고 있었다. 차에서 내리는 놈을 정말로 정신없이 때리고 나서도 그는 분이 풀리지 않았다.

채령을 남편에게서 떨어뜨리는 게 지금은 가장 좋은 방법이었지만 그렇게 되면 채령을 매일 마주해야 하는 고통이 그를 기다리고 있었다. 하지만 이미 물은 엎질러졌다. 이제 후회해도 소용이 없었다.

오늘은 머피의 법칙이었다. 출근하기 전부터 주먹질로 시작을 했는데 지금은 전처가 그의 사무실에 앉아 있었다.

"무슨 일이야?"

그의 인상이 절로 내천자를 그렸다.

"한 가지 상의하고 싶은 게 있어서요."

"남해 개발 건이라면 이렇게 개인적으로 회사까지 오는 건 반갑지 않아. 실무팀을 통해 이야기했으면 좋겠군."

"그게 아니에요."

슈트 재킷을 벗다가 말고 현수가 선아 쪽을 보았다.

"개인적인 일이에요."

"우리가 개인적인 일로 만날 사이는 아닌 것 같은데."

"은지를 만날 수 있게 해줘요."

"뭐?"

처음 있는 일이었다. 돌이 갓 지난 은지를 두고 나가면서 한 번도 은지를 찾은 적이 없던 그녀였다.

"내일은 해가 서쪽에서 뜨겠군."

그가 자신도 모르게 비아냥거리며 말했다.

"혹여 은지를 볼모로 뭔가를 요구할 생각이라면 애초에 집어치우는 게 좋아."

선아의 맞은편 소파에 앉은 현수는 선아를 차갑게 쳐다보며 경고했다.

"그냥 엄마가 하늘나라에 간 건 아니라는 걸 알려주고 싶었어요. 어제 유모가 그렇게 말하더라고요. 채령 씨라고 했던가? 은지를 많이 아끼는 것 같았어요."

선아는 이기적인 사람이었다. 자신이 세상의 중심이었고 그래서 자식마저 버리고 하고 싶은 일을 하기 위해 집을 나간 여자였다. 그런데 채령의 말을 듣고 마음이 바뀌다니 실로 놀라운 일이었다.

채령의 말에는 힘이 있었다. 아마도 은지를 진심으로 생각하는 마음이 강하기 때문일 것이다.

"그래서?"

"다른 건 없어요. 내가 은지에게 잘한 건 없으니까. 난 그냥 엄마와 떨어져 지낼 거면 아예 엄마에 대해서 모르는 게 낫다고 생각했는데 아무래도 내 생각이 짧았던 것 같아요."

왜 이 여자의 말이 진심처럼 느껴지는지 알 수가 없었다.

"당신과 나 사이야 이미 끝났지만 자식은 끊을 수 있는 게 아니잖아요."

"진작 느꼈어야지."

"미안해요. 그리고 은지에게 사과할 기회를 줘요."

"생각해 보도록 하지."

"고마워요. 일주일에 한 번 정도 만나면 좋겠지만 한 달에 두 번도 만족할게요."

선아가 자리에서 일어났다.

"채령 씨는 좋은 여자 같아요. 하지만 내가 보기에 남편이라는 사람은 영 아닌 것 같던데. 오히려 당신하고 더 잘 어울리는 여자 같더라고요."

"김선아!"

"미안해요. 내가 오버했어요. 그럼 갈게요."

이제 선아의 의도를 알 것 같았다. 선아는 채령이 은지에게 계속해서 남아 있기를 바라는 것 같았다. 자신이 보기에도 채령은 완벽한 유모이자 엄마 같아 보이니까 말이다. 그래서 그와 채령을 엮으려 든다는 생각이 들었다.

여전히 생각나는 대로 말하는 여자였다. 은지가 엄마를 닮으면 안 되는데 걱정이었다.

정신없이 하루를 보내고 지친 몸을 이끌고 집으로 돌아온 현수는 먼저 은지 방에 들렀다.

"오늘 하루 유모가 없어서 많이 보채셨습니다."

"유모는 어떻습니까?"

집에 와서부터 묻고 싶은 말을 이제야 꺼내는 그였다.

"어찌나 많이 맞았는지 전치 4주의 진단이 나왔습니다. 뼈만 부러지지 않았다 뿐이지 타박상으로는 아주 많이 나온 거지요. 아주 온몸에 멍투성이라고 최 박사님이 그러셨습니다."

"······."

"그리고 오늘 너무 불안해하길래 이혼 서류 접수했다고 말했습니다."

"······."

현수는 대답은 안 했지만 마음이 좋지 않았다.

"은지 엄마가 은지를 보고 싶어 합니다."

"네? 사모님께서요?"

"어떻게 해야 할지 모르겠습니다."

"명예회장님께서는 반대하실 테지만 나중에 커서 사모님의 존재를 아시는 것보다는 나을 것 같습니다."

홍 집사는 그렇게 말을 하고는 은지의 방을 나갔다. 아무래도 둘만의 시간을 주고 싶은 모양이었다. 현수는 잠이 든 은지의 옆에 앉아 은지의 머리카락을 넘겨주었다. 클수록 엄마의 얼굴이 조금씩 나오고 있었다.

은지는 어려서부터 재벌가의 아이로 자라면서 일찍 철이 들었다. 그건 그도 자라면서 어쩔 수 없이 겪게 되는 것이었다. 남들과 다르다는 것을 본능적으로 알게 되어 있었다. 그래서 현수는 은지를 유치원에 보내지 않았다.

엄마 없이 유치원에서 아이들과 어울리면 은지가 받을 상처가 크다는 걸 알기 때문에 그는 일부러 그렇게 했다. 조금 더 자라면 그는 유학을 보낼 생각이었다. 그때는 유모와 함께 보내도 괜찮을 것 같다는 생각이 갑자기 드는 현수였다.

"아빠."

은지가 자는 줄 알았는데 깨어 있었다.

"응."

"유모 아파?"

"응, 조금 아파. 며칠 동안 못 볼지도 몰라."

"그럼, 유모 이제 안 오는 거야?"

아이의 목소리가 불안에 떨렸다.

"아니, 며칠만 못 보는 거야."

"몇 밤?"

"두 밤만 자면 올 거야. 대신 은지가 밥 잘 먹고 잘 자야 온다고 했어."

은지는 토끼 인형을 끌어안고 눈을 꼭 감았다.

"아빠, 나 잘 거야."

이렇게 딸과 편안한 대화를 나눠본 건 처음이었다.

"아빠, 유모가 그때 아빠한테 사랑한다고 얘기하라고 했는데 내가 그 언니 싫다고 한 거야."

아이의 마음속에 계속 걸렸던 모양이었다.

"알아."

은지는 미소를 지으며 눈을 감았다. 현수는 자리에서 일어나 밖으로 나왔다. 지금은 시원한 밤공기가 필요했다. 초여름의 밤은 그의 얼굴을 시원하게 해주었지만 이상하게 가슴은 식히지 못했다.

그는 자신도 모르게 숙소 쪽을 향하고 있었다. 그때였다. 그의 눈에 요즘 그의 머리를 아프게 만드는 여자의 실루엣이 보이기 시작했다. 하루 사이 몇 킬로는 빠진 듯 여자의 걷는 모습이 위태로워 보였다.

"환지가 뭐 하는 짓이지?"

땅만 보고 걷던 그녀가 그의 말에 놀라 그 자리에 주저앉아 버렸다. 그녀의 모습에 현수도 깜짝 놀라 채령에게 달려갔다. 그리고 그녀를 거칠게 일으켰다.

"무슨 여자가 이렇게 말을 안 들어. 의사가 누워 있으란 말 하지 않았나?"

"아가씨가 걱정이 돼서요. 오늘 수면제를 주셨는지 하루 종일 자는 바람에 밤이 되었거든요."

채령은 말을 하면서도 은지의 방을 쳐다보고 있었다.

"당신이 은지 엄마라도 돼?"

화가 났다. 은지를 걱정하는 마음은 알겠지만 본인의 몸도 성치 않은데 이러니 천불이 났다. 그리고 그가 이렇게 화가 난 건 그녀의 팔에 검은 멍이 보였기 때문이었다. 오전에 그 자식을 죽여 버렸어야 했다.

"왜 진작 도망치지 않았지?"

"그럴 힘이 없었어요."

"뭐? 친정에라도 갔으면 됐잖아?"

"엄마, 아빠는 너무 바쁘신 분들이라 제게 신경을 쓸 여력이 없으세요. 은지처럼."

그녀가 왜 그렇게 은지에게 잘하는지 이제야 이해가 되는 현수였다. 은지가 어릴 때의 채령 자신과 닮아 마음이 가는 모양이었다.

"은지는 잘 자. 하루 종일 당신을 찾았다고 홍 집사님이 그러더군."

"……."

채령의 눈에 눈물이 가득 고였다.

"거슬려."

그의 말에 채령은 눈물이 고인 눈동자로 그를 바라보았다. 서로의 눈을 바라보다가 그가 채령을 자신의 품 안으로 끌어당겼다. 그의 몸에 딱 맞게 안긴 그녀의 몸은 가늘게 떨리고 있었다.

"처음 본 순간부터 거슬렸어."

"……."

"난 나 이외의 사람들은 아예 생각하지도 않는데 자꾸만 생각이 나서 거슬려."

그는 지금 자신이 무슨 말을 내뱉고 있는지도 모르며 계속해서 중얼거렸다. 그녀에게 하는 말인지 아니면 그 자신에게 하는 말인지 알 수가 없었다.

그의 품에 안긴 채 놀란 눈으로 그를 올려다보고 있는 채령의 눈동자에 많은 질문이 담겨 있었다. 하지만 지금 그는 두서없이 중얼거리는 그의 입술에 다른 할 일을 부여했다. 그녀의 입술을 삼켜 버린 것이었다.

그리운 맛이 입안 가득 퍼졌다. 그가 기억하는 것보다 더 좋은 맛과 감촉이 그를 타오르게 하고 있었다. 놀란 채령은 얼어붙어 버렸지만 특별하게 반항하지 않았다. 좋다는 건지 싫다는 건지 알 수는 없었지만 죽을 만큼 싫지는 않은 모양이었다.

현수는 조금 더 용기를 내서 그녀의 입술을 혀로 가르고 들어갔다. 부드럽게 열리는 그녀의 입술이 그 어떤 것보다 자극적이었다. 숨 쉬기 힘들 만큼 강한 욕망이 그를 덮치고 있었다. 채령이 아픈 환자라는 건 이미 그의 머릿속에서는 사라진 지 오래였다.

채령의 얼굴을 한 손으로 감싸고 그는 깊은 입맞춤을 이어갔다. 그녀의 가는 목이 오늘따라 그의 거친 키스에 부러질 것만 같았다. 그의 혀가 그녀의 입안을 거칠게 파고들어 가 그녀의 움츠러든 혀를 감아 올렸다. 그의 혀는 마치 토네이도처럼 그녀의 입안을 속속들이 헤집어놓았다.

"으음."

그녀의 신음 소리가 그를 다시금 불붙게 만들었다. 그녀의 손이 그의 목에 감겨 올라왔다. 지금 그는 그녀의 이런 작은 행동에 온몸이 타들어 갈 것만 같았다. 본능의 움직임이 지금 그들을 감싸고 있었다.

그들을 비추고 있는 가로등을 피해 그가 그녀를 안아 올려 불빛이 들지 않는 나무 사이로 안고 들어갔다. 나무와 그 사이에 채령을 내려놓고는 그는 또 한 번 그녀의 입술을 먹어버렸다.

한참을 그녀의 입술을 탐하던 그의 손이 그녀의 헐렁한 티셔츠 사이를 비집고 들어가 가는 몸과는 전혀 다른 풍만한 가슴을 손안에 담았다.

"헉!"

이번에는 욕망에 들뜬 그의 입에서 거친 숨소리가 터져 나왔다. 참을 수가 없었다. 한 번도 밖에서 여자와 이런 농밀한 행동을 한 적이 없는 그였다. 그에게 이렇게 다급하게 여자를 가져야 한다는 생각을 들게 한 여자도 없었거니와 그는 이렇게 급한 성격의 사람이 아니었다.

하지만 채령은 그를 다급하게 만들고 있었다. 이 자리에서 그녀를 갖지 못한다면 그는 미칠 것 같았다. 그가 그녀의 속옷과 함께 티셔츠를 들어 올렸다. 달빛에 비친 그녀의 아름다운 실루엣이 그의 시선을 사로잡았다.

"아름다워."

그는 이렇게 말을 하고는 그녀의 가슴을 입에 물었다. 키스와는 비교도 되지 않는 자극이 그의 머리를 강타하고 있었다. 손안 가득 그녀의 가슴을 잡고 주무르며 그는 미치도록 자극적인 경험을 하고 있었다.

그녀의 유두가 그가 주는 자극에 단단해졌다. 그는 단단해진 유두를 혀를 차 올리며 채령의 입에서 신음 소리가 터져 나오게 만들었다. 삽입을 하지 않았는데도 현수는 머릿속이 터질 것만 같았다. 그녀의 몸 안에 지금 미친 듯이 부풀어 있는 자신이 페니스를 넣는다면, 그는 상상만으로도 사정감을 느끼고 있었다.

지독한 성적 매력이 채령에게서 뿜어져 나오고 있었다. 그는 달밤에 마녀에게 홀린 기분이었다. 그녀의 유두를 빨아들이며 그는 채령에게 강한 소유욕을 느끼고 있었다.

"아하."

채령의 입에서 억제된 신음 소리가 흘러나왔다. 그가 위를 올려다보니 채령이 자신의 입을 손으로 막고 있었다. 그랬다. 이곳은 야외였고 아무리 나무 사이라고는 하지만 사람들이 다니는 길가였다. 하지만 맹세코 지금 현수는 상관이 없었다.

현수가 몸을 일으켜 그녀의 손을 치우며 다시금 깊은 키스를 했다. 그녀는 혀까지도 자극적이었다. 자그마한 그녀의 혀가 아까와는 다르게 적극적으로 움직이자 그의 페니스는 이제 더 이상 참을 수가 없는 지경이 되었다.

현수는 그녀를 나무에 기대게 하고는 치마를 들추고 속옷을 벗겨 버렸다. 그리고 자신의 바지를 벗어 터질 듯이 부풀어 오른 페니스를 꺼냈다. 그리고 망설임 없이 그녀의 질에 자신의 페니스를 넣었다.

그녀의 질이 물고 있는 페니스는 그녀가 주는 황홀경에 빠져서 거칠게 움직이기 시작했다. 거칠게 움직이는 그 때문에 채령은 거친 신음을 내뱉었다.

"조금만……."

그의 입에서 조금만 참아달라는 말이 나왔다. 여기서 도저히 멈출 수가 없었기 때문이었다. 짐승이라고 생각해도 어쩔 수가 없었다.

퍽퍽퍽!

그들의 몸이 부딪치는 원초적인 소리가 나무와 나무 사이를 돌며 울리고 있었다.

"회장님."

그녀가 이 상황에서 가장 어색한 단어로 그를 부르고 있었다. 하지만 그녀의 몸은 지금 그를 너무나 정열적으로 받아들이고 있었다. 온몸의 신경이 다 그의 페니스에 집중되어 있었다. 그녀의 모든 게 좋았지만 지금 그의 리듬에 맞추어 몸을 움직이고 있는 그녀는 최고였다.

더 이상 사정감을 참을 수가 없는 그가 그녀의 몸 안에 사정을 하고 말았다. 그의 분신들이 해방감을 느끼면서 그에게 극도의 쾌감을 주었다.

"윽."

소리를 내지 않으려 했지만 입에서 절로 소리가 새어 나왔다. 그는 소리를 감추기 위해 다시 그녀의 입술을 찾았다. 서로의 혀가 얽혀들며 그는 마지막 쾌락의 조각까지 느껴 버렸다.

"이러면 안 되는데……."

"쉬~"

오늘은 그녀에게 너무 힘든 하루였다. 거기에 몸도 성하지 않은 그녀를 그가 안아버렸다. 지금 생각하니 그는 짐승이나 다름없었다. 하지만 너무나 좋았다. 후회하지 않았다. 미안한 마음은 들었지만 그녀를 향한 주체할 수 없는 욕망에 그는 오늘이 아니었어도 무릎을 꿇었을 것이다.

처음으로 극한의 성욕을 느꼈다. 이게 가능한 일일까, 라는 생각이 들 정도로 그는 너무나 충격적인 쾌락을 경험했다. 그리고 같이 정염에 타들어간 채령에게 미안한 마음이 들었다. 그녀의 지친 표정이 그를 속상하게 만들었다.

그가 허리까지 올라온 그녀의 치마를 내려주었다.

"오늘은 이만 들어가서 쉬어. 얘기는 내일 하지."

"……."

"아무것도 생각하지 마."

채령의 눈에서 눈물이 흘러내렸다. 그가 다시 채령을 안았다.

"아무래도 안 되겠어. 오늘은 내 방에 가서 자."

"아니에요."

"아니, 내가 불안해서 안 되겠어."

그는 채령이 항의하기 전에 그녀를 안아 들었다.

"회장님."

"당신은 환자야."

그는 더 이상의 말을 하지 않고 그녀를 안고 자신의 방으로 갔다. 그리고 그녀를 침대에 눕혔다. 그리고 따뜻한 물에 적신 물수건을 들고 그녀에게 다가왔다. 그리고 그녀의 치마를 벗긴 순간 그의 입에서는 거친 욕들이 터져 나왔다.

"내가 오늘 그 개새끼를 죽였어야 했어!"

그는 이렇게 말을 하며 그녀의 옷을 모조리 벗겨냈다. 온몸에 멍 자국이 가득했다. 달빛이 그녀의 멍 자국을 가려 그는 정신없이 그녀를 가졌지만 이 모습을 보았다면 절대로 그녀를 갖지 못했을 것이다.

"개자식!"

채령이 얼굴을 돌렸다.

"아프다고 내게 말했어야 했어."

"그럼 멈추셨을까요?"

"……."

그건 장담할 수 없었지만 최소한 나무 아래서 갖지는 않았을 것이다.

"제가 원해서 한 거예요. 싫었다면 하지 않았을 겁니다."

그녀가 그를 보며 당당하게 말했다.

"오늘 당신을 갖지 않았다면 난 아마 죽었을 거야."

그녀가 희미하게 웃었다. 그는 말없이 그녀를 닦아주었고 그녀는 깊은 잠에 빠져들었다. 그리고 현수는 오늘 처음으로 여자에게 팔베개를 해주었다. 그는 오늘 태어나서 처음 해보는 것들이 많았다.

그는 피곤했지만 미소가 절로 지어졌다. 옆으로 돌아 눈을 감고 있는 그녀를 내려다보았다. 자신의 팔을 베고 세상모르고 잠들어 있는 채령의 얼굴을 그는 하염없이 바라보았다. 가슴이 따뜻해지는 낯선 감정에 스스로 어색한 미소를 지었다.

"자나?"

그녀가 그를 바라보며 눈을 떠주기를 바랐지만 그녀는 이미 고른 숨을 쉬고 있었다. 그는 자신도 모르게 자고 있는 채령의 이마에 입을 맞추었다. 오늘 말도 안 되는 짓을 많이 했으니 이 정도는 아무것도 아닌 것 같았다.

　사실은 다시 한 번 그녀를 깨워 정열을 불태우고 싶었다.

　"짐승 같은 놈."

　그는 이렇게 스스로에게 말을 하며 천장을 바라보고 누웠다.

　"후~"

　긴 한숨과 함께 현수는 조용히 눈을 감았다. 그의 몸 아래에서 페니스가 요동을 치며 채령을 원하고 있었다. 이 녀석이 이렇게 음탕한 놈인지 새삼 느끼고 있는 현수였다. 하지만 지금은 잠을 청하는 게 가장 나은 방법 같았다.

Chapter 9

 고른 숨소리가 들리고 있었다. 채령은 자신의 등 뒤에 붙어 있는 남자의 온기를 느끼며 살며시 눈을 떴다. 그의 품에 얼마나 안겨 있었는지 모르지만 참으로 달콤한 경험이었다. 그는 지금 한 팔로는 그녀에게 팔베개를 해주고 다른 한 팔은 그녀를 감싸고 있었다.

 그의 강인한 팔에 심줄까지 달빛에 비쳐 보이고 있었다. 순식간의 일이었다. 이런 일이 일어날 거라고는 상상도 하지 못했었다. 그저 은지가 하루 종일 그녀를 찾았을 거라는 생각에 몸이 쑤시긴 했지만 팔에 꽂힌 링거 바늘을 뽑아버리고 무작정 숙소를 빠져나왔다.

그리고 손 회장과 상상도 할 수 없는 일을 벌이고 말았다. 오늘은 남편이 그냥 물러났다고는 하지만 내일 어떻게 나올지 몰랐다. 내일은 홍 집사님과 의논을 해서 은지에게 경호원을 더 붙여달라고 말할 것이다.

채령은 몸을 조심스럽게 움직였다. 그래도 오늘 하루 종일 자서 그런지 몸이 조금 나아졌지만 여전히 여기저기서 아우성이었다.

"윽."

자신도 모르게 고통의 신음 소리가 나왔다. 하지만 손 회장은 깨지 않았다. 조심스럽게 침대에서 빠져나온 채령은 바닥에 떨어져 있는 옷을 조심스럽게 입었다. 그런데 아무리 찾아도 팬티는 보이지 않았다. 그녀는 속옷 찾기를 포기하고 은지의 방으로 갔다.

그리고 사랑스런 은지의 옆에 누웠다. 아기 냄새가 은지에게서 났다. 그녀는 은지의 손을 잡고 한참이나 잠든 모습을 보다가 잠이 들었다.

"유모."

은지의 목소리에 채령이 눈을 떴다. 은지는 반짝반짝한 눈으로 그녀를 보고 있었다.

"언제 왔어?"

"어젯밤에요."

"아닌데, 어젯밤에는 아빠가 왔는데. 유모는 두 밤 자고 온다고 했는데 어떻게 왔어?"

"아가씨가 너무 보고 싶어서 일찍 왔어요."

은지가 그녀를 보며 천사의 미소를 보여주었다.

"여기 있었구만."

홍 집사님의 목소리가 그녀의 뒤에서 들렸다. 그녀는 아직 여기저기 쑤시는 몸을 겨우 일으켰다.

"오늘까지는 쉬어야 해요."

"괜찮아요."

"안색이 창백한데요. 어제보다 더 안 좋아 보여요."

홍 집사의 그 말에 채령의 얼굴이 붉어졌다.

"약이 안 맞나? 오늘은 최 박사님께 약을 바꿔달라고 말씀드려야겠어요."

"무슨 약?"

잿빛 슈트를 멋지게 입은 손 회장이 은지의 방으로 들어오며 물었다.

"아니, 유모가 오늘 더 안 좋아 보여서요."

"허흠, 그런가?"

그가 헛기침을 하며 당황한 표정을 감추었다.

"은지야, 아빠 회사 다녀올게."

그의 말에 이번에는 은지가 당황한 것 같았다. 한 번도 출근한다고 아이에게 말한 적이 없었으니까 말이다.

"아빠, 잘 다녀오세요라고 하는 거예요."

그녀의 말에 잠시 망설이던 은지가 말했다.

"아빠, 잘 다녀오세요."

그가 은지에게 다가와 볼에 뽀뽀를 하고는 방을 나갔다. 이 모습을 보며 홍 집사가 눈시울을 붉혔다.

"당연한 건데……."

"우실 일 아니에요."

그녀의 말에 홍 집사가 손수건으로 눈물을 훔쳤다.

"그나저나 몸도 성치 않은데 어서 숙소로 돌아가요. 조금 있으면 최 박사님 오세요."

"유모, 어디 가?"

은지가 불안한 눈빛으로 물었다.

"아가씨, 유모가 많이 아파서 주사 맞아야 해요. 그때까지 저랑 놀 수 있죠? 그래야 유모가 빨리 나아요."

"알았어."

숙소로 돌아가서 샤워를 하고 누워 있는데 홍 집사와 최 박사가 들어왔다. 최 박사는 그녀에게 무리하지 말고 일주일은 쉬어야 한다고 말했다. 하지만 채령은 은지가 걱정이 된다며 내일까지만 쉬기로 했다. 진료가 끝나고 최 박사가 링거를 놔주고 가자 채령이 홍 집사를 불렀다.

"집사님, 드릴 말씀이 있어요."

"말해요."

"제가 불안해서 그러는데 아가씨 경호를 좀 늘려주세요."

"그거라면 걱정 말아요."

생각보다 홍 집사님의 반응이 쿨했다. 그건 남편에 대해 모르기 때문이었다.

"집사님, 그 사람 엄마를 구하기 위해서 사람까지 둘이나 죽인 사람이에요."

그녀의 말에도 홍 집사의 표정엔 변함이 없었다.

"안 믿으시겠지만 사실이에요. 남편은 사람이 아니에요."

"채령 씨, 일단 진정해요. 어제 채령 씨가 치료를 받고 있는 사이에 많은 일들이 있었어요. 말도 해줬는데 약 기운에 기억을 못 하나 보네요."

채령은 홍 집사를 멍하게 쳐다보았다. 남편이 또 무슨 일을 저지른 것인지 걱정이 되기 시작했다.

"어제 남편에게 이혼 도장 받았어요. 최 박사님이 끊어준 진단 서로 접근 금지도 받을 수 있게 되었구요."

이혼이라니, 진짜 그에게서 해방이 된다는 말인가?

"그리고 어제 회장님께서 그놈을 아주 반쯤 죽도록 패주셨죠."

"회장님이요?"

"회장님께서 다시 채령 씨를 건들면 국회의원인 아버지의 정치 생명도 끝장나게 하고 경찰에서도 잘리게 한다고도 말하셨죠."

손 회장의 힘이라면 남편이 잠잠할 수도 있었다. 원래 힘센 사람에게 약한 사람이었다. 그래서 그렇게 시아버지의 말에 속절없이 끌려 다녔던 것이다.

"이제 안심하고 쉬어요."

"……."

홍 집사님이 나가고 채령은 아직 불안한 마음을 가눌 수가 없었다. 이혼이 확정되면 좀 나아지려나? 채령은 약기운이 몸에 퍼져서인지 눈이 스르르 감겼다.

"개자식!"

준혁은 자신이 할 수 있는 모든 욕을 쏟아냈다. 하필이면 손 회장의 집에 들어갈 게 뭐냐 말이다. 하고많은 집 가운데 아버지와 어르신의 돈줄인 손 회장의 집에 채령이 들어가다니. 이건 우연이 아닌 채령의 기가 막힌 머리 굴림의 결과일 것이다.

"안 그러곤 이렇게 아귀가 딱 맞을 리가 없어."

"무슨 일이에요?"

보라가 그의 앞에 앉아서 그를 걱정스럽게 보며 물었다.

"이혼 서류에 도장을 찍었어."

"네?"

보라야 채령이 떠나면 자신이 안방마님이 될 기라 생각하겠지만 그건 오산이었다.

"네가 안방마님이 될 거란 생각은 하지 마."

"안 해요. 하고 싶지도 않고."

"뭐?"

"아, 아니, 난 그럴 자격이 안 된다는 거죠."

분수는 잘 알고 있는 여자였다. 그러니 몇 년이나 그의 곁에 얌전히 붙어 있는 것 아니겠는가? 채령이 돌아오게 할 방법을 찾아야 했다.

"방법이 없을까?"

"사모님이 돌아오게 하는 방법은 본인 스스로 오게 하는 것뿐이죠. 사모님을 보호하고 있는 사람이 삼화그룹의 회장이면 억지로 끌어낼 방법은 없잖아요?"

"스스로 나오게 한다?"

"네."

"어떻게?"

"그건 좀 더 생각을 해봐야죠. 그런데 한 가지 묻고 싶은 게 있어요. 왜 그렇게 사모님한테 집착을 하죠? 경무관님 정도면 다른 여자를 찾아도 될 텐데."

"쓸데없이 참견하지 말고 나가."

준혁은 채령이 없으면 불안했다. 언제나 그의 곁에 있는 여자였다. 아니, 그의 곁에 있어야 하는 여자였다. 지난번에 싸우는 와중에 채령이 그에게 의처증이 아니냐며 병원에 가서 치료를 받아보자고 말한 적이 있었다.

그렇게 채령은 자신을 정신병자 취급했다. 그처럼 멀쩡한 남자를 정신병자로 모는 여자였다. 다른 남자들에게 꼬리를 치면서 그에게는 안심하라고 말하는 여자였다.

하지만 이상하게 채령이 곁에 없으면 불안했다. 다른 남자와 바람을 피우는 것 같다는 생각이 들기 때문이었다. 그나마 눈에라도 보이면 그 불안감이 덜했다. 자신을 놔두고 다른 놈을 만나는 건 진짜 용서가 되지 않았다. 그건 배신 행위였다. 그런 채령은 맞아야 정신을 차리는 여자였다. 그것이 자신만 바라보게 하는 방법이었다.

하나 아직 완벽하게 그를 바라보는 것 같지 않았다. 가르칠 게 많은데 손 회장이 자꾸 그런 채령을 빼앗아가려 했다. 다시 찾아와야 했다.

갑자기 그의 뇌리에 아주 좋은 방법이 생각이 났다. 서로에게 소중한 건 주고받으면 되는 것이었다.

"손 회장에게 중요한 건 그 꼬마 계집이지?"

준혁은 이런 기막힌 생각을 해낸 자신이 너무나 대견스러웠다. 하지만 손 회장 집에 들어가는 건 결코 만만치 않은 일이 될 것이다.

"여보세요?"

그는 핸드폰을 들어 누군가와 통화를 하기 시작했다.

"담 잘 타고넘는 놈 하나만 부탁해."

이럴 때는 경찰이 된 걸 감사해야 했다. 필요할 때 전문가들을 섭외할 수 있으니까 말이다. 준혁의 입가에 비열한 미소가 걸렸다.

이제 멍 자국이 조금씩 사라져 가고 있었다. 그 난리를 치르고 난 지 일주일이 흘렀다. 마치 태풍의 눈처럼 고요함이 가득했다. 채령은 이런 고요함이 늘 불안했다.

"유모."

은지가 그녀의 앞에서 자기보다 커다란 셰퍼드와 몸싸움을 벌이고 있었다.

"아가씨, 똑순이 그만 괴롭혀요."

셰퍼드의 이름은 똑순이였다. 집 안을 경호하는 경호견으로 집

안 사람을 잘 따랐지만 은지는 기피하는 것 같았다.

"똑순이 귀를 잡고 있으면 어떻게 해요."

은지를 채령이 안아 올리자 똑순이가 도망을 가버렸다. 은지가 귀찮은 모양이었다.

"아가씨, 똑순이가 아가씨를 귀찮아해요."

"귀찮은 게 뭐야?"

채령이 은지를 땅에 내려놓고 은지의 코를 잡았다.

"뭐 하는 거야?"

코를 만지는 걸 싫어하는 은지였다.

"이렇게 싫은 걸 자꾸 하는 걸 귀찮은 거라고 하는 거예요."

"알았어, 안 해."

채령이 은지를 안아서 벤치에 앉혔다. 그리고 자신은 그 앞에 쪼그리고 앉아 은지와 눈높이를 맞췄다.

"아가씨는 엄마 안 보고 싶어요?"

"……."

"아가씨처럼 어릴 때는 엄마가 보고 싶은 게 맞아요."

"난 엄마가 없어."

은지의 눈에 눈물이 차올랐다. 부족한 게 없는 아이였다. 그래서 더 남들에게 있는 게 없을 때 오는 상실감이 큰 법이었다.

"아가씨 엄마 있어요."

은지의 눈에 많은 물음이 담겨 있었다.

"하늘나라에 있잖아."

"아뇨, 엄마가 그동안은 일이 너무 바빠서 못 오셨지만 이제 은지 아가씨 만나러 오실 거예요."

"진짜? 언제 와?"

"아빠가 허락하시면요."

"여기서 같이 살아?"

"아뇨, 그렇지만 자주 보러 오실 거예요."

은지의 눈이 반짝였다. 은지는 솔직하고 착한 아이였다. 그런 아이가 이렇게 기뻐하니 채령은 마음이 따뜻해짐을 느꼈다.

"아빠!"

갑자기 은지가 소리를 치더니 벤치에서 내려왔다. 그리고 평소와는 다르게 아빠를 향해 달려가기 시작했다. 채령은 모녀의 어색한 상봉을 보고 있었다. 은지가 마음을 열고 아빠에게 달려가는데 아빠는 아직 아이를 어떻게 받아들이는지 모르고 있었다.

뻘쭘하게 서 있는 그의 모습에 채령은 하마터면 웃음을 터트릴 뻔했다. 하지만 은지가 그런 아빠에게 달려가서 다리를 끌어안았다. 손 회장의 키가 크기는 했지만 은지와 비교를 하니 거인 같았다.

뻘쭘해하던 그가 서류가방을 옆으로 놓더니 은지를 하늘 높이 안아 올렸다. 은지의 까르르 웃음소리가 정원을 울렸다. 처음 보는 부녀의 다정한 모습에 모두들 미소를 짓고 있었다.

그가 은지를 한 팔로 안고 서류가방을 들고 채령을 향해 걸어왔다. 그날 밤 이후로 마주침이 거의 없던 그들이었다. 일주일 만에 그의 얼굴을 정면에서 보고 있는 채령은 심장이 떨려왔다.

정말 잘생긴 사람이었다. 그리고 지금 이곳에서는 그녀만 아는 멋진 몸을 가진 사람이기도 했다. 그가 다가올수록 채령의 얼굴이 붉어졌다.

"다녀오셨습니까?"

채령은 쑥스러움에 고개를 들지 못했다.

"은지에게 뭐라고 한 거지?"

그의 목소리는 차가움 그 자체였다.

"무슨 말씀이신지?"

"아이 엄마를 볼 수 있다고 했나? 그걸 왜 유모가 아이에게 이야기를 먼저 한 거지? 내가 어떤 결정을 내릴 줄 알고?"

그건 그의 말이 맞았다. 그녀가 건방지게 남의 가정사에 끼어든 것이다. 너무 성급했다.

"죄송합니다."

"아빠, 화났어?"

은지가 손 회장의 얼굴을 작은 손으로 감싸며 물었다.

"아니, 유모랑 이야기하는 거야."

"그래?"

"이따 나 좀 봅시다."

"네."

단단히 화가 난 모양이었다. 이러려고 말을 꺼낸 건 아닌데 실수를 한 것 같았다. 그가 은지를 그녀 앞에 내려주었다.

"아빠 씻고 옷 좀 갈아입을게."

"알았어."

그가 은지의 머리를 다정하게 쓰다듬어 준 후에 안으로 들어갔다.

"유모, 아빠가 엄마 만나게 해준대."

"진짜요?"

"응."

"아가씨 좋겠어요. 엄마를 만나려면 이제 뭘 해야 하죠?"

"씻고 책 읽어야 해."

"빙고. 맞았어요."

채령은 은지의 손을 잡고 은지의 방으로 들어갔다. 하지만 그녀의 표정은 좋지 않았다. 정말로 괜한 짓을 한 것 같았다.

은지의 학습능력은 놀라울 정도로 뛰어났다. 아마도 머리는 아빠를 닮은 것 같았다.

"어쩜 이렇게 잘해요."

"진짜?"

"읽기도 잘하고 쓰기도 잘하고. 참 잘했어요."

채령의 칭찬에 은지의 얼굴에 미소가 한가득이었다.

"오늘 이렇게 열심히 했으니까. 내일은 더 잘할 거예요. 그쵸?"

"응."

자신감이 가득 찬 은지였다.

"이제 뭘 해야 하죠?"

"치카하고 자는 거."

"맞았어요. 얼른 욕실로 갈까요?"

은지와의 즐거웠던 하루를 마무리한 채령은 은지를 재우고 9시
가 넘어서야 은지 방에서 나왔다. 그리고 복도에서 갈 길을 잃고
왔다 갔다를 반복한 게 10분이 넘었다. 그가 분명히 그녀에게 자
신에게 들르라고 말을 했는데 어떻게 해야 할지 몰랐다.

"그냥 가?"

그렇다고 그냥 가면 안 될 것 같고 또 그가 잘지도 모르는데 들
어가기도 그렇고, 어떻게 해야 할지. 고심 끝에 내린 결론은 노크
를 한번 하고 대답이 없으면 돌아가는 것이었다.

심호흡을 한 번 하고 채령은 그의 방문을 두드렸다.

똑똑!

그리고 그 앞에서 열을 세었다.

하나, 둘, 셋, 넷, 다섯…….

철컥, 문이 열리고 그 앞에 그가 서 있었다. 너무 놀란 채령이 횡설수설하기 시작했다.

"그러니까 아까 정원에서…… 일이 끝나면 오라고 하셔서……
악!"

그가 갑자기 그녀의 팔을 당겼다. 채령은 맥없이 그의 품에 뛰어든 꼴이 되고 말았다. 그의 단단한 가슴에 그녀의 볼이 사정없이 닿았다.

"어머!"

채령은 빛의 속도로 그에게서 떨어졌지만 문을 닫아버린 그는 채령을 여전히 자신의 품 안에 가두고 있었다. 문과 그의 틈에 갇혀 버린 채령은 지금 너무나 두근거리는 심장을 주체할 수가 없었다.

"저기 회장님."

채령이 그의 가슴을 손으로 살짝 밀며 말했지만 그는 꿈쩍도 하지 않았다.

"죄송했습니다. 아까 그렇게 나서는 게 아니었는데 생각이 짧았습니다."

"생각이 짧았던 건 나야."

"네?"

"이렇게 불러들이는 게 아니었어."

채령은 그의 말을 이해하지 못할 만큼 어린아이가 아니었다. 그녀 또한 잘못이었다. 절대로 이 방에 들어와서는 안 되는 것이었다. 뭔가 기대를 가지고 이 방을 찾은 건 부인할 수가 없는 진실이었다.

"제가 오면 안 되는 건데……."

채령이 말을 끝내기도 전에 그의 입술이 그녀의 입술을 덮어버렸다. 이렇게 욕망을 가득 담아 미친 듯이 누군가의 입술을 탐한 적이 없는 그녀였지만 손 회장 앞에서만큼은 이상하게 본능에 충실해졌다.

채령의 손이 자신도 모르게 그의 목을 타고 올라가 그의 목을 감싸 안았다. 그의 입술을 조금 더 깊이 받아들일 수 있게 발뒤꿈치도 들어 올렸다. 그의 부드러운 입술이 그녀의 아랫입술을 정성껏 빨아들이고 있을 때 그녀는 자신의 혀를 그의 입안으로 밀어 넣었다.

한 번도 느껴보지 못한 강한 쾌감이 이 남자에게선 느껴졌다. 자신이 한 명의 여자가 된 것 같다는 생각이 들었다. 그녀의 적극적인 키스에 그가 더 적극적으로 파고들었다. 서로의 혀가 미친 듯이 얽혀들었고 그의 손이 그녀의 온몸을 쓰다듬고 있었다. 그의 손이 그녀의 가슴에 머물렀을 때 채령은 숨을 멈추었다.

"미칠 것 같아."

그의 입에서 나온 소리라고는 믿어지지 않는 고백이 터져 나왔다. 낮은 저음의 목소리가 계속해서 그녀의 귓가에 속삭이고 있었다.

"이렇게 기분 좋은 느낌은 처음이야."

그가 그녀의 가슴을 만지며 그녀의 귀에 입을 맞추었다. 채령은 처음으로 자신의 엉덩이를 그의 발기한 페니스에 부볐다. 마치 아라비안나이트에 나오는 무희처럼 그녀는 야릇한 몸짓으로 그를 사로잡고 있었다.

그가 한 손으로 그녀의 엉덩이를 움켜잡았다. 그리고 그녀의 목에 키스를 하며 그녀의 여성을 손으로 잡았다. 서로가 그 이상의 몸짓을 원하고 있었다.

"안에 넣고 싶어."

"넣어줘요."

어떻게 이런 말이 자신의 입에서 나오는지 채령은 알 수가 없었다. 몸을 돌려 그와 마주 본 채령은 그의 얼굴을 양손으로 감싸고는 깊은 키스를 돌렸다. 그리고 그의 가운을 벌려 바닥으로 떨어뜨렸다.

역시나 그는 아무것도 입지 않은 원초적인 모습이었다. 키스를 하면서 채령은 조금 더 용기를 내서 그의 페니스를 손으로 쥐었다. 한 번도 해보지 않은 행위였지만 오늘은 점점 더한 것을 본인 스스로 원했다.

그의 단단한 페니스는 한 손으로 쥐기에 너무나 거대했다. 미친 듯이 그녀의 입술을 탐하고 있는 그는 그녀의 가슴을 움켜쥐고 있었다. 그녀의 유두를 희롱하던 손이 그녀가 그의 페니스를 아래위로 움직이자 동작을 멈추었다.

극도의 흥분이 그의 모든 동작을 멈추게 한 것 같았다. 채령은 무릎을 꿇었고 그의 페니스를 입에 물었다.

"으으윽."

그에게 극한의 쾌락을 주고 싶었다. 그에게 뭔가를 바라는 건 아니었다. 지금 그들은 서로의 몸짓으로 위로를 받고 있었다. 그 이상도 이하도 아니었다.

입안 가득 들어온 그의 페니스가 그녀의 목젖까지 닿자 숨조차 쉴 수 없었지만 그의 쾌락에 미친 반응이 그녀를 기쁘게 하고 있었다.

"채령."

그가 그녀의 이름을 불렀다. 채령은 혀로 그의 페니스를 건드리며 입술로는 페니스를 위아래로 빨았다. 그녀의 동작이 강해질수록 그는 괴성에 가까운 신음을 내뱉고 있었다. 물론 이를 악물고

큰소리를 내지 못하긴 했지만 그녀를 흥분시키는 신음 소리를 그가 계속해서 내고 있었다.

그녀의 머리카락을 아프지 않게 잡고는 그는 자신도 모르게 엉덩이를 움직이고 있었다. 채령은 그가 이렇게 오럴 섹스에 자극을 받을지 몰랐다. 그래서 더욱 힘껏 그의 페니스를 빨아주었다.

"이제 내 차례야."

그가 이렇게 말한 후에 그녀를 일으켜 세웠다. 그리고 그녀가 입고 있는 옷을 순식간에 거의 찢을 듯이 벗겨 버렸다. 순간적으로 알몸이 된 그녀는 손으로 자신의 가슴을 가렸다.

"악!"

그가 그녀를 자신의 어깨 위로 짐짝 메듯 메고는 침대로 향했다. 그리고 그녀를 침대 위에 조심스럽게 내려놓았다.

"이건 당신이 먼저 시작한 거야."

"그건 아닌 것 같은데요."

채령이 미소를 지으며 말했다. 그는 채령의 말에 으르렁거리며 침대 위로 올라왔다.

"날 시험하는 건가?"

"아뇨."

"그런 건 어디서 배웠지?"

"사실 오럴은 진짜 처음 해봐요. 당신의 물건이 빨아달라고 하는 것 같아서⋯⋯."

"뭐?"

채령이 처음으로 그를 보며 환하게 웃었다. 그러자 그의 눈동자
가 욕망으로 점점 더 짙어지고 있었다.

"오늘 당신은 잠자는 사자의 코털을 건드렸어."

그가 채령의 다리를 잡아 자신의 앞으로 끌어당겼다. 그리고 그
녀의 무릎을 세우고 다리를 벌렸다.

"안 돼요!"

"왜?"

"하지 마요."

채령은 그의 손에 잡힌 다리를 빼기 위해 안간힘을 썼지만 소용
없었다.

"혼자만 맛보는 건 불공평한 일이지."

그가 그녀의 다리를 활짝 벌리고는 은은한 조명에 비친 그녀의
검은 숲을 내려다보았다.

"그만 봐요."

"당신은 더한 것도 했으면서."

그가 매력적인 미소를 지었다. 그의 이런 섹시한 미소는 그녀만
보고 싶다는 생각이 들었다. 하지만 그건 욕심이었다. 그는 결코
그녀의 것이 될 수가 없었다. 그렇다면 이 순간 그녀에게 허락된

그를 가지면 되는 것이었다.

　그녀가 갑자기 자신의 다리를 벌리자 이번에는 그가 움찔했다.

　"이렇게 해서 날 포기시키려 한다면 그건 오산이야."

　"아뇨, 난 거친 게 좋아요."

　그녀의 말에 그는 순간적으로 그녀의 여성에 얼굴을 묻었다.

　"아앙."

　그녀의 신음 소리 따위는 그의 안중에 없어 보였다. 그가 입술로 그녀의 검은 숲을 가로질러 혀로 그녀의 클리토리스를 찾았다. 그녀의 작은 클리토리스가 이렇게 그녀에게 쾌감을 줄 수 있다는 걸 채령은 오늘 처음으로 알게 되었다.

　5년 동안 몇 번 안 되는 부부생활보다 그와의 두 번의 섹스에서 그녀는 더 많은 걸 느낄 수 있었다. 섹스가 무섭고 짜증이 나는 행위라고 생각했는데 지금의 섹스는 그녀에게 환각제 같은 쾌감을 주고 있었다.

　그의 혀가 그녀의 여성을 둘로 가르며 극도의 자극을 주고 있었다. 그의 혀가 그녀의 온몸을 지배했다. 채령은 자신도 모르게 그의 머리카락을 움켜쥐었다.

　"아아아아앙!"

　채령은 신음 소리가 바깥에까지 들릴 것 같아서 자신의 입술을 꽉 깨물었다. 정말 그의 혀 놀림은 쾌감의 끝이었다. 그는 그녀가 미처 알지 못했던 그녀의 몸을 아주 샅샅이 느끼게 해주었다.

"아흐, 미칠 것 같아요."

아까 그가 했던 말을 이제는 그녀가 하고 있었다. 그녀는 진정 지금 미칠 것 같았다. 그가 입술을 점점 위로 올리고 있었다. 여성을 지나 탄탄한 배 위에 오목하게 자리를 잡고 있는 배꼽에 한참을 머물다가 그녀의 봉긋한 가슴에 도착하자 더 이상은 부드럽게 못하겠는지 그의 입술에서 으르렁거리는 소리가 났다.

더 이상은 버티기 힘든 모양이었다. 그가 몸을 일으키더니 그녀의 다리를 벌리고 그녀 안으로 들어올 준비를 하고 있었다. 그리고 단 한 번의 동작으로 그녀의 질 안으로 자신의 페니스를 넣었다. 그의 커다란 페니스가 그녀의 몸 안으로 들어온다는 게 너무나 신기한 일이었다.

퍽퍽퍽!

그가 있는 힘껏 허리 짓을 하기 시작했다. 방 안은 그들의 질척이는 살 부딪치는 소리와 그녀의 흐느낌으로 가득했다.

"더 깊이."

"더 깊이?"

그가 그녀의 말을 그대로 따라 하며 더 깊이 그녀의 몸속으로 자신의 페니스를 밀어넣었다. 그의 이마에 커다란 힘줄이 툭 튀어나와 그가 얼마나 열정적으로 몸을 움직이는지 말해주고 있었다.

"이제 어때?"

"좋아요."

그의 페니스가 그녀를 둘로 갈라 버릴 듯이 강하게 들어오고 나가기를 반복하고 있었다. 정신이 혼미해질 만큼 그의 몸짓이 너무나 좋았다.

"이제 더 버티기 힘들어."

그는 이렇게 말하며 마지막 몸짓을 하기 시작했다. 지난번은 야외에서 정신없이 해서 몰랐지만 그는 정말 최고의 정력가임에 틀림이 없었다. 그의 얼굴이 점점 굳어지며 그가 마지막 격한 몸짓을 했다.

"으으윽."

그의 악다문 이 사이로 억제된 신음 소리가 흘러나왔다. 그리고 그의 분신들이 그녀의 자궁 안으로 흘러들어 왔다. 잠시 후 그가 그녀의 몸 위로 무너져 내렸다. 하지만 그의 페니스는 여선히 그녀의 자궁 안에 자리를 잡고 있었다.

"몸은 어떤가?"

"좋아졌어요."

"그런 것 같군."

그가 그녀의 입술에 자신의 입술을 포개었다.

"아주 미치는 줄 알았어."

채령이 그의 잘생긴 얼굴에 흘러내리는 땀을 손으로 닦아주었다.

"몸이 괜찮다면 또 한 번 어떠냐고 녀석이 묻는군."

채령의 눈이 동그랗게 변했다. 정말로 그녀의 몸 안에서 그의 페니스가 움찔거리고 있었다.

"안 돼요."

"뭐, 벌써 녀석은 일어났는데."

그는 이렇게 말을 하며 다시 한 번 그녀를 갖기 위한 애무를 시작했다. 정말로 정력이 끝이 없는 남자였다. 밤새 채령은 그에게 붙들려 있었다. 다음 날 일어나기 힘들 정도의 섹스가 끝없이 이어졌다.

Chapter 10

평화로운 날들의 연속이었다. 일요일 오전에 그가 집에 있다는
건 아주 이례적인 일이었다. 회사의 업무와 관련이 있는 인사들과
골프모임을 갖는 게 보통 그의 일과인데 그는 오늘 한가롭게 집
안의 수영장 벤치에 앉아 있었다.

"아빠!"

은지가 그를 향해 손을 흔들었다. 그는 지금 홍 집사가 가져다
준 아이스커피를 마시며 채령과 은지를 보고 있었다. 여자아이인
데도 축구를 좋아하는 은지였다. 몸으로 노는 걸 즐기는 걸로 봐
서 그를 많이 닮은 것 같았다.

어릴 때 그의 꿈은 축구 선수였다. 하지만 학교를 들어가고 그

는 꿈이 아닌 현실을 위해 노력해야 하는 사람이라는 걸 알게 되었다. 그리고 그 후로는 축구공에 발을 대본 적이 없었다. 어차피 해봐야 소용이 없는 일이니까 말이다.

또르르.

그의 발 앞으로 공이 굴러왔다. 축구공이 아닌 탱탱 볼이었지만 은지는 축구공처럼 차고 놀았다.

"아빠!"

은지가 그를 부르고 있었고 채령이 기대에 찬 눈빛으로 그를 보고 서 있었다. 채령에게는 그를 움직이게 하는 힘이 있었다. 그는 자신도 모르게 자리에서 일어나 공을 차며 은지에게로 갔다.

그리고 그 후로는 아이와 유치한 공차기가 시작되었다. 은지가 골을 더 많이 넣어야 하는데 그는 끝까지 은지를 이겨서 결국은 은지를 울게 만들었다.

"회장님, 꼭 이기셔야 했어요?"

채령이 우는 은지를 안고는 원망의 눈을 하고 안으로 들어가 버렸다.

"아니, 뭐⋯⋯."

그는 말을 잇지 못하고 사라지는 두 여자를 멍하게 바라보았다.

"회장님."

그의 옆에서 홍 집사가 그에게 수건을 건넸다.

"홍 집사님, 제가 잘못한 겁니까?"

"그러신 것 같습니다."

"어디 하나 내 편이 없군."

그는 이렇게 말을 하며 삐진 여자 둘을 따라 올라갔다. 그렇게 시작된 오후의 일과는 수영이었다. 아직 6월이라 수영을 하기는 일렀지만 수영장 물이 따뜻해서 집 안에서는 가능했다.

"이번에는 잘 놀아주세요."

"알았어."

채령이 신신당부를 했다. 채령이 수영복으로 갈아입고 들어올 거라는 그의 상상은 그냥 상상에 지나지 않았다. 그가 기대를 하고 수영복으로 갈아입고 나왔지만 은지만 핑크색이 너무나 앙증맞은 수영복을 입고 나왔다.

"유모는?"

"저는 수영 못합니다."

아닌 거 아는데 끝까지 물속으로 들어오지 않는 채령이었다. 핑크색 튜브에 들어가 있는 은지는 인형같이 예뻤다. 다른 사람이 보면 마치 가족 같은 느낌이 드는 모습이었다. 홍 집사는 그들을 흐뭇한 시선으로 바라보고 있었다. 현수는 그런 홍 집사와 눈이 마주쳤다. 그러자 홍 집사가 황급히 시선을 돌렸다.

물 밖에 서서 그들을 쳐다보며 미소를 짓고 있는 채령을 그는 힐끔거리며 보았다.

"은지야."

현수는 다른 사람들이 듣지 못하게 작은 소리로 딸을 불렀다.
물장구를 치던 은지가 아빠를 쳐다봤다.

"은지는 유모 어때?"

"좋아."

"얼마만큼? 아빠보다 좋아?"

"응, 세상에서 제일 좋아. 지난번 유모보다 더 좋아."

"진짜?"

은지가 귀여운 미소를 지으며 그를 보았다.

"아빠도 유모 좋지?"

"응."

"엄마보다 더 좋지?"

딸아이의 갑작스러운 물음에 그는 살짝 당황했다.

"왜 그렇게 생각하는데?"

"아빠도 유모 좋잖아. 싫은 거야?"

"아니, 좋아."

그제야 은지의 얼굴에 미소가 지어졌다. 은지 엄마보다 당연히
채령이 좋았다. 그런데 그걸 아직 은지에게 말할 수는 없었다. 그
는 채령에게 요즘 온전히 정신을 빼앗겼다. 그녀와 함께 한 저녁

은 하루 종일 그의 정신을 지배하고 있었다. 그가 이렇게 섹스에 미친 놈인지 요즘 들어 새롭게 알아가고 있었다.

고개를 돌려보니 채령이 그들을 따뜻한 시선으로 바라보고 있었다. 정말 아름다운 여인이었다.

"회장님, 이제 그만 나오셔야 할 것 같습니다. 날씨가 아직 쌀쌀합니다."

"유모, 난 더 있고 싶어."

"우리 샤워하고 그림 그릴까요? 아니면 빵 만들기 할까요?"

"빵!"

"어서 나오세요."

그녀는 확실하게 은지를 잘 다뤘다. 그리고 그도 함께 잘 다루고 있었다. 은지를 물 위로 올려주자 그녀가 수건으로 은지를 감싸 안았다.

"나는 수건 안 주나?"

"네?"

"아빠가 수건 달래."

"어, 수건. 여기 있습니다."

그녀가 수건을 그에게 주려고 할 때에 맞추어 그가 물 밖으로 나왔다. 스스로 생각해도 괜찮은 몸매의 그가 채령 앞에 서자 채령의 얼굴이 수줍은 소녀처럼 붉어졌다.

"마음에 드나?"

"네?"

채령은 더 이상 대꾸하지 못하고 은지를 안고 안으로 들어갔다. 현수의 입에서 웃음이 떠올랐다. 그리고 은지의 방으로 가운을 입고 올라갔다. 채령이 은지의 수영복을 벗기고 욕실로 은지를 들여보냈다.

"난 응가할 거야."

은지가 안으로 들어가서 문을 닫자마자 현수가 채령을 돌려 안고는 입술에 진한 키스를 했다.

"우리 딸은 참 효녀야."

"뭐라고요?"

그는 다시 그녀의 입술을 차지했고 그녀의 가슴을 손으로 주무르며 자신의 부풀어 오른 페니스를 그녀의 여성에 대고 문질렀다.

"지금 갖고 싶어."

"진짜 말도 안 되는 소리 좀 그만하세요. 아가씨가 봐요."

그의 입술이 채령의 목에 머물고 있었다.

"유모."

"네."

채령은 그를 억지로 밀어내고 욕실 안으로 들어갔다. 아쉬웠다. 아무리 그녀를 가져도 이 갈증은 가시지 않을 것 같았다. 그는 자신의 방으로 들어가서 핸드폰을 들었다.

"여보세요?"

[웬일이에요?]

"지금 뭐 해?"

[그냥 사람 좀 만나고 있어요.]

선아도 그처럼 쉬는 날 없이 사업에 얽매여 있었다.

"오늘 집으로 와. 저녁이나 같이 하게."

[……]

전화를 끊고 나서 그는 샤워를 했다. 그리고 주방으로 내려가서 은지와 채령이 주방장과 함께 빵을 만드는 걸 멀리서 지켜보았다.

"예쁜 모습입니다."

홍 집사가 그에게 홍차와 비스킷을 가져다주며 말했다.

"그렇군요. 아참, 오늘 저녁에 은지 엄마가 올 겁니다. 저녁식사 준비해 줘요."

"네."

홍 집사의 얼굴에 미소가 걸렸다. 조금 시끄러운 밤이 될 것 같았다.

"아저씨, 이렇게 하면 되는 거야?"

"아주 잘하시는데요, 아가씨."

주방장 아저씨에게 부탁을 해서 빵을 만들어보기로 했다. 아직 유치원에 가지 않은 은지에게 많은 경험을 시켜주기 위해 하루에 하나씩 다른 걸 경험해 보게 하는 채령이었다. 어제는 정원의 구석에 조그만 텃밭을 만들어 상추를 심었고 내일은 고추를 심을 예정이었다.

그리고 모레는 미술 선생님을 집으로 모시기로 했다. 하나씩 차근차근 가르칠 계획인 그녀였다. 다행히 은지가 잘 따라주고 있었다.

갑자기 시선을 느끼고 고개를 든 채령의 눈에 아름답고 세련된 은지 엄마가 그들을 보며 서 있는 게 보였다.

"유모, 내가 만든 거 예쁘지?"

"네, 너무 잘 만드셨어요."

"이거 유모 줄게."

"아가씨, 그거는 다른 분 주세요."

"누구?"

"이따가 말해줄게요. 예쁘게 굽고 포장도 예쁘게 해요. 우리."

"응."

주방장의 도움을 받아서 은지는 정말 온몸에 밀가루를 묻혀가며 열심히 만들었다. 갑자기 엄마가 왔다고 하면 은지가 놀랄 텐데 어떻게 해야 하나 걱정이었다. 하지만 그건 어디까지나 채령의 기우였다.

잠시 있다가 보니 그 자리에 은지 엄마가 없었다. 두리번거리다 보니 거실 쪽에서 손 회장과 다정히 앉아 있는 은지 엄마가 보였다.

너무나 잘 어울리는 둘의 모습에 채령은 멍하니 둘을 바라보았다. 뭘 생각하고 있는 걸까?

"잘 어울리시죠?"

주방장이 그녀에게 말했다.

"보기에는 환상적인 그림인데 왜 헤어지셨는지 모르겠어요. 사모님 성격이 굉장히 호탕하신 분이시거든요."

"네."

"우리 아가씨를 놓고 가셨을 때는 좀 많이 예민하셨어요. 갇혀 있는 성격이 못 되시거든요. 재벌가가 다 그렇듯이 여자들은 남자들을 내조해야 하는데 그런 성격은 아니셨던 거죠."

그랬다. 채령이 보기에도 선아는 커리어우먼 같았다. 그리고 손 회장과도 너무나 잘 어울리는 그림이었다.

"이제 아가씨도 컸으니까 두 분이 합치시면 좋을 것 같아요. 솔직히 회장님도 사모님을 못 잊으시니 여태 재혼을 안 하신 거죠. 안 그래요?"

정말 그럴까? 아직 전부인에게 미련이 있는 것일까? 그렇게 뜨겁게 그녀를 안았는데 몸 따로 마음 따로인 걸까? 마음이 복잡해졌다.

채령은 더 이상 일이 손에 잡히지 않았다. 주방장은 뭐가 그리도 좋은지 계속해서 선아를 칭찬하기에 바빴다. 그렇게 빵이 다 만들어졌고 은지를 데리고 방으로 들어간 채령은 선아에게 줄 빵을 예쁜 봉지에 넣어 정성스럽게 은지와 포장했다.

"예쁘지?"

"네, 이거 엄마에게 주면 어떨까요?"

"엄마?"

"네, 오늘 오셨어요. 아마 아가씨가 구운 빵 냄새가 하늘까지 올라갔나 봐요."

"진짜?"

"네, 엄마가 좋아하실 거예요."

은지의 눈에 기대감이 가득했다. 사진도 못 본 엄마를 만난다니 아이의 기대치가 하늘을 찌르고 있었다.

"언제 와?"

"이따 식사시간에는 보실 수 있어요. 이거 잘 전해주실 수 있죠?"

"응."

아이의 반응에 채령은 안심도 되었지만 약간의 서운함도 있었다.

똑똑!

"아가씨, 저녁 드실 시간입니다."

오늘은 홍 집사님이 직접 오셨다.

"잠깐만, 빵 가져가야 해. 엄마한테 줘야 하거든."

"네, 잘하셨어요."

홍 집사가 은지를 데리고 가자 텅 빈 방 안에 그녀 혼자였다. 이 시간에 식당으로 가서 밥을 먹어야 하지만 오늘은 밥이 목으로 넘어갈 것 같지 않았다.

채령은 창가에 서서 정원을 내려다봤다. 여기까지가 그녀의 한계인 것이다. 그들과 잠시 즐길 수는 있지만 그들과 함께일 수는 없는 게 그녀의 현실이었다. 잠시 그걸 잊었던 것 같았다. 은지가 주는 아낌없는 사랑과 손 회장과의 몇 번의 잠자리에 그녀는 자신의 위치를 망각한 것이다.

"이제 돌아올 시간이야."

그녀는 이렇게 말했다. 한참이 지나도 은지는 올라오지 않았다. 채령은 은지의 방을 정리하기 시작했다. 은지가 오면 바로 잠자리에 들게 해야 했기 때문이었다. 방을 다 치우자 문이 열리더니 은지와 엄마가 손을 잡고 들어왔다.

한 손은 엄마, 한 손은 아빠의 손을 잡고 말이다. 채령은 그들을 향해 고개를 숙였다.

"유모, 엄마가 빵 맛있대."

채령은 억지로 미소를 지어 보였다.

"채령 씨, 고마워요."

"아닙니다."

"매주 이렇게 와서 은지를 봐도 된다고 했어요. 잘됐죠?"

"네, 아가씨가 너무 좋아해서 다행입니다."

"은지야, 엄마가 일곱 밤 자고 또 올게. 오늘은 이만 놀고 자자?"

"응."

은지는 엄마를 늘 보았던 것처럼 그녀의 볼에 뽀뽀를 하고는 채령에게 갔다. 채령은 은지를 씻기기 위해 욕실로 데리고 갔다.

"엄마가 좋아요?"

"응, 예뻐."

"잘됐어요."

채령은 서운함을 뒤로하고 은지를 씻기고 잠옷으로 갈아입힌 후에 동화책을 읽어주며 잠을 재웠다. 그리고 잠든 은지를 한참이나 바라보다가 방을 나왔다.

"채령!"

뒤에서 부르는 소리에 채령은 너무 놀라 자리에 주저앉을 뻔했다. 그런 그녀의 손을 잡고 손 회장이 자신의 방으로 끌고 들어갔다.

"회장님."

"잠시만."

그가 방에 들어가자마자 그녀를 자신의 품 인에 가두었다. 그의 빠르게 뛰는 심장 소리가 그녀의 귀에 그대로 느껴지고 있었다.

"은지가 엄마를 보고 좋아해서 너무 다행이에요."

"서운한가?"

"아니요, 서운할 리가요."

그의 정곡을 찌르는 말에 거짓말을 했다.

"은지가 생각보다 빠르게 엄마를 받아들여서 놀랐어. 진작 이렇게 해줬어야 하는 건데 내 생각이 짧았어."

"……."

그녀와 합칠 생각인가라는 생각이 문뜩 들었다.

"선아가 진짜 고맙다고 전해주라더군. 그리고 이혼도 축하한다고."

"이혼이 된 건가요?"

"그래."

"조정 기간이……."

"그건 신경 쓰지 않아도 돼. 가정 폭력으로 한 이혼은 즉시 성립이 되니까. 하지만 하도 사정을 하기에 합의 이혼으로 결론을 내렸으니까 1개월만 기다리면 돼."

그나마 아이가 없어서 숙려기간이 1개월인 걸 감사해야 하는 건가. 채령은 불안했다. 이제 한 달도 안 남았지만 불안했다. 남편이 이렇게 잠잠하게 넘어갈 리가 없었다.

"회장님도 합치실 건가요?"

"내가? 왜?"

"아까 두 분의 분위기가 좋아서……."

"그래서 삐졌나?"

"삐지다니요? 잘된 일이죠."

그가 소리를 내서 웃기 시작했다.

"화가 난 이유가 그거였군."

"제가 화를 낼 일이 아니에요. 잘된 일이죠."

그가 그녀를 꽉 끌어안았다. 그의 심장의 움직임이 그녀의 볼에 그대로 느껴지고 있었다.

"내 물건이 이렇게 부풀어 오르는 여자를 놔두고 다른 여자와 합치라는 말은 좀 심한 거 아닌가?"

그의 페니스가 진짜 그녀의 배를 찌르고 있었다.

"내가 지금 원하는 건 선아가 아니라 채령 당신이야."

"……."

채령이 얼굴을 들어 그의 남자다운 눈을 쳐다보았다. 그의 눈에는 진실이 담겨 있었다.

"진심이세요?"

그가 고개를 끄덕였다.

"난······."

채령의 눈에서 눈물이 흘러내렸다. 일단 그가 확실하게 관계를
정리해 주지는 않았지만 지금 그녀를 원한다고 확실하게 얘기를
해준 것만으로도 감사했다. 채령이 발을 들어 그의 입술에 입을
맞추었다.

"이렇게 하면 키스로는 못 끝내."

채령이 미소를 짓자 그가 채령의 블라우스 단추를 하나씩 풀었
다.

"점점 더 적극적이 되어가는 걸 알고 있나?"

"제가요?"

그렇게 말을 하며 채령은 자신의 옷을 모두 벗었다.

"너무 적극적이야."

그의 단단한 팔에 안겨 채령은 침대로 옮겨지고 있었다. 그들이
벗어놓은 옷들이 바닥에 아무렇게 벗겨져 있었고 그들의 뜨거운
호흡이 방 안의 열기를 후끈 달아오르게 하고 있었다. 부드러운
침구가 그녀의 등에 닿기가 무섭게 그가 달려들었다.

그의 속에 있던 짐승이 봉인 해제가 된 듯이 그녀에게 거칠게

달려들었다. 채령은 남편의 폭력적인 면과는 다른 그의 수컷으로의 본능에 젖은 몸짓이 거칠어도 마음에 들었다.

"아아앙."

그가 그녀의 유두를 덥석 물고는 빨아들이기 시작했다. 그와 동시에 그의 부지런한 손은 그녀의 여성을 파고들었다. 검은 수풀을 가르고 들어온 손가락은 이미 촉촉하게 젖은 그녀의 질 안으로 파고들었다. 그의 긴 손가락이 질 벽을 긁어내리자 채령은 쾌감에 온몸을 비틀었다.

그의 손가락이 계속해서 그녀의 깊은 곳을 공격해 들어왔다. 부끄러울 정도로 많은 애액이 흘러나왔다.

"잘 느끼는군."

"그런 말 하지 마요."

부끄러움에 채령의 얼굴이 붉어졌지만 여전히 그녀의 질은 홍수를 이루고 있었다. 채령은 그의 손길에 맥을 못 추고 오늘도 무너져 내리고 있었다. 그가 그녀의 하얀 가슴을 주무르며 정신없이 온몸에 입을 맞추었다.

채령 또한 그의 욕망 가득한 손길에 불타올라 적극적으로 그의 몸을 더듬었다. 단단한 그의 살결이 주는 느낌은 그녀에게 또 다른 쾌감을 주었다. 만지는 것만으로도 너무나 자극적인 그의 몸이었다. 그의 가슴을 만지다가 그의 작은 유두에 손이 닿았다.

채령은 그의 딱딱한 유두를 손가락으로 잡아 살짝 비틀기도 하고 건드리기도 했다. 그녀가 그렇게 그를 자극할 때면 그는 작은 신음 소리로 그녀의 자극에 보답했다.

그가 갑자기 그녀를 안아 그의 위에 앉혔다. 채령은 위에 올라타서 그의 페니스를 자신의 질에 넣었다.

"아흐."

그의 커다란 페니스가 오늘은 젖어 있는 그녀의 질로 부드럽게 들어갔다. 그의 손에 깍지 낀 채령은 중심을 잡고는 위아래로 움직이기 시작했다. 그는 그녀가 힘들지 않게 손으로 중심을 잡아주었다.

채령은 허리를 돌리며 섹시한 몸짓을 시작했다. 그녀 자신도 이렇게 남자의 몸 위에서 음란하게 움직일 수 있다는 걸 알지 못했다. 진짜 본능이 시키는 대로 움직일 뿐이었다.

"이 요부."

그의 입에서 흘러나온 요부란 말에 기분이 좋아졌다. 그를 지금 흔들고 있는 건 그 누구도 아닌 채령 자신이었다. 그녀가 다시 한 번 허리를 돌리자 욕망으로 인해 그의 인상이 구겨졌다.

"더 이상은 못 참겠어."

그가 그녀를 침대 위로 돌려 눕히고 자신이 그녀의 위로 올라탔다. 눈 깜짝할 사이에 채령은 침대와 그 사이에 꼼짝 없이 갇혔다.

그는 단 한 번의 동작으로 그녀를 차지했다. 그의 페니스는 그녀가 위에 있을 때보다 더 깊게 파고들어 왔다.

"아아아아앙."

미칠 듯한 쾌감에 채령은 창피한 줄도 모르고 신음 소리를 계속해서 냈다.

"더 깊이."

그가 더 깊이 들어오기를 바랐다. 그는 그녀의 바람대로 더 깊숙이 들어왔다. 둘은 동시에 쾌감의 끝에 도달했다.

그가 땀으로 엉켜 있는 그녀의 머리카락을 넘겨주었다. 그의 얼굴에도 땀이 흥건했다. 온몸에 흘러내리는 땀이 둘의 섹스가 얼마나 격정적이었는지 말해주었다. 채령은 그의 품에 안겨 처음으로 깊은 잠에 빠져들었다.

도심이 한눈에 내려다보이는 사무실에서 선아는 멍하게 뭔가를 생각하고 있었다.

"이사님!"

"어?"

고개를 돌려보니 그녀의 비서가 선아를 쳐다보고 있었다. 몇 번 그녀를 부른 모양이었다.

"부탁하신 서류 여기 있습니다."

"고마워요."

선아는 서둘러 책상에 앉아 서류를 펼쳐 보았다.

"최보라."

서류에는 보라의 신상이 적혀 있었고 그녀와 김준혁의 아주 은 밀한 사진들이 들어 있었다. 경찰에서 꽤 실력이 있는 여자인데 왜 김준혁에게 붙어 있는지 그 내용도 올라와 있었다. 돈이었다. 승진도 한몫했을 것이다. 남친이 경찰계의 로열 패밀리니 다른 사 람보다 빠른 승진은 자명한 일이었다.

"가지가지 하는군."

선아는 의자에 기대어 생각에 잠겼다. 어떻게 최보라를 이용할 지 말이다. 이런 여자들은 의리란 게 없었다. 오로지 돈이면 배신 따위는 아무것도 아니었다.

선아는 채령이 좋았다. 물론 처음에는 자신의 아이를 돌봐주는 여자구나 하고 별다른 생각이 없었지만 그녀의 착한 마음을 보고 는 아예 빠져들었다.

친구 하나 없이 살았지만 처음으로 마음이 가는 여자였다. 이렇 게라도 돕고 싶었다. 사실 처음에는 김준혁이 얼마나 못된 인간인 지 알고 싶어서 뒷조사를 시작했는데 지금은 그가 얼마나 못된 놈 인지 알게 되어 그를 완벽하게 매장시켜 버리고 싶어졌다.

"남의 일에 너무 깊이 들어와 버렸네. 그래도 채령 씨 일인데."

아마 채령의 성격이라면 이런 응징은 죽었다 깨도 못할 것이다.

"친구 잘 둔 줄 알라고요."

몰라도 상관없었다. 그녀가 좋아서 하는 일이니까. 선아의 머릿속에 아주 기막힌 시나리오가 등장했다. 김준혁을 아주 꼼짝 못하게 할 기가 막힌 생각이 말이다.

선아는 전화기를 들었다.

"최보라 씨 핸드폰인가요?"

[네, 그런데 누구시죠?]

"전 대원그룹의 김선아 이삽니다. 지금 혹시 바쁘신가요?"

이렇게 선아는 최보라와 오랜 시간 통화를 했다. 아주 은밀하게 말이다.

준혁의 계획은 다시 한 번 벽에 부딪혔다. 손 회장의 집 담벼락은 넘을 수 있는 곳이 아니었다. 아무리 담 넘는 데 선수들이어도 그 집은 구조상 넘을 수가 없었다. 설사 넘는다고 해도 안쪽의 삼엄한 경비는 결코 뚫을 수 있는 게 아니었다.

그래서 계획을 바꿨다. 꼬맹이에서 장인, 장모로 말이다. 물론 지난번처럼 납치를 또 한다는 건 웃기는 일이고 이번에는 장인, 장모가 그녀를 불러서 설득하도록 만들 생각이었다.

"힘들 것 같아요."

보라가 앞에 앉아서 초를 쳤다.

"이제 부모에게도 마음이 떠났는데 그건 아니에요."

"그럼, 나보고 어쩌라는 거야?"

"그 집에 아는 사람이 있어요. 정원사인데 예전에 그 사람 아들이 잡혀왔을 때 제가 힘을 좀 써줬거든요."

보라가 그의 얼굴을 살피면서 말했다. 뭔가 석연찮은 느낌이 들기는 했지만 지금은 보라의 얘기에 구미가 당겼다.

"그래서?"

"채령 씨를 밖으로 유인할 수 있어요. 그런데 납치를 했다고 하면 손 회장이 가만히 있지 않을 텐데요."

"그래도 꼭 채령이를 데리고 와야 해."

"김 의원님이 아시기라도 한다면……."

아버지는 이 모든 상황을 모르고 계신다. 그가 이혼한 것까지도 말이다.

"내가 채령이를 만나서 잘 설득해 볼 거야. 지금 채령이가 원해서 이혼을 한 게 아니거든. 이건 손 회장이 시켜서 한 일이야."

"왜요?"

"평생 자기 애나 돌보라는 얘기지. 그리고 채령이에게 딴마음이 있는 게 분명해."

"그래도 건드릴 수 있는 상대가 아니에요."

채령이를 포기할 수는 없었다. 그건 자존심의 문제였다.

"정원사에게 말이나 잘해."

"말은 해보기야 하겠지만 그래도 포기하는 게……."

"아니, 내 것이 안 된다면 죽여서라도 내 옆에 둘 거야."

채령을 다른 놈에게 빼앗길 수는 없었다. 그는 이렇게 말을 하고는 자신의 집무실에서 나왔다. 작은 공간에 있으려니 속이 답답했다. 이럴 때는 마사지를 받는 게 최고였다.

그가 나가자 보라가 어딘가로 전화를 걸었다. 주변을 살피며 그녀는 최대한 조용하게 말했다.

"네, 이사님."

[부탁한 대로 말했나요?]

"네, 말씀하신 대로 채령 씨를 유인하겠다고 미끼를 던졌습니다."

[덥석 물었겠군요.]

대원그룹의 상속녀인 선아에게 며칠 전 연락이 왔었다. 김준혁의 세컨드인 줄 다 안다면서 말이다. 돈은 얼마든지 줄 테니 채령에게 해코지를 하려 든다면 자신에게 연락을 해달라고 했다. 그래서 그 후 보라는 마음을 바꾸었다.

점점 폭력적이 되어가는 준혁도 싫었고, 그가 경찰청장이 되기까지 너무 오랜 세월을 그의 곁에 머물러야 했다. 여러 가지 상황을 고려해서 그녀는 라인을 갈아탔다. 돈이 더 많은 사람으로 말이다.

그리고 솔직히 준혁의 횡포를 막아야 했다. 아버지 잘 둬서 경찰계의 금수저인 그는 고마운 줄 알아야 하는데 그의 못된 짓은 날이 갈수록 더 악랄해지고 있었다.

여자들을 무시하며 괴롭히는 건 그의 일상이었다. 술집을 단속하러 나가보면 그의 얘기가 심심치 않게 나왔고 술집 접대부들을 상대로 한 걸레 같은 짓은 모두 쉬쉬할 뿐이지 그 정도가 도를 넘어섰다.

그녀가 무슨 경찰에 자부심을 느껴서 그를 응징하는 건 아니었다. 그녀를 괴롭히기 때문이었고 더 이상 도움이 되지 않기 때문이었다.

선아라는 여자로부터 거금이 입금되었다. 그래서 첫 번째로 선아의 딸인 은지가 위험하다는 내용부터 냉큼 말해주었다. 그러자 선아가 다른 계책을 그녀에게 알려준 것이었다. 그녀는 그 집의 정원사를 알지 못했다.

[내가 말하는 대로 다음 내용을 전달해 줘요.]

"네, 그럼요."

[절대로 실수하면 안 돼요.]

"네."

[최소 무기징역은 받아야 얼굴을 안 보고 평생 살 수 있으니까요.]

전화로 내용을 들은 보라는 깜짝 놀랐다.

"하지만······."

[지난번에 장모를 구하러 들어가는 척하며 남자 둘을 죽였다고 하는데 그것에 관한 내용을 녹취해 줘요. 그래야 이번 거랑 엮어서 넣죠.]

조금 위험하기는 했지만 가능할 것 같았다.

"알겠습니다."

[금액은 이번엔 더 생각해서 넣을게요.]

"고맙습니다."

보라는 이렇게 말을 하고 전화를 끊었다. 역시 부자들은 다른 것 같았다. 돈이 좋기는 좋았다. 이렇게 사람 하나를 순식간에 망칠 수 있으니 말이다. 하지만 준혁은 죗값을 받는 게 마땅했다.

"여보세요?"

[어.]

준혁이 거드름을 피우며 받았다.

"어디예요?"

[지금 마사지 받으러 가는 길이야.]

근무 중에 마사지도 받고 참 팔자가 늘어진 사람이었다.

"정원사랑 통화했어요. 일이 빨리 진행될 것 같아요."

[그래? 언제 볼 수 있는데?]

"날짜는 정확하게 말하기 힘든가 봐요. 잡히는 대로 알려 드릴게요."

[알았어. 수고했어. 오늘 저녁 기대해도 좋아.]

좋기는, 섹스는 정말로 못하는 남자였다. 진짜 그거라도 잘했으면 마음이 이리 쉽게 바뀌지는 않았을 것이다. 여자를 배려하는 섹스가 아닌 폭력적인 섹스를 좋아하는 그였다. 보라는 전화를 끊고는 미소를 지었다.

통장의 잔고도 두둑하니 이젠 경찰을 때려치우고 외국으로 나가서 조용히 살 생각이었다. 퇴직금까지 합치면 공부하면서 넉넉하지는 않아도 편하게는 살 수 있을 것 같았다.

"따뜻한 나라로 가야겠다. 난 추운 건 딱 질색이야."

채령을 죽이겠다는 그의 말이 걸리기는 했지만 보라는 즐거운 마음으로 사직서를 쓰기 시작했다.

Chapter 11

　오랜만에 백화점에 온 채령이었다. 딱히 오고 싶지는 않았지만 선아의 간곡한 부탁에 채령은 하는 수 없이 나오게 되었다. 우리 나라에서 가장 큰 명동백화점에 그녀를 초대한 선아는 제일 꼭대기 층에 자리한 로열 식당에 그녀를 초대했다.

　사람이 많은 자리를 부담스러워하는 채령은 이곳에 나오기 싫었지만 은지의 일로 감사 인사를 하려는 그녀의 호의를 무턱대고 거절할 수는 없었다.

　"오늘도 역시 사람이 많구나."

　오늘은 선아가 보내준 차로 아주 편하게 오기는 했지만 역시나 사람들이 많은 곳은 불편했다. 엘리베이터를 타기 위해 지하 주차장을 걸어가는 채령은 뭔가 기분이 싸한 걸 느꼈다.

오늘따라 사람들도 거의 보이지 않는 지하 5층에 그녀를 내려주었다. 지하 1층에도 자리가 많았는데 좀 이상하다는 생각이 들었지만 채령은 아저씨가 내려주시는 곳까지 아무런 말 없이 있었다.

하지만 지금은 좀 섬뜩한 기분이 들었다. 다시 가서 아저씨에게 엘리베이터까지 가자고 얘기를 하고 싶었지만 이미 반 정도 걸어온 상태였다.

"그냥 가지 뭐."

오늘은 새 구두까지 신어서 발이 좀 불편했다. 이런 상황에서 뛸 일이 생기지 않기를 바랄 뿐이었다.

"괜찮아, 괜찮아."

무서우니까 자꾸만 중얼거리게 되었다. 엘리베이터가 5m 앞에 있었다. 채령은 조금 빠른 걸음으로 얼른 엘리베이터 앞으로 가서 위층 버튼을 눌렀다.

"예뻐졌어."

갑자기 세상의 시계가 멈추었다. 그리고 그녀의 온몸에 소름이 돋기 시작했다. 다시는 안 들을 줄 알았던 목소리가 소름 끼치게 그녀의 뒤에서 바로 들렸다.

"잠깐 나랑 같이 가줘야겠어."

"어디를 가요. 우린 이제 할 말이 없어요. 남이라고요."

"아니, 우리 다시 시작할 수 있어."

띵!

그때였다. 엘리베이터가 그들 앞에 도착했고 그 안에는 검은색 옷을 입은 남자들이 가득 타고 있었다. 이곳의 손님들은 아닌 것 같았다. 남자들의 매서운 눈이 준혁을 향했다. 남자들과 준혁이 순간적으로 기 싸움에 돌입했다.

"안 타십니까?"

그중에 한 남자가 물었다. 뭔가 수상함을 눈치챈 준혁이 그녀의 옆구리에 칼을 대고 그녀를 안은 채 뒷걸음질을 쳤다. 스르르 문이 닫히는 듯했지만 다시 열리며 남자들이 그들을 향해 다가왔다.

그녀의 어깨를 감싸고 있는 준혁은 사방을 살피며 긴장했다. 그의 거친 숨소리가 그가 지금 얼마나 흥분하고 있는지 말해주고 있었다.

엘리베이터에 탄 남자들과 비슷한 남자들이 주차장 곳곳에서 나왔다.

"나를 잡겠다고 짠 거야? 함정이었어?"

"……"

"왜 답이 없어? 진짜 네가 꾸민 거야?"

또 생사람을 잡고 있었다.

"아니에요. 난 모르는 일이에요."

그녀는 그에게 거의 질질 끌려가고 있었다.

"네가 아니면 손 회장의 짓이야? 둘이 벌써 붙어먹은 거야?"

준혁의 얼굴이 점점 상기되었다. 자기의 화를 못 견디고 있었다. 그의 이마에 힘줄이 튀어나왔고 그의 눈은 붉게 충혈되어 갔다. 마치 영화에 나오는 악에 받친 살인마 같은 모습이었다.

채령을 안고 사방을 둘러보며 거친 숨을 몰아쉬는 그를 보며 채령은 두려움을 느꼈다. 그녀가 몸을 조금 움직이자 그가 칼을 그녀의 옆구리에 깊이 들이댔다.

"악!"

칼로 인해 옷이 터지면서 살이 찔리는 느낌이 들었다. 검은 양복을 입은 남자들이 그들을 점점 조여왔다.

"여자를 놔줘."

갑자기 그녀의 뒤에서 손 회장의 목소리가 들렸다.

"네가 꾸민 일이야?"

"아니, 우연히 보게 된 일이지."

"회장님, 저희들이 알아서 하겠습니다."

경호원의 목소리가 들렸다.

"지랄들을 하는군. 다들 비켜! 난 내 와이프랑 얘기를 하고 싶어서 온 것뿐이니까."

"여자는 놔주고 나랑 얘기해."

손 회장이 직접 나섰다. 그의 옆에서 비서가 그에게 뭐라고 말을 하는 것 같았다.

"난 돈도 필요 없고 내 와이프만 데려가면 되니까 일을 크게 만들지 마."

"알았으니까 여자만 보내면 아무 일 없던 걸로 하지."

그렇게 손 회장이 말하자 그의 옆의 비서가 경호원들에게 뒤에서 뭐라고 지시했다.

"가까이 오면 여자는 죽어."

채령은 너무나 무서웠고 옆구리의 칼로 인해 고통스러웠다. 손회장이 손을 위로 들어 올리고는 그들에게 가까이 왔다.

"오지 마요."

그녀가 말했다. 하지만 그는 준혁만을 바라보며 다가오고 있었다.

"제발……."

채령은 자신이 다치는 것보다 손 회장이 다칠까 봐 겁이 났다. 이게 무슨 일인지 채령은 온몸에 힘이 빠지는 것 같았다. 정신을 차려야 했다.

"당신이 하자는 대로 할게요."

"정말?"

"네, 그러니까 칼부터 치워요. 아파요."

"아니, 여길 빠져나갈 때까지는 안 돼."

준혁이 자신의 차로 채령을 데려가고 있었다. 차로 거의 다 왔을 무렵 갑자기 뒤에서 경호원들이 준혁을 덮쳤다.

"꺄아악!"

놀란 채령이 비명을 지르며 그들 사이로 빠져나왔다. 그런 채령을 초인적인 힘으로 경호원들 사이를 빠져나온 준혁이 다시 잡았다.

"아악!"

소리를 지르며 준혁의 손을 뿌리친 채령은 앞만 보고 달리기 시작했다. 지금 채령의 머릿속은 절대로 잡히면 안 된다는 것이었다. 자동차만 보이던 그녀의 앞에 사람이 있었다.

"사람 살려!"

그녀는 무조건 소리를 질렀다. 그녀의 뒤에 준혁이 그리고 그 뒤에 경호원들이 쫓아오고 있었다. 채령은 있는 힘껏 사람이 보이는 쪽으로 달리기 시작했다.

"아아악!"

준혁의 손끝이 그녀의 어깨에 닿았다. 채령은 자신이 낼 수 있는 소리 중에 가장 크게 비명을 질렀다.

채령의 눈에 손 회장의 비서가 보였다. 손 회장은 어디로 갔는지 보이지 않았다. 그녀가 비서에게 다가가려는 순간 앞에서 그녀를 보고 있던 비서의 표정에 공포가 가득했다. 그리고 소리 질렀다.

"회장님!"

그때, 누군가 그녀를 뒤에서 안았다.

"윽!"

"회장님!"

모든 소리가 혼란스러웠다. 채령은 자신의 뒤에서 쓰러져 가는 손 회장을 보았다. 그의 눈이 점점 감기며 쓰러졌고 그 뒤에 피 묻은 칼을 든 준혁이 서 있었다. 그때서야 경호원들이 준혁을 제압했다. 채령은 너무 놀라 그 자리에 주저앉았다. 그녀의 치마 위로 그의 피가 스며들었다.

"괜찮아요? 괜찮은 거죠? 제발……."

그녀는 눈을 감아버린 손 회장을 흔들어보았다.

"제발 죽지 마요. 사랑한다는 말도 못했는데 제발 이러지 말아요."

희미하게 앰뷸런스 소리가 들리고 채령은 모든 게 빙빙 도는 느낌이었다. 이렇게 쓰러지면 안 되는데 자꾸만 눈이 감겨왔다.

등이 타들어가는 느낌이었다. 채령에게 달려드는 놈을 몸으로 막은 현수는 지금 의사와 간호사들에게 둘러싸여 있었다. 놈에게 찔리는 순간 그는 고통보다 채령이 찔리지 않은 것에 감사하는 마음이 들었다.

어떻게 그럴 수 있냐고 묻는다면 그건 자신도 잘 모르겠다. 그녀의 놀란 눈만이 기억이 났다. 그리고 비명과 어수선한 소리만 들렸다. 그리고 눈을 떠보니 밀려드는 고통과 함께 의사의 얼굴이 보였다. 뭐라고 시끄럽게 떠드는데 현수는 자꾸만 잠이 몰려왔다. 정신을 차릴 수가 없었다. 채령이 보고 싶었다.

얼마나 시간이 흘렀을까? 눈을 뜨니 그의 앞에 임 비서가 서 있었다. 눈을 뜨고 처음 보는 게 임 비서라 내심 실망감이 들었다.

"회장님, 괜찮으십니까?"

"아니."

옆구리에 가까운 등 쪽이라 등도 아프고 배도 아팠다. 극심한 고통이 따른 그는 그 와중에도 눈으로는 채령을 찾고 있었다.

"옆방에 입원해 계십니다. 많이 놀라셨습니다."

임 비서가 눈치 있게 말을 했다.

"회장님, 진짜 큰일 날 뻔하셨습니다."

"손현수!"

선아가 그의 이름을 부르며 눈을 부릅뜨고 병실로 들어왔다.

"내가 좋아하는 여자 차지하라고 했지, 죽으라고 했어?"

선아의 우는 모습은 처음 봤다. 사실 오늘 이 모든 일은 선아의 아이디어였다. 경찰계에서 알아주는 남자를 잡아넣으려면 어쩔 수가 없는 방법이기는 했지만 김준혁은 그들이 생각했던 것보다 훨씬 더한 돌아이였다.

채령이 위험할까 봐 처음에는 반대했지만 베테랑 경호원들이 채령 하나 못 지키겠냐며 설득해서 그도 동의를 했었다.

채령을 위협해서 납치만 할 거라고 생각했는데 전혀 예상하지 못했던 칼이 등장했고 채령을 죽이려는 것까지 갑작스런 상황들이 발생하고 말았다.

그는 선아가 고용한 경호원들 사이에서 채령이 무사하게 돌아오면 아주 멋진 기사인 척만 하면 되는 것이었는데 정말 기사가 되어버렸다. 의도하지는 않았지만 말이다.

"울지 마. 안 어울려."

"지금 농담이 나와요?"

"뭐, 어차피 김준혁은 납치에 살인 미수까지, 아마 세상에 다시 나오기는 더 힘들어졌으니 잘된 것 아닌가?"

"잘되긴 뭐가 잘돼요. 나 때문에 다쳤잖아요."

"아니야, 고맙게 생각해."

그는 이렇게 말하며 고통으로 인상을 썼다. 그러자 임 비서가 의사를 호출했다. 진통제와 약간의 수면제가 들어가자 다시 그는 깊은 잠에 빠져들었다.

채령은 눈을 뜨자 선아가 그녀의 앞에 걱정스러운 얼굴로 서 있는 게 보였다.

"괜찮아요?"

"회장님은요?"

그녀가 지금 가장 궁금한 건 손 회장이 무사한지였다.

"괜찮아요. 지금 수술 잘 끝나고 쉬고 있어요. 생명에는 전혀 지장이 없어요."

"남편은요?"

"이제 남편 아니에요. 김준혁은 그 자리에서 바로 경호원들에 의해 경찰서로 넘겨졌어요. 경찰들이 많이 당황하기는 했지만 너무 유명한 사람을 찔러서 빼도 박도 못하는 상황이 됐죠."

"……."

"그리고 최보라 형사가 김준혁이 지난번 채령 씨 어머니 납치 사건 때 두 명의 용의자를 임의로 죽인 것에 관한 녹취록을 확보해서 살인 혐의로 재판을 받게 될 거예요. 우리나라 최고의 검사가 담당할 거니까 너무 걱정하지 않아도 돼요."

채령은 그저 한없이 눈물만 흘렸다.

"이제 다시는 채령 씨 앞에 못 나타날 거예요. 걱정하지 말아요."

"그 사람을 얕보지 말아요. 그 사람의 아버지는 선아 씨가 생각하는 것보다 훨씬 힘이 센 사람이에요."

채령은 시아버지의 힘을 익히 보아서 알고 있었다.

"그것도 걱정 마요. 시아버지의 윗선과 내가 더 친하니까. 채령 씨가 아직 모르나 본데 내가 그쪽보다 힘이 훨씬 세요. 그리고 손 회장님은 더 세고요."

선아의 말에도 마지막 순간 그녀를 죽이겠다고 달려들던 준혁의 눈빛을 잊을 수가 없었다. 아직도 그 공포가 가시지 않았다. 그리고 그녀가 가장 걱정이 되는 건 손 회장이었다.

"저기 미안한데……."

"일어나지 마요."

채령이 일어나려 하자 선아가 그녀를 말렸다.

"지금 가봐야 자고 있어요. 지금은 채령 씨도 몸을 움직이면 안 되는 상황이에요. 채령 씨도 허리를 꽤 많이 꿰맸으니까요."

그에게 찔린 부분이 생각보다 많이 다친 모양이었다. 몸을 움직이자 허리가 많이 당겼다.

"아!"

"거봐요. 움직이지 마요. 집에 연락했으니까 곧 부모님이 오실 거예요."

"……."

부모가 다 같은 부모는 아니다. 가장 가까워야 할 사람들의 차가움을 선아는 모를 것이다. 선아와 은지의 관계가 풀리듯 그녀와 부모님의 관계가 풀리기는 어려울 것 같았다.

선아가 나가고 한참 후에 그녀의 부모님이 병실을 찾았다. 마치 아는 사람의 병문안을 온 듯이 엄마, 아빠는 음료수 박스를 들고 들어왔다.

"어떻게 된 거야? 김 서방이 이랬다는 게 사실이야?"

아버지는 그녀가 아픈지 안 아픈지를 묻지도 않고 준혁은 그럴 리가 없다는 듯이 말했다.

"칼로 날 찌르려 했어요."

"네가 잘못 알았을 거야. 김 서방은 그럴 사람이 아니야. 엄마를 목숨 걸고 구한 걸 보면 몰라?"

"그 사람은 엄마를 목숨 걸고 구한 게 아니에요. 절 찾기 위해 엄마를 이용한 거고 사람을 둘이나 죽였어요."

"이 교수, 얘가 무슨 소리를 하는지 모르겠어요."

엄마와 아빠를 설득하기는 좀 힘이 들 것 같았다. 그리고 체념하고 있었음에도 서운한 마음이 밀려왔다. 채령은 한 번도 부모님에게 한 적 없는 말을 하기 시작했다.

"엄마, 아빠, 도대체 왜 나를 낳으신 거예요? 이렇게 본인들의 삶에만 충실한데 그냥 두 분만 행복하게 사시지 그랬어요? 나 같은 걸 왜 낳아서 내가 부모 없이 자란 고아 같은 마음이 들게 하냐구요!"

"……."

"두 분은 사회적으로 성공하셨을지 모르지만 자식은 잃으신 것 같아요."

"뭐?"

"다시는 두 분을 보고 싶지 않아요. 돈으로 풍족하게 자라게 해주신 건 감사하지만 태어난 게 제 뜻은 아니었으니까 그걸로 된 것 같아요. 어차피 우리는 가족이었던 적이 한 번도 없으니까 아쉬울 것도 없어요. 그리고 엄마가 아끼는 김 서방은 두 명을 살해하고 어제 살인 미수까지 추가되어서 다시는 바깥세상을 보지 못할 거예요."

"……."

"가세요."

채령은 그렇게 말을 하고 돌아누웠다. 이렇게 말을 한다고 마음 아파 할 부모님이 아니었다. 부모님은 끝까지 그녀에게 아무런 말도 하지 않고 자리를 떴다. 세상의 모든 얘기가 해피엔딩이면 좋겠지만 그녀와 부모님의 관계는 해피엔딩이 될 수 없었다.

"괜찮은 거야?"

순자 언니가 병실로 찾아왔다.

"홍 집사님이 돌봐주라고 해서 왔으니까 이제 편하게 있어."

"감사합니다."

홍 집사님의 배려에 채령은 감동을 받았다.

"그리고 아가씨가 많이 찾아."

"아가씨가요?"

"응, 첫 번째 유모가 떠났을 때보다 더하셔."

은지 생각에 채령은 너무 마음이 아팠다.

"회장님이랑은 무슨 관계야?"

"네?"

"회장님이 채령이 대신에 찔렸다고 소문이 아주 파다해."

"……."

뭐라고 답을 할 수가 없었다. 아직 그들 사이가 어떤지 그녀도
정확하게 알지 못했기 때문이었다.

"괜한 걸 물었나 보네. 어서 자. 그런데 아무도 안 온 거야?"

"네."

"음료수는?"

"부모님이 왔다가 가셨어요."

"그래? 조금만 더 자. 얼굴에 핏기가 하나도 없네."

순자는 마치 엄마처럼 그녀를 살뜰하게 보살펴 주었다.

"많이 놀랐지? 나도 처음에 집 나왔다가 붙잡혀 들어갔을 때 죽다가 살았어. 그리고 두 번째 도망쳤을 때 알았지, 다음에 또 붙잡히면 둘 중에 하나는 죽겠다고 말이야. 그래서 지금까지 숨어사는 거야."

"지금은 괜찮으세요?"

"응. 지 버릇 개 못 준다고 다른 여자랑 살았는데 그 여자도 그렇게 때렸나 봐. 그래서 그 여자 집 식구들의 신고로 지금 교도소에 있어."

"당분간은 안심이네요."

"어서 자. 회장님은 홍 집사님께서 돌보시거든. 가봐야겠어."

"알았어요."

채령은 눈을 감았다. 그리고 순자가 나가자 잠시 후에 자리에서 일어나 회장의 병실을 찾았다. 복도 끝에서 홍 집사와 순자 언니가 대화를 나누고 있는 틈을 타서 채령은 회장의 병실로 들어갔다.

눈을 감고 깊은 잠에 빠진 것 같은 손 회장의 모습에 채령은 마음이 너무나 아팠다. 보잘것없는 자신을 위해 몸을 던지다니 채령은 너무나 미안한 마음뿐이었다.

"그러지 말았어야 했어요."

그래야 그에게 덜 미안한데 그래야 자신이 덜 기대하는데, 채령은 이미 그에 대한 마음이 너무 커져 버렸다. 채령은 그의 얼굴을 한 번 더 본 후에 그의 병실에서 몰래 빠져나왔다. 깊은 밤이 되었지만 쉽게 잠이 오지 않았다. 링거의 진통제와 수면제가 그녀에게는 듣지 않고 있었다.

생각이 많아진 채령은 이른 아침 홍 집사를 호출했다.

"어디가 안 좋습니까?"

걱정스러운 얼굴로 그가 물었다.

"네."

"의사를 불러 드릴까요?"

홍 집사의 몸은 벌써 문밖으로 향해 있었다.

"아니요, 부탁드릴 게 있어서요."

"아픈 게 아니라면 뭐든 말해요."

"정말 감사해요. 제가 얼마나 홍 집사님을 의지하고 감사하는지 아셨으면 좋겠어요."

"말해요."

"지난번에 손 명예회장님께서 저에게 소원 한 가지를 들어주신다고 말씀하셨어요. 그 소원을 손 명예회장님께 말씀드리고 싶어서요."

홍 집사가 의아한 표정으로 채령을 보았다.

"아가씨와 별장으로 가서 머물고 싶어요. 아가씨도 시골의 향취를 느끼고 회장님도 큰일을 도모하셔야 하니까 잠시 별장에서 머물고 싶네요."

"회장님하고 떨어져 있고 싶은 이유를 말해줄 수 있나요?"

"너무 높은 곳에 계시는 분인데 자꾸 욕심이 나서요. 사람이 분수를 알아야죠. 그리고 저 때문에 저렇게 다치신 게 너무 가슴이 아파요."

채령의 큰 눈에서 홍수가 났다. 끝없이 흐르는 눈물이 채령이 얼마나 마음고생이 심한지를 말해주고 있었다. 보는 사람까지 마음이 아플 정도로 채령은 울고 또 울었다.

"은지 아가씨가 별장에 가신다고 하면 명예회장님께서는 무척 좋아하시겠지만 회장님의 반응이 어떨지 모르겠네요."

"사람이 떨어져 있다가 보면 마음도 자연스럽게 멀어지는 법이에요."

"마음을 완벽하게 굳혔군요?"

"네, 회장님께는 잘 말씀해 주세요."

손 회장보다 부상이 경미한 채령은 다음 날 병원에서 퇴원을 했다. 그녀의 얼굴을 보고 싶다고 그가 말했다고 전해 들었지만 채령은 그의 얼굴을 보러 병실에 들르지 않았다. 오히려 그가 오기 전에 서둘러 강릉에 있는 손 명예회장의 별장으로 은지와 함께 떠났다.

준혁은 머리가 아파왔다. 뭔 일이 벌어지긴 했는데 그가 의도한 것과는 너무나 거리가 멀었다. 지금 그의 앞에는 세상에서 제일 무서워하는 아버지가 변호사와 함께 앉아 있었다.

"이게 어떻게 된 일이야?"

"……."

"왜 손 회장을 칼로 찔러? 정신이 있는 거야? 손 회장하고 새아기하고 바람이라도 핀 거야?"

그래, 손현수와 이채령이 바람을 피워서 자신이 그들을 칼로 찌른 것이라고 말하면 되는 것이었다. 역시 아버지는 현명했다.

"네, 둘이 그렇고 그런 관계임에 틀림이 없어요. 그래서 너무 화가 나서 그만……."

눈물까지 글썽이며 연기 모드에 돌입했다.

"그럼, 이번에 손 회장을 찌른 건 둘의 관계를 의심하셔서 그런 겁니까?"

변호사가 그를 보며 물었다.

"그렇다니까요."

"그럼, 지난번 범인 검거 당시에 두 명의 피의자를 그 자리에서 사살한 건 어떻게 된 겁니까?"

"그야, 범인들이 덤비니까 정당방위를 한 거죠."

"확실합니까?"

"그럼요."

준혁이 그렇게 말을 하자 변호사가 뭔가를 그에게 넘겼다. 그건 바로 녹취록이었다. 그 내용을 읽어본 준혁의 얼굴에 핏기가 사라졌다.

"정확하게 말씀을 해주셔야 제가 도움을 드릴 수 있습니다."

"네, 저는 사실만 말씀드려요. 이건 조작이에요."

퍽!

"미친 새끼!"

아버지의 손이 날아들었다. 어릴 때부터 아버지에게 엄하게 자란 그였다. 아버지는 경찰 출신답게 그에게 항상 바른 인간이 되라는 말로 그를 숨조차 못 쉬게 만들었었다. 어려서부터 아버지는 그에게 굉장히 무서운 존재였다.

"아주 우리 집안을 말아먹을 작정이야!"

"이건 다 이채령이 바람을 피워서 그런 거라고요."

"둘이 이혼한 상태라며. 그것도 네가 폭행을 해서 그렇게 된 거고."

"……."

아버지가 다 알아버렸다. 준혁의 눈이 바쁘게 움직였다. 불안할 때마다 나오는 습관이었다.

"거기에 네가 사주해서 네 장모를 납치하고 그 납지범들을 죽였다는 증거가 이렇게 있어. 어쩔 거야."

"이건 다 조작이에요."

"증인까지 있는데 무슨 조작."

"이건 최보라가 다 만든 일이에요."

"최보라가 자신도 너에게 폭행을 당했다며 같이 고소했어. 넌 이제 끝이라고."

"아버지, 아버지가 도와주시면 되잖아요."

그의 아버지는 안 되는 게 없는 사람이었다.

"어르신께 부탁을 좀 해주세요."

"어르신도 이번 일에서는 손을 떼셨어. 그리고 넌 너무 감당하기 힘든 상대를 고른 거야. 아니면 이채령이 너무 잘난 사내를 만난 거고."

"아버지, 전 그럼 어떻게 되는 거냐고요!"

"……."

"바람은 이채령이 피웠잖아요. 난 그냥 열 받아서……."

아무리 자신에게 유리하게 말을 해도 모든 증거가 준혁에게는 불리하게 돌아갔다.

"최보라를 만나게 해주세요."

"최보라는 사직서를 내고 잠적했어."

"그러면 최보라의 말에 신빙성이 없잖아요."

"아니, 재판 당일에는 출석을 한다는구나. 누군가가 보호해 주고 있는 게 분명해."

"아버지, 저 좀 살려주세요."

준혁의 눈에 눈물이 흘러내렸다. 그의 변호사는 포기한 듯이 책상만 바라보고 있었고 준혁의 아버지는 준혁으로부터 등을 돌리고 서 있었다. 김준혁 인생에 최대의 위기가 찾아왔다.

거의 2주일 만에 집으로 돌아온 현수는 기분이 아주 좋지 않았다. 모든 게 그대로인데 집 안은 그 어떤 때보다 썰렁했다. 정원으로 걸어 들어가는데 그의 눈에 은지와 채령이 공을 차며 노는 환영이 보였다.

"미쳤군."

은지와 채령이 강릉의 아버지 별장으로 갔다는 얘기를 오늘 아침에 홍 집사에게 들었다. 그동안은 말하지 않다가 그가 퇴원을 하니까 그때서야 얘기를 한 것이다.

현수는 홍 집사에게 배신감을 느꼈다. 자신의 편이라고 생각했는데 그는 채령의 편이었다. 채령이 그를 이렇게 피하는 이유를 그는 알 수가 없었다.

"그래, 떠나라고 해. 싫으면 싫다고 말을 하든지."

"네? 무슨 말씀이신지⋯⋯."

그의 뒤를 따르던 임 비서가 의아한 눈으로 그를 쳐다보았다. 대답도 하기 싫을 만큼 그의 짜증지수는 최고치였다.

"회장님, 식사부터 하시겠습니까?"

임 비서 옆에 있던 홍 집사가 물었다.

"아뇨."

지금은 입맛이 없었다. 다 귀찮았다. 여자에게 차인 기분이 어떤 것인지 그는 인생 처음으로 느끼고 있었다.

"아니, 내가 뭐가 어때서? 돈이 없어? 아니면 키가 작아?"

그의 방에 들어서자 그는 혼자서 미친 사람처럼 중얼거렸다.

"부족한 게 뭐냐고?"

그는 그녀와 불같은 밤을 보냈던 침대에 대자로 누웠다. 그의 귓가에 은지와 채령의 웃음소리가 들리는 것 같았다.

"아이 씨."

그는 양손으로 귀를 막았다. 그런다고 그들의 웃음소리가 사라지는 건 아니었다. 세상의 행복을 가득 담은 그들의 웃음소리는 그의 마음에서부터 들리고 있기 때문이었다.

"제길!"

마음이 이렇게 저린 이유는 뭘까?

똑똑!

홍 집사가 문을 열고 들어왔다. 손에는 쟁반이 들려 있었다.

"약 드실 시간입니다."

홍 집사가 약봉지와 물 컵을 그에게 건넸다. 약을 받아 든 그가 홍 집사를 바라보며 물었다.

"유모는 왜 은지를 데리고 별장으로 가고 싶다고 말했습니까?"

"손 명예회장님께서 아가씨께서 학교에 들어가시기 전까지는 함께 있고 싶으시다고 하셔서 가신 겁니다."

"아버지가요?"

"네."

채령이 원해서가 아니라 아버지께서 은지와 함께 있으시고 싶다고 하시니 그로서도 어쩔 수가 없었다. 채령은 유모이고 은지가 가는 곳엔 반드시 채령이 함께 했다.

"유모는 괜찮습니까?"

"네, 말씀드린 대로 아주 건강합니다. 다 회복이 되었습니다."

"내 얘기는…… 그러니까 내가 괜찮은지는 안 묻던가요?"

"물었습니다."

그의 말에 현수의 입가에 미소가 걸렸다. 그리고 기대에 찬 얼굴로 홍 집사를 바라보았다.

"뭐라고 하던가요?"

"괜찮으신지 물은 게 답니다."

"괜찮냐고 물었다고요?"

기분이 갑자기 좋아졌다. 그래도 그에게 관심이 없는 건 아니었나 보다.

"그리고 많이 괴로워했습니다."

"왜요?"

"하찮은 자기 때문에 다치셨다고요. 그래서 더 이상은 피해를 주고 싶지 않다고 말했습니다."

갑자기 좋았던 기분이 싹 사라졌다.

"내가 좋아서 한 일인데 뭐가 피햅니까?"

갑자기 그는 홍 집사에게 거칠게 말을 했다. 채령의 말에 몹시도 기분이 상했다. 그는 그녀를 향한 마음을 드러낸 것인데 그녀는 부담스럽게 느끼는 모양이었다.

"회장님, 채령 씨는 회장님을 감당하기에는 힘들다고 생각한 모양입니다."

"내가 언제 자기한테 날 감당하라고 했습니까?"

"……."

"내가 좋다는데 뭐가 그리 걱정이 많은지……."

그는 처음으로 자신의 감정을 터트리듯이 말하고 있었다.

"내가 좋다고 하는데 도대체 뭐가 문젭니까?"

"너무 잘나신게 문제죠."

"뭐라고요?"

홍 집사에게 화가 난 게 아니었지만 현수는 채령 때문에 끓어오르는 화를 참을 수가 없었다.

"못나기는."

"하나 여쭈어도 되겠습니까? 회장님께서는 채령 씨를 어떻게 생각하십니까?"

"어떻게 생각하다니요?"

"그냥 가볍게 만나는 상대로 생각하시는지 아니면 미래를 함께 할 여자로 생각하시는지 알고 싶습니다."

"그건……."

그렇게 깊게 생각해 본 적은 없었다. 보면 좋았고 안 보이면 생각나는 여자였다. 미래를 생각하지 않았다. 그녀를 가볍게 생각해서가 아니라 지금의 불타오르는 감정에 너무 빠져 있기 때문이었다.

"여자들은 확실한 걸 원하죠. 뭐든 말로 해줘야 압니다. 지금 채령 씨는 이번 사건 때문에 놀라고 미안한 마음도 클 테지만 확신이 없어서 떠난 겁니다."

홍 집사의 말을 듣고만 있을 수밖에 없는 현수였다. 그 어떤 여자와도 미래를 생각해 보지 않았다. 그건 선아와 결혼을 했을 때도 마찬가지였다. 그의 머리가 복잡해지기 시작했다. 채령은 여태까지의 여자들과는 달랐다. 자꾸만 그녀와의 미래를 생각하게 만들었다.

Chapter 12

짹짹짹.

산속의 새소리가 아침을 깨우고 있었다. 서울에서 태어나서 서울을 벗어난 적이 없는 도시 여자인 채령은 아침마다 들리는 이 새소리가 너무나 좋았다. 이대로 영원히 이곳에서 살았으면 좋겠다는 생각이 하루에도 열두 번씩 들었다.

모든 게 완벽하리만큼 평화로운 이곳은 은지가 마음껏 뛰어놀고 상상의 나래를 펼칠 수 있는 살아 있는 학습장이었다. 손 명예 회장은 은지가 이곳에 오면서부터 건강이 더 좋아졌다. 주치의가 일주일에 한 번 방문해서 깜짝 놀랄 만큼 그의 건강 회복 속도가 놀랍도록 빨랐다. 모든 게 평화로웠고 안정적이었지만 채령의 가습 한 켠은 언제나 뻥 뚫려 있는 것 같았다.

아침을 깨우는 새소리와 함께 채령은 침대에서 몸을 일으켰다. 창문을 열고 상쾌한 공기를 들이마신 채령은 그녀의 옆에서 꿀잠을 자고 있는 은지를 깨웠다. 이곳에 온 후로는 한 침대에서 생활을 했다. 은지가 낯선 곳에서 혼자 잠을 자는 걸 싫어하다 보니 자연스럽게 그녀와 한 침대를 쓰게 되었다.

"아가씨, 일어나요."

"으으음."

"아가씨, 창가에 새가 왔어요."

진짜로 창가에 이름 모를 작은 새가 앉아 있었다.

"어디?"

은지가 눈을 비비며 일어나 채령이 손으로 가리키는 창을 보고는 빙그레 웃었다.

"진짜네."

"예쁘죠?"

"응, 이름이 뭐야?"

"저도 잘 모르겠는데 아가씨가 지어줘요."

"짹짹이."

은지는 눈곱도 떼지 않은 얼굴로 짹짹이에게 조심스럽게 다가갔다.

"가까이 가면 날아갈지도 몰라요."

"아니."

이렇게 말을 하면서 은지는 겁도 없이 새가 있는 창가로 갔다.

푸드덕!

은지가 거의 창가에 다가가자 작은 새는 어디론가 날아가 버렸다.

"거봐요. 짹짹이도 아침 먹으러 갔으니까 우리도 씻고 아침 먹으러 가요."

"응."

채령은 은지의 손을 잡고 욕실로 향했다. 누가 보더라도 꼭 모녀 같은 채령과 은지였다. 옷을 갈아입고 식사 시간에 맞춰서 내려간 그들은 뜻밖의 손님과 마주했다. 선아가 와 있었다.

"엄마!"

손 명예회장의 얼굴은 그렇게 좋지 않았지만 은지가 좋아하니 참고 있는 것 같았다. 딸을 버리고 간 며느리가 좋을 리가 없었다.

"흠, 은지야. 밥 먹자."

"네, 할아버지."

은지는 어느 때보다 기분 좋은 얼굴로 식탁에 앉았다. 채령은 은지의 식사를 챙긴 후에 식당에서 나와 메이드들과 주방에서 식사를 했다. 이곳에는 많은 메이드들이 있었다. 본가보다는 많지 않았지만 그래도 열 명이 넘는 인원이 있으니 꽤 많은 것이었다.

서둘러 식사를 마친 채령은 은지가 있는 식당으로 갔다. 오늘은 은지와 함께 나비를 잡기로 약속을 했다.

"아버님!"

선아가 명예회장 앞에서 큰소리를 내고 있었다.

"난 네 시아버지가 아니다."

식당 안에는 냉기가 감돌고 있었고 메이드 언니가 어찌할 바를 모르고 서 있었다. 채령도 선뜻 들어가기가 민망한 상황이었다.

"여기가 어디라고 온 거야?"

"아버님, 저는 은지를 보러 왔습니다."

"은지를 보러 왔으면 은지만 보고 가라. 다른 일들은 네가 상관할 바가 아니다."

무슨 일인지 몰라도 뭔가 명예회장의 화를 건드린 것 같았다.

"유모와 손 회장이 뭐가 어떻고 어째?"

"아버님도 두 사람이 잘되길 바라시지 않나요?"

"난 한 번도 생각해 본 적이 없다. 그리고 그 일은 네가 관여할 일이 아니야."

채령이 메이드에게 눈짓을 해서 놀란 은지를 데리고 나오라고 했다. 그러자 눈치 빠른 메이드가 은지를 데리고 나왔다. 은지가 나와도 명예회장의 언성은 여전히 높았다.

"아가씨, 우리 나비 잡으러 가요."

"응, 그런데 뭘로 잡아."

"제가 이걸 준비했죠."

채령은 어제 시내에 장을 보러 나가는 메이드에게 잠자리채 두 개를 부탁했었다.

"이게 뭐야?"

"잠자리채요."

"우리 잠자리 잡아?"

"아니요, 이걸로 다 잡을 수 있어요."

채령은 은지와 함께 뒷동산에 올랐다. 뭐 뒷동산이라고 할 수도 없을 정도로 낮은 언덕이었지만 은지에게는 신세계였다. 도심에서는 느낄 수 없는 자연이 그들의 마음을 정화시켜 주는 듯했다.

"은지야!"

선아의 목소리가 들렸다. 다 싸우고 나온 모양이었다.

"엄마!"

은지가 엄마의 목소리가 나는 방향을 향해 달리기 시작했다.

"아가씨, 넘어져요."

채령이 쫓아가자 은지는 더 빠르게 달려 기다리고 있던 엄마의 품 안에 꼭 안겼다. 그 모습이 보기 좋으면서도 서운한 마음이 드는 건 사실이었다.

"안녕하세요? 아까 인사도 제대로 못 드렸어요."

언제나 적극적인 선아가 먼저 인사를 했다.

"안녕하셨어요?"

채령도 그녀에게 인사를 했다. 채령은 아직 신아가 편안하지는 않았다. 다만 그녀가 편하게 대해주니 그에 맞게 대할 뿐이었다.

"아까는 왜 그러셨어요. 명예회장님께서 화가 나신 게 당연하죠."

"왜 그렇게 생각해요? 남녀가 서로 끌리면 그뿐이지."

"그런데 전부인이신데 왜 자꾸 저와 회장님을 연결하려 드세요?"

채령은 정말로 그녀에게 묻고 싶었다. 여태까지는 장난이든가 아니면 그녀를 떠보는 마음에 그러는 거라고 생각했는데 오늘 명예회장에게까지 와서 말하는 걸 들으니 진심인 것 같았다.

"회장님을 넘볼 만큼 저는 그렇게 양심이 없지 않습니다. 헛된 꿈을 꾸지도 않구요."

"……."

"그리고 그렇게 위험한 일을 다시는 당하게 하고 싶지도 않습니다. 또다시……."

그녀의 목이 메어왔다. 그리고 왜 이런 얘기를 선아에게 하고 있는지도 몰랐다.

"내가 왜 이러는지 궁금하죠?"

선아가 은지를 안고 있다가 땅에 내려놓았다.

"은지야, 저기 나비 혼자 잡을 수 있어?"

"응."

선아는 이렇게 은지에게 말하고는 채령을 숲속의 벤치에 앉게 했다. 열심히 나비를 잡으려고 뛰어다니는 은지를 보며 선아가 채령의 손을 잡았다.

"난 세상에서 가장 고마운 게 채령 씨예요. 우리 은지를 볼 수 있게 만들어줬으니까요. 그리고 나 결혼할지도 몰라요."

"네?"

"결혼하는 데 마음을 먹게 해준 것도 채령 씨예요. 우리 회사 직원이랑 결혼해요. 내 일도 할 수 있고 사랑도 얻은 거죠. 절대로 손 회장과는 이룰 수 없는 타협점이 그 사람에게는 있더라고요."

"축하드려요."

"손 회장님에게는 얘기했어요. 축하한다고 하더라고요."

잘된 일이었다. 사랑하는 사람과 일을 동시에 잡았으니 말이다. 선아는 그녀같이 살림만 하고 조용히 살 수 있는 여자가 아니었다.

"저는 솔직히 은지하고 잘 지내시면 두 분이 합치실 거라고 생각했어요."

"손 회장님과 나는 달라도 너무 달라요. 아마 그때 내가 나오지 않았더라도 언젠가는 헤어졌을 거예요."

채령의 손을 선아가 다시 한 번 꽉 잡았다.

"나는 다른 사람보다는 손 회장님을 잘 안다고 생각해요. 그래도 몇 년은 살았으니까요."

"……"

"내가 아는 한 손 회장님이 이렇게 여자를 위해 애쓰는 사람이 아니에요. 채령 씨를 살리기 위해 자기가 대신해서 칼을 맞은 것 때문에 그러는 거 아니에요. 그전부터 채령 씨를 보는 눈이 남달랐어요."

"잘못 보신 것 같아요. 이렇게 오셔서 좋은 말씀을 많이 해주셨는데 이제 그만하셨으면 좋겠어요. 그분은 저같이 평범한 사람과는 어울리지 않는 분이니까요."

"진짜 그렇게 생각해요?"

"네."

"다시 한 번 생각해 봐요. 채령 씨를 사랑하는 마음을 다른 사람은 다 느끼는데 정작 본인은 모르는군요."

선아는 여전히 채령의 손을 놓지 않고 있었다.

"채령 씨가 용기를 내서 손 회장님의 손을 잡아줘요. 요즘 얼굴이 말이 아니에요. 그건 아마 다 채령 씨 때문일 거예요. 알았죠?"

"……."

"난 이만 가봐야겠어요. 나도 더 이상은 두 사람 일에 관여하지 않을 거예요. 어차피 사랑은 둘이 하는 거니까. 그리고 우리 은지 잘 부탁해요."

선아는 은지에게 가서 나비를 같이 잡아주고는 얼마 후에 떠났다. 그와 헤어져 있은 지도 한 달이 지났다. 그는 은지를 보러 오지도 않았고 그에 대한 어떤 이야기도 이곳에서 들을 수가 없었다. 그래서 그녀는 그가 자신을 잊었다고 확신했다. 빠르게 타오른 열정은 빠르게 식는 법이라고 스스로 생각했다.

그날 저녁 홍 집사님이 별장에 오셨다. 그녀에게 아무 말은 없었지만 오전에 선아가 다녀간 이후로 명예회장의 표정이 좋지 않았다. 그래서 아마 홍 집사님에게 뭔가를 물어보기 위해 호출을 한 것 같았다.

"홍 집사 아저씨다."

홍 집사님의 표정도 가히 좋지는 않았지만 은지를 향해서는 미소를 짓고 있었다.

"우리 아가씨, 많이 무거워지셨네요."

"나 밥 많이 먹어."

"진짜요? 잘하셨어요."

"여기서는 하루 종일 뛰어다니시니 배가 고플 수밖에요."

그녀가 웃으며 말했다.

"잘 지내셨죠?"

"네, 저야 항상 잘 지내고 있지만……."

이렇게 뒷말을 흐린 홍 집사는 은지를 바닥에 내려놓고는 그대로 안채로 들어갔다. 특별히 웃고 그간의 이야기를 하는 걸 원하지는 않았지만 이렇게 쌩한 반응은 채령의 마음에 상처였다.

안채로 들어간 지 한참이 되었지만 홍 집사님은 나오지 않으셨다. 채령과 은지는 오늘 하루 종일 밖에서 나비와 곤충을 잡느라 정신이 없었다. 오늘은 주방장에게 특별히 부탁을 해서 김밥을 싸온 그들은 산에서 점심을 먹었고 지금은 또 다른 곤충잡이에 열중하고 있었다.

은지는 열심히 곤충을 잡는데 채령의 시선은 자꾸만 별장을 향해 있었다. 이렇게 하다가 해고되는 게 아닌가 하는 생각이 들었기 때문이었다.

"아가씨, 아가씨는 새엄마가 생기면 어떨 것 같아요?"

채령은 요즘 그녀의 머릿속을 복잡하게 만드는 고민거리를 은지에게 물었다. 이 답은 은지만이 할 수 있는 것이었다. 채령이 아무리 하고 싶다고 해도 그리고 손 회장이 만약에 원한다고 해도 은지가 반대를 한다면 물거품이 될 수 있는 일이었다.

"난 싫어."

그랬다. 은지에게 엄마는 하나인 것이다.

"그래요, 은지 아가씨에겐 엄마가 있으니까요."

"그런데 난 유모가 엄마라면 좋아."

"네?"

"아까 엄마가 그랬어. 유모가 엄마가 되면 어떨 것 같냐고. 난 좋아. 유모랑 헤어지는 거 싫어."

채령의 눈에 눈물이 고였다. 아이는 진심으로 그녀를 사랑하고 있었다. 채령은 말없이 은지를 안았다.

"나도 아가씨랑 헤어지는 거 싫어요."

다섯 살밖에 안 된 아이가 너무나 많은 일들을 겪는 것 같아 채령은 마음이 아팠다.

"이제 엄마 하는 거야?"

채령은 아이에게 차마 대답하지 못하고 얼굴을 어루만졌다.

"유모!"

메이드가 그녀를 불렀다. 채령은 올 것이 왔다는 생각이 들었다.

"명예회장님께서 빨리 서재로 오라셔."

"네. 아가씨, 이제 손 씻고 메이드 따라가셔서 저녁 드세요."

"응."

채령은 은지를 메이드에게 부탁을 하고는 서재로 향했다. 심장이 미칠 듯이 뛰고 있었다. 손 명예회장이 자신에게 얼마나 퍼부어멜지 상상이 갔다. 어딜 감히 자신의 아들을 넘보냐고 말이다.

똑똑!

그녀는 들어가기 전에 크게 심호흡을 하고는 안으로 들어갔다. 서재의 공기는 차갑다 못해 냉랭했다.

"찾으셨습니까?"

그녀가 들어가자 전동휠체어에 항상 앉아 있던 명예회장이 모처럼 소파에 앉아 있었다. 나이가 들고 몸이 쇠약해 있는데도 손 명예회장은 여전히 아들만큼이나 멋진 카리스마를 뿜어냈다.

"앉지."

명예회장의 낮은 목소리가 서재에 울렸다. 범접하기 어려운 사람임에는 틀림없었다. 그리고 그 옆에는 홍 집사가 조용히 서 있었다.

"커피 할 텐가?"

"괜찮습니다."

"하긴 지금 뭔가가 들어가는 게 더 이상한 일이지. 내가 뭣 때문에 불렀는지 짐작은 하겠지? 아침부터 은지 에미가 와서 휘저어놓고 갔으니 모를 리는 없고?"

"……."

"요즘 우리 손 회장과는 연락하나?"

"아닙니다."

"왜지?"

"연락을 할 이유가 없습니다."

"은지에 대해서도 보고 안 하나?"

"아가씨에게 특별히 문제 될 게 없으니 따로 보고드린 적은 없습니다."

명예회장이 의심스러운 눈으로 그녀를 보았다.

"확실한가?"

"네, 제가 거짓말을 할 이유가 없습니다."

명예회장이 그녀를 찬찬히 살펴보듯이 쳐다봤다. 그 부담스러운 시선에 채령은 몸 둘 바를 몰랐다.

"내가 소원을 한 번 쓰라고 했을 때 왜 손 회장과의 결혼이라고 안 했지?"

"그럴 마음이 없었으니까요."

"지금은?"

생각은 하고 있었지만 명예회장이 직설적으로 묻자 뭐라고 대답을 해야 할지 답이 선뜻 생각나지 않았다.

"왜 답이 없지?"

"지금은 마음이 조금 바뀌었습니다. 하지만 답은 드릴 수가 없습니다."

"왜지?"

"아직 손 회장님의 마음을 모르기 때문입니다."

"손 회장의 마음을 모른다? 대신 칼까지 맞아주고 죽을 뻔했는데 모른다?"

"죄송합니다."

채령은 지금 이 상황이 너무나 버거웠다.

"지금 회장님은 매일 술로 밤을 새고 계십니다."

홍 집사님의 말에 채령은 홍 집사를 쳐다보았다.

"매일매일 술을 드셔서 제가 별장에 가보시라고 말씀드릴 정도입니다."

"들었나? 내 아들이 지금 술로 매일 밤을 지새운다는데 자네는 어떻게 생각하나?"

"그게 저 때문은 아닌 것 같습니다. 그렇게 약한 분은 아니십니다."

"어찌 그리 잘 알지?"

채령은 마음이 무너져 내렸다. 그녀 때문이란 걸 알 수가 있었다. 하지만 그렇다고 인정할 수 있는 상황은 아니었다.

"그리고 앞으로도 저 때문에 술을 드시지는 않을 겁니다. 걱정 안 하셔도 됩니다."

"그럼 내 아들과 헤어지겠다는 건가?"

"저희는 만난 적도 없습니다. 다만 제가 회장님을 너무 많이 좋아했었습니다. 제 마음만 접는다면 문제는 없을 겁니다."

이곳에 오기 전에 은지에게 새엄마에 대해 물을 때만 해도 손회장과 한번 다시 시작해 보고 싶었지만 지금 명예회장을 보고 나니 마음이 바뀌었다.

"명예회장님, 제가 회장님을 아주 많이 좋아하지만 제가 포기하도록 할 테니 너무 염려하지 마십시오. 회장님과 저 같은 사람이 어떻게 어울리기나 합니까?"

채령은 이를 악물고 눈물을 참으며 말했다.

"혹시 저 때문에 손 회장님이 명예회장님의 눈 밖에 나는 일이 없었으면 합니다. 전 여기서 해고되고 싶지 않습니다. 은지 아가씨와 헤어지고 싶지 않기 때문입니다. 저는 회장님은 포기해도 아가씨는 포기 못합니다."

이건 진심이었다.

채령은 소파 옆으로 가 무릎을 꿇었다. 그녀의 진심이 명예회장에게 전달되기를 바라면서 말이다. 채령은 보지 못했지만 명예회장은 이런 채령을 바라보며 슬며시 미소를 지었다.

쇠창살 사이로 후텁지근한 공기가 들어오고 있었다. 선풍기도 에어컨도 없는 답답한 공간에 준혁은 대자로 누워 있었다. 다른 죄수들은 이렇게 얄밉게 누워 있는 준혁을 바라볼 뿐이었다.

준혁이 이곳에 들어온 지 일주일이 지났다. 교도관들도 그에게 인사를 하는 상황이니 다들 그를 어떻게 함부로 대할 수가 없었다.

"뭘 봐?"

그의 한마디에 모두가 눈을 내리깔았다. 가장 신참이 왕 노릇을 하고 있으니 여간 눈엣가시가 아니었다. 거기다가 일주일에 한 번 시켜 먹을 수 있는 치킨을 그는 매일 먹고 있었다. 그것도 죄수들과 나눠 먹지도 않고 혼자서 말이다. 담배는 기본으로 피웠고 그는 뭐든 다 할 수 있었다. 그에게 이곳은 교도소가 아닌 휴식 공간이었다.

철컥!

문이 열리더니 한 놈이 또 들어왔다.

"이봐, 간수. 여기 좁다고 했어, 안 했어? 당장 끌어내."

"……."

딴 때 같으면 그의 말에 칼같이 대답을 하고 말을 들었을 간수가 아무 소리 없이 다시 문을 닫았다.

철컥!

"야, 뭐 하는 거야. 내 말 안 들려?"

준혁이 문에 대고 소리를 질렀다. 그러자 갑자기 새로 들어온 녀석이 모포를 꺼내더니 그의 몸 위에 덮었다. 그리고 사정없이 그를 밟기 시작했다.

"악, 뭐 하는 거야?"

그가 일어나려고 하자 누군가 그의 다리를 잡았고 누군가 그의 손을 잡았다. 얼굴은 모포에 가려서 누구의 소행인지 알 수 없었지만 방 안의 모두가 그를 잡고 있는 것 같았다.

"윽!"

가슴에 통증이 왔다. 아무래도 갈비뼈가 부러진 것 같았다.

"뭐 하는 짓이야?"

"최성식 알지? 내 형이야."

이렇게 그의 귀에 대고 누군가 속삭였다.

"네가 권총으로 죽였다며?"

"아, 아니야."

"아니긴, 넌 오늘 맞아 죽을 거야."

여기저기서 날아드는 주먹에 정신이 없었다. 준혁은 입안에서 쇠 맛을 느꼈다. 입안이 터져 피가 나오는 것 같았다.

"아니다. 너도 무기징역 받겠지? 나도 무기징역이고 그럼 너랑 나랑 평생 이렇게 사는 거야."

남자의 목소리가 희미하게 들렸다. 아마 고막도 나간 모양이었다. 발길질은 계속되었고 준혁은 이게 한 번으로 끝나지 않을 것이라는 걸 깨달았다.

한 달째 소주 없이는 잠을 이룰 수가 없었다. 예전에는 와인 한 잔이면 딱 좋았는데 이제는 와인 가지고는 취하지도 않아 그가 선택한 것이 소주였다. 이제 이 녹색 병이 아니면 잠을 이룰 수도 없었다.

어제는 홍 집사에게 말해서 그의 방을 게스트룸으로 바꾸었다. 모든 걸 기억나게 하는 자신의 방에 있을 수가 없었기 때문이었다. 오늘은 두 병을 마셨는데도 정신이 아주 멀쩡했다.

"안 되겠군."

그는 소주잔 대신에 와인 잔을 꺼내서 소주를 부었다.

콸콸콸.

"소리도 경쾌하군. 기분 나쁘게."

자신은 우울한데 모든 게 경쾌한 분위기였다.

"젠장, 모든 게 행복해? 나 빼고 다 좋은 것 같군."

한 달째 회사에서 미친 듯이 일을 하고 집에는 거의 열두 시가 넘어서야 들어왔다. 그리고 소주를 마실 수 있을 만큼 마시고 아침에 일어나 술 냄새를 풍기며 출근을 한 지 몇 주가 지났다.

처음엔 말리던 임 비서가 지금은 두 손 두 발을 다 들었는지 아무 소리도 안 하고 있었다. 오히려 잘된 일이었다. 잔소리꾼 하나가 사라졌으니까 말이다. 하지만 집에 있는 잔소리꾼은 매일매일 쉬지 않고 잔소리를 해댔다. 하지만 오늘은 이상하게 홍 집사가 보이지 않았다.

"아, 맞다. 별장에 간다고 했지?"

그는 소주를 한 모금 마셨다.

"캬~ 나도 별장에 가고 싶은데……."

채령이 생각나자 가슴이 쓰리기 시작했다. 자신을 버리고 도망 간 여자였다.

"혼자만 가지 왜 은지는 데리고 간 거야?"

말은 이렇게 하면서도 그는 채령이 아직 은지와 있음이 안심되 었다. 아직 그에게서 완벽하게 떠난 건 아니기 때문이었다.

"윽!"

칼에 찔린 부위가 요즘 탈이 났다. 이렇게 매일 술을 먹으니 성 할 리가 없었다. 그는 그래도 다시 한 모금 술을 마셨다. 다른 곳 이 아파야 그의 마음이 아픈 걸 잊을 것 같았다. 칼에 찔린 자리보 다 그녀가 그를 떠났다는 생각에 가슴이 더 아팠다.

그때였다. 그의 방문이 열리며 채령이 그의 앞에 나타났다.

"이제 헛것이 다 보이는군."

그는 와인 잔에 남아 있던 소주를 다 털어 넣었다.

"미쳤어."

여전히 그녀의 환영이 그의 눈앞에 있었다. 그는 빈 소주병을 보고는 다시 냉장고로 향했다. 아무래도 오늘은 두 병 가지고는 안 될 것 같았다.

"그만 드세요."

"이제 환청까지 들리는군."

"그만 드세요."

그러더니 환영이 그의 손에서 와인 잔을 뺏어 들었다.

"그러면 상처가 안 아물잖아요. 여기 누워봐요. 상처 좀 한번 보게."

그녀가 그를 침대 쪽으로 끌고 갔다. 그리고 그를 침대에 걸터 앉게 한 다음에 가운을 벗겨냈다.

"어머! 이게 뭐예요? 다 곪았잖아요."

그녀의 눈에 눈물이 가득 고였다.

"내가 뭐라고 이러는 거예요?"

꿈인지 생신지 멍하게 채령의 환영을 바라보고 있던 현수는 조심스럽게 그 환영을 안았다.

"꿈이 아니지?"

목이 메어왔다. 꿈이 아니길 바라는 마음에 꽉 안지도 못했다.

"윽!"

그녀가 그의 상처를 일부러 건드렸다. 숨 막히는 고통이 순간 찾아들었다. 고통이 느껴졌지만 그녀는 사라지지 않았다.

"꿈이 아니었어."

"꿈이 아니에요."

그녀의 눈물이 그의 맨가슴을 타고 흘러내리고 있었다.

"내가 술을 많이 먹기는 했나 보군. 너무 리얼해."

"진짜 이채령이 왔어요."

채령이 그를 있는 힘껏 안았다.

"윽!"

고통이 또 한 번 고스란히 전해지고 있었다. 채령이 고통스러워하는 그의 얼굴을 다정하게 손으로 감쌌다.

"늦어서 미안해요."

그녀의 입술이 그의 입술을 덮었다. 진짜 꿈이라면 깨지 않기를 바랐다. 하지만 그녀의 달콤한 입술이 그의 모든 생각을 잊게 만들었다. 한 달 동안 맛보지 못한 세상에서 가장 달콤한 맛이었다.

채령의 혀가 그의 혀를 건드리며 입속으로 들어왔다. 입안에서 그의 혀를 살며시 감아올리는 그녀 때문에 현수는 미칠 것 같았다. 그는 자신도 모르게 으르렁거리며 그녀를 침대로 눕혔다.

그리고 숨조차 쉬기 힘들 정도로 정열적인 키스를 퍼붓기 시작했다.

"으으읍!"

그녀의 입술이 주는 쾌감이 이렇게 강한 것이었는지 몰랐었다. 그는 지금 키스만으로도 갈 것 같았다. 그녀의 입술을 빨아 당기며 그는 손으로는 그녀의 온몸을 더듬기 시작했다. 그녀의 존재를 그렇게 확인하고 있는 것이었다.

"진짜야?"

"진짜예요."

그는 자신도 모르게 자꾸만 확인을 하고 있었다.

"미안해요. 내가 너무 내 생각만 했어요. 난 자신이 없었거든요. 당신 같은 사람이 나를 좋아할 거라는 확신요."

그녀의 눈에 아직도 눈물이 가득했다.

"사랑해요."

"어?"

그녀의 갑작스런 고백에 놀란 현수였다.

"결혼은 했었지만 이렇게 고백하는 건 처음이에요. 사랑해요."

그녀의 고백에 현수는 가슴이 먹먹했다.

"당신이 나를 사랑하지 않아도 상관없어요. 하지만 내 마음은 꼭 말하고 싶었어요. 후회하기 전에……."

"내가 사랑하지도 않는 여자 때문에 매일 밤 술에 절어서 잠을 청했다고 생각하나?"

"……"

"내가 먼저 고백하려고 했는데 선수를 뺏겼어."

현수는 채령의 입술에 진한 입맞춤을 했다. 그리고 그로서도 처음으로 하는 사랑 고백을 했다.

"사랑해."

"저도요."

그렇게 말을 하며 그녀가 그의 입술에 키스를 했다. 그녀의 눈물이 그의 뺨을 타고 흘러내렸다.

"왜 빨리 오지 않았지?"

"당신이 이러고 있는 줄 오늘 알았으니까요."

"오늘?"

"네, 홍 집사님이 다 말해줬거든요."

"홍 집사님이?"

채령은 아침에 선아가 다녀간 이야기부터 시작해서 바쁘고 길었던 하루에 대해 그에게 말했다.

"명예회장님께서 아들 하나 살려달라고 하셔서서 깜짝 놀랐어요. 사실 서재로 불려 들어갔을 때는 홍 집사님도 오시고 해서 굉장히 혼이 날 줄 알았거든요. 아니면 해고되거나 말이죠."

하지만 현수는 그녀의 말보다 한 달간 그녀 없이 살았던 그의 성난 남성을 더 달래주고 싶었다. 그의 입술이 자석처럼 그녀의 몸에 붙어서 헤매고 있었다.

"명예회장님의 말에 정말 감동받았어요. 이혼녀에 전남편이 아들을 칼로 찔렀다면 나 같았으면 절대로 허락하지 않았을 거예요."

"난 다른데……."

그의 입술이 채령의 유두를 찾아 물었다.

"아~ 조금만 있다가 해요. 지금은 우리 둘이 얘기를 해야 할 것 같아요."

"얘기는 다 끝났어. 난 당신을 사랑하고 당신도 날 사랑하면 되는 것 아닌가?"

"손현수 회장님!"

"그냥 이름 불러."

그는 이렇게 말하고 그녀의 가슴에 자신의 입술자국을 수놓았다. 새하얀 피부가 그의 자국들로 붉게 물들어가고 있었다.

"아파요."

"안 돼, 지금은 내 영역 표시 중이야."

"누가 본다고요."

"그런가? 여기에 새겨진 표시는 남들이 못 보겠군."

그는 자신의 짧은 생각에 웃음이 났다. 그녀가 자신의 것이라고 그녀의 얼굴에 써놓고 싶었다. 그만큼 그녀에게 소유욕을 느끼는 현수였다.

"불안해."

"뭐가요?"

"딴 놈들이 당신을 채갈까 봐."

"나도 당신을 다른 여자들이 채갈까 봐 불안해요."

그녀는 이렇게 말하며 그의 품 안으로 파고들었다.

"날 가져줄래요? 지금."

그녀의 말에 현수는 그나마 잡고 있던 이성 줄을 놓아버렸다. 그리고 그녀가 입고 있던 블라우스를 단번에 찢어버렸다. 내일은 일요일, 그가 쉬는 날이었다. 그건 그들이 하루 종일 침대에서 안 나가도 된다는 얘기였다.

"옷을 찢으면 어떻게 해요? 내일 입을 옷도 안 챙겨 왔는데."

"내일은 내가 쉬는 날이니 우리가 침대를 벗어날 일은 없을 거야."

"뭐라고요?"

한 달이나 허비한 시간이 아까웠다. 그는 빨리 그녀와 하나가 되고 싶어 아무런 애무도 없이 그녀의 질에 자신의 페니스를 밀어 넣었다.

"아아앙."

그래 , 바로 이 느낌이었다. 그의 페니스는 황홀경에 빠져서 그녀의 질에서 나올 생각을 하지 않고 있었다.

"아, 미칠 것 같아."

퍽퍽퍽.

질척거리며 그녀의 질을 공격하는 소리가 방 안을 울리고 있었다. 다시는 그녀의 몸 안에 이렇게 자신의 페니스를 넣을 일이 없을 줄 알았는데 정말 꿈만 같았다. 현수는 잠시 동작을 멈추고 채령의 얼굴을 손으로 어루만졌다. 너무나 부드러운 그녀의 촉감에 그는 빠져들었다. 그의 입가에 절로 미소가 드리워졌다.

"그렇게 웃지 마요."

그녀가 인상을 쓰며 말했다.

"왜?"

"너무 매력적이라서 다른 여자들이 보는 거 싫어요."

"다른 여자들 앞에선 절대로 이럴 일 없어."

그가 귀여운 질투를 하는 그녀의 입술에 입을 맞추었다. 그러자 채령이 그의 가슴을 손으로 쓸어내렸다.

"더 깊이 들어와요."

그녀의 말에 현수는 다시 거칠게 허리를 움직이기 시작했다.

"아아아앙."

듣기 좋은 그녀의 신음 소리가 흘러나왔다. 이 소리를 들으면 그는 더욱 흥분을 했다.

"아흐, 현수 씨."

그의 이름을 부르는 소리에 그는 너무 흥분한 나머지 그녀의 안에 자신도 모르게 사정을 하고 말았다.

"이건 다 당신 탓이야."

"제가 왜요?"

아무것도 모른다는 듯 채령이 아름다운 두 눈을 깜빡거렸다.

"이러면 우리 잠 못 자."

"난 괜찮은데."

그녀는 그를 자극할 줄 알았다.

"좋아, 나도 콜이라고."

그의 입에서 날이 밝을 때까지 신음 소리가 끊이지 않았다.

Chapter 13

다시 집으로 들어온 지 한 달이 지나고 있었다. 손 회장의 고집
으로 그녀는 돌아온 첫날부터 지금까지 숙소를 쓰지 않고 그의 방
에서 생활했다.

일하는 사람들은 이제 그녀를 유모라는 소리 대신 사모님이라
부르고 있었다. 처음에는 그 소리가 어색했는데 지금은 조금씩 익
숙해졌다.

"으음."

손 회장이 그녀를 뒤에서 바짝 당겨 안으며 신음 소리를 내뱉었
다.

"일어나야 해요."

"10분만."

그는 이렇게 말을 하면서 그녀의 가슴을 주무르기 시작했다.

"일어난 거 아니까 빨리 출근 준비하세요."

"5분만."

"손 회장님, 맨날 지각해서 임 비서에게 싫은 소리 듣지 마시고요."

"요즘 내가 임 비서에게 너무 잘해준 것 같아."

그가 그녀의 유두를 손가락 사이에 끼우고 그녀를 자극하기 시작했다.

"이러다가 또 출근 늦어진다고요."

채령은 입에서 신음 소리가 나오려는 걸 억지로 참으며 말했다.

"내가 이렇게 된 건 다 채령이 때문이야."

그가 그녀가 가장 약한 부분인 뒷목에 키스를 했다.

"으음, 이건 반칙이에요."

"이런 반칙은 괜찮아."

그의 손이 그녀의 여성을 어루만지며 모닝섹스의 시작을 알리고 있었다. 그가 그녀의 몸 위로 올라왔다 그의 무게가 기분 좋게 느껴졌다. 암막 커튼으로 인해 아직 캄캄한 실내였다.

"지금이 밤이었으면 좋겠어."

"왜요?"

"밤새도록 당신을 안을 수 있잖아."

"짐승!"

"맞아, 난 채령이 앞에선 짐승이야. 크악!"

진짜 못 말리는 남자였다. 그는 짐승의 소리를 계속 내며 그녀의 온몸에 키스마크를 남기더니 결국에는 그녀를 차지했다. 그의 굵은 페니스는 한 달 동안 매일 했어도 적응이 되지 않았다.

그녀가 감당하기엔 그 크기가 너무나 컸다. 그런데 그가 많이 흥분을 한 날에는 더 심했다.

퍽퍽퍽!

"너무 좋아."

그는 언제나 솔직하게 자신의 감정을 말하고 있었다. 그와의 모닝섹스가 끝나고 그는 가뿐하게 일어나는데 채령은 그가 샤워를 하고 나오는 동안까지 침대에 누워 있었다.

"힘들어?"

"체력이 너무 좋은 누구 때문에요."

그가 삐친 척하는 그녀의 코를 살짝 잡았다가 놓았다.

"오늘도 은지하고 잘 놀고 있어. 저녁에 일찍 들어올 테니까."

"알았어요. 아참, 오늘 선아 씨 오기로 했어요."

"은지가 좋아하겠군."

"네, 좋아해요. 그런데 전 좀 부담스러워요."

"왜?"

"은지한테 자꾸 엄마라고 부르라고 시키거든요."

"맞는 말인데 뭘."

선아가 그녀를 좋아하고 감사하게 생각하는 건 진심인 것 같았다. 남들은 상상도 못하는 걸 선아는 하고 있었다.

"오늘은 일찍 들어와야 해요. 선아 씨 이번에 재혼하는 분 모시고 온다고 했어요."

"안 와도 되는데."

"당신 보여주려고 하는 게 아니라 은지 때문이에요. 그래도 새아빠의 존재는 알아야 한다면서 말이에요."

"선아는 너무 개방적이라 내가 적응하기가 힘들군."

"하지만 가식이 없잖아요. 진심으로 은지를 위하기도 하구요."

손 회장이 출근을 하자 채령은 은지의 방으로 행했다.

"일어나야지."

"조금만."

아빠와 딸이 어쩜 이렇게 똑같은지 참 신기했다.

"오늘 처음으로 고추 따는 날인데?"

오늘 텃밭에 심어두었던 고추를 따기로 했었다. 그러자 갑자기 은지가 벌떡 일어나 욕실로 향했다.

"엄마, 옷."

은지는 요즘 그녀에게 엄마라고 아주 자연스럽게 말하고 있었다. 이게 다 선아 덕분이기는 하지만 말이다. 다섯 살 은지는 요즘 아주 바쁘게 지내고 있었다. 처음으로 그녀가 선생님들을 집으로 불렀기 때문이었다.

피아노 선생님과 미술 선생님은 그녀보다 더 잘 가르치는 분들을 섭외했다. 영어는 자연스럽게 가르치기 위해서 같은 또래의 미국 친구들을 초대해서 놀게 했다.

처음에는 서로 말을 못 알아듣더니 지금은 희한하게 눈치껏 잘 놀았다. 덕분에 그녀도 외국인 엄마들과 친구가 되어 영어가 날로 늘고 있었다.

"오늘은 무슨 옷을 입지?"

"이거."

아주 공주처럼 프릴이 달린 옷을 고른 은지였다.

"은지야, 이건 이따 저녁에 청담동 엄마 오면 입고 지금은 고추를 따야 하니까 이거 입자."

"싫어."

요즘 공주 스타일에 빠진 은지가 자기의 주장을 폈다.

"그럼, 이따가는 뭐 입을 거야?"

"이거."

그것도 마찬가지로 공주 옷이었다.

"그래. 그런데 너무 공주 스타일을 추구하다 보면 커서 왕따 돼."

"왕따가 뭐야?"

"그런 게 있어."

핑크색 레이스가 풍성하게 달린 원피스를 입히자 은지는 기분이 좋은지 방에 세워놓은 거울 앞에서 자신의 모습을 보며 만족스러운 미소를 짓고 있었다.

"여우."

채령은 이렇게 얘기를 하며 은지를 데리고 마당으로 나갔다. 고추를 따고 외국 친구들과 놀고 미술 수업을 듣고 나니 시간이 벌써 저녁이었다. 채령은 선아가 올 시간이 다 되어가자 은지를 깨끗이 씻기고 예쁜 공주 옷을 입혔다.

"은지야, 엄마가 부탁할 게 있는데. 오늘 청담동 엄마랑 같이 아빠가 오실 거야."

"아빠?"

"응, 여기 아빠한테는 엄마가 생겼잖아. 청담동 엄마한테는 청담동 아빠가 생긴 거야."

"그래?"

"괜찮아?"

"응, 좋아. 나는 엄마, 아빠가 많아서 좋아."

많아서 좋은 건 아니지만 아이가 긍정적으로 받아들이니까 다행이었다. 저녁식사 시간에 맞춰서 손 회장이 들어왔다. 요즘 그는 늦게 출근하고 빨리 퇴근을 했다. 그로 인해서 임 비서가 그녀에게 푸념을 할 정도였다.

하지만 채령은 그가 이렇게 가정적으로 변한 게 너무나 마음에 들었다. 따뜻한 아빠로 그리고 짐승같이 열정적인 남편인 그가 너무나 사랑스러웠다.

"음."

그가 그녀를 꼭 끌어안고 입술을 맞댔다.

"하루 종일 너무 보고 싶었어."

은지가 있든 없든 그는 수시로 그녀에게 입을 맞추었다.

"은지가 욕하겠어요."

"욕하면 어때?"

그는 정말 못 말리는 사랑꾼이었다.

저녁이 다 준비가 될 즈음 선아가 약혼자를 데리고 집으로 왔다. 선아의 세련된 외모와는 전혀 다른 스타일의 남자에 채령은 깜짝 놀라고 말았다. 완벽하게 아저씨 스타일이었다.

"안녕하세요?"

하지만 보기와는 다르게 남자는 너무 다정다감했다. 왜 선아가 그를 선택했는지 알 것 같았다. 손 회장과는 완벽하게 다른 남자였다.

식탁에 둘러앉은 그들은 조금 묘한 조합이었지만 선아가 특유의 밝은 성격으로 어색하지 않은 자리로 만들었다.

"언제 결혼하세요?"

채령이 묻자 선아가 웃으며 답했다.

"다음 달에 하와이에서 간단하게 올리려고요."

"진짜 멋있겠어요. 거기다가 선아 씨는 스타일도 좋아서 정말 아름다운 신부가 될 거예요."

"채령 씨는 결혼식 언제 해요?"

"……."

채령은 답을 할 수가 없었다. 손 회장과 한 번도 결혼식에 대해 이야기를 나눈 적이 없기 때문이었다. 하지만 정말 채령은 하고 싶은 게 있었다.

"우리는 글쎄, 아직 결혼식에 대한 얘기를 진지하게 나눈 적이 없어."

채령이 대답을 못하고 있자 손 회장이 대신 말했다.

"그래도 결혼식은 해야죠. 아무리 두 번째 결혼이지만 난 정식으로 하고 싶어요."

선아는 똑 부러지게 말했다.

"채령이 원하는 대로 해줄 생각이야. 채령이는 뭘 원해? 우리도 하와이에서 할까? 아니면 다른 곳도 좋고. 너무 북적이는 건 내가 싫으니까 한국 말고 다른 곳에서 하는 것도 좋을 것 같아."

손 회장은 그녀를 위해 뭐든 해줄 것 같았지만 그녀의 생각에 동의를 할지 걱정이 되었다.

"왜 말을 안 해? 편하게 얘기해 봐."

자신의 이야기를 할 때는 특히 신중하게 말하는 채령이었다.

"전 하고 싶은 게 있는데 말해도 돼요?"

채령은 평소에 생각하고 있던 걸 차근차근 말했다.

"저는 결혼식하고 신혼여행을 생략하고 그 돈으로 하고 싶은 게 있어요."

모두가 놀란 눈으로 그녀를 보았다.

"아주 최고급으로 결혼식하고 신혼여행을 간다고 하고 그 돈 저한테 주시면 안 될까요?"

손 회장의 얼굴에 당황스러움이 스쳤다.

"그 돈은 어디에 쓰게?"

"그 돈이 얼마나 될까요? 많으면 많을수록 좋은데."

손 회장의 표정이 어두웠다.

"뭐 대단한 게 갖고 싶은가 보네요? 다이아몬드? 그리고 보니 채령 씨 반지 하나도 안 사줬어요?"

선아의 말에 손 회장의 얼굴이 붉으락푸르락해졌다. 가끔 선아가 눈치 없이 내뱉는 말 때문에 채령은 조마조마할 때가 많았다.

"보육원을 하나 짓고 싶어요. 아주 아기들만 돌보는 곳이요. 최고급 시설로 만들고 싶어요. 그건 돈이 너무 많이 들겠죠?"

"……."

모두가 멍한 얼굴로 채령을 보았다.

"다이아 반지 사줄 돈도 주면 안 될까요? 난 그런 거 필요 없어서요."

"우리 채령 씨 진짜 대단하다."

그제야 손 회장의 얼굴이 펴졌다.

"예식도 하고 반지도 사고 기부도 해."

"아니에요. 그건 싫어요. 난 결혼식 진짜 안 해요."

채령은 딱 잘라 말했다.

"진짜 멋지십니다."

선아의 신랑이 그녀를 칭찬했다.

"진짜 못 따라가겠어요. 보육원을 설립한다면 우리도 돕겠어요."

갑자기 그녀의 꿈이 일사천리로 진행되고 있었다.

"엄마, 보육원이 뭐야?"

은지가 그녀에게 와서 물었다.

"엄마, 아빠가 없는 아이들이 사는 집이야."

"그래? 나도 놀러 가도 돼?"

"그럼."

은지는 뭔지도 모르면서 좋아하고 있었다.

"어쨌든 대단하네요. 대부분 여자들은 포기를 못 하는 건데."

"아니에요. 그냥 남들 앞에 서는 게 싫은 것뿐이에요. 그러면서 좋은 일도 하는 거고 일석이조죠."

"손 회장님은 복 받았네요."

"그런 것 같군."

손 회장의 얼굴이 밝아진 것만으로도 채령은 기뻤다. 이게 앞으로 삼화재단이 될 줄은 채령은 상상도 하지 못했다.

모두가 가고 채령과 은지 그리고 손 회장이 모처럼 은지의 방에서 모였다. 은지는 아빠의 배를 타고 앉아서 오늘 있었던 일을 조잘거리고 있었다.

"아빠 나 오늘 고추 땄어."

"진짜?"

"응, 내가 심은 거야. 내일 또 따야 해. 주방장 아저씨가 많이 필요하대."

"하하하, 그래?"

아빠와 딸이 대화를 나누고 있는 동안 채령은 편지를 쓰고 있었다. 엄마에게 쓰는 마지막 화해의 메시지였다. 은지와 사이가 깊어질수록 채령은 자신이 엄마를 이해하려고 노력했다. 좋은 엄마는 갖지 못했지만 좋은 딸이 되고 싶었다.

이제 점점 철이 드는 것 같았다.

"뭐 해?"

"아니에요. 은지랑은 얘기 많이 했어요?"

"오늘 고추 따고 놀았다는 얘기하고 보육원에 빨리 놀러 가고 싶다는 얘기? 그런데 진짜 결혼식은 안 할 거야?"

"네."

"생각이 확실히 정해진 거야?"

채령은 고개를 끄덕이며 남편의 허리에 팔을 둘렀다.

"아주 나이가 들어서 할 생각이었어요. 돈도 좀 모이고 하면요. 그런데 난 월급쟁이도 아니고 돈이 들어올 데도 없으니 이런 기회를 노려야죠."

채령이 웃으며 말을 하자 손 회장이 채령의 입술에 입을 맞추었다.

"난 진짜 장가를 잘 가는 것 같아."

"진짜요?"

"응, 하늘에 두고 맹세해."

"나도 시집을 잘 가는 것 같아요. 이렇게 내 소원도 들어주는 남편도 만나고."

채령이 은지 있는 쪽을 보자 은지는 자신의 작은 소파에 앉아 잠이 들어 있었다.

"은지 자요."

손 회장이 딸아이를 침대로 옮겼다.

"근데 이 공주 패션은 채령이 취향이야?"

"아뇨, 철저하게 은지 취향이에요."

"은지가 선아를 닮았군."

"아뇨, 내가 봤을 때 로열 패밀리 증후군인 당신을 닮은 것 같아요."

손 회장이 채령을 살짝 흘겨보았다.

"지금 내가 왕자병이라는 거야?"

"뭐, 조금."

채령이 이 말을 하고는 도망치기 시작했다. 그러자 손 회장이 그녀를 잡으려고 쫓아갔다. 몇 걸음 못 가서 채령은 남편에게 잡혀 그의 품에 안겨 있었다.

"도망 못 가게 이렇게 가둬둬야겠어. 너무 예뻐서 안 되겠는걸."

손 회장이 사랑을 가득 담은 눈으로 채령을 쳐다보았다. 채령은 그런 손 회장의 입술에 진한 키스를 했고 손 회장은 지체 없이 그녀를 안아 들고는 자신들의 방으로 들어갔다.

쾅!

터프하게 발로 문을 차고 들어간 그였다.

"사람들 다 놀라서 쫓아오겠어요."

"신경 안 써."

"그럼 오늘은 은지 동생을 한번 만들어볼까요?"

"좋지."

그와 수많은 밤을 보냈는데 아직 아이가 생기지 않았다. 혹시나 그녀가 유산을 두 번이나 해서 그런지 걱정이었다. 하지만 아직 불안한 마음을 손 회장에게는 이야기하지 않았다.

"아이를 몇이나 낳고 싶지?"

"많이."

"몇이나?"

"쌍둥이로 한 방에 낳았으면 좋겠어요. 은지가 있으니까. 아들도 좋고. 아니면 은지 여동생도 좋고."

"알았어. 노력해 보지."

손 회장이 채령을 침대 위로 거의 던지다시피 내려놓았다. 옷을 순식간에 벗은 그는 채령의 옆으로 뛰어들었다. 밤새 그들의 신음 소리가 방 안을 울렸다.

채령은 이런 행복을 준 신께 너무나 감사했다. 한 번의 고통이 지난 후에 이렇게 달콤한 행복이 올 줄은 몰랐다.

삶이 힘들어도 견딜 수 있는 건 이렇게 또 다른 행복이 올 거라는 희망 때문이 아닐까? 채령은 남편의 품 안에서 미소를 지으며 깊은 잠에 빠져들었다.

Epilogue

벌써 2주째 부산에 있는 호텔에 처박혀 있었다. 집에 들어가서 아이들과 놀아주고 싶었는데 남해 사업이 시작된 이 시점에서 회사의 우두머리인 그가 빠질 수는 없었다.

지금 그는 아이들도 아이들이었지만 이채령 금단 현상에 아주 심각하게 시달리고 있었다. 하루에도 수십 통씩 문자를 보내고 저녁에는 영상통화를 했지만 그의 손으로 그녀를 만질 수 없음이 너무나 한스러웠다.

"회장님, 내일은 공사 현장에 국무총리께서 방문을 하십니다."

"그래서?"

"네? 준비를 완벽하게 하기는 했고 지난번에 말씀드리기는 했지만 다시 한 번 말씀드리는 겁니다."

"자네는 집안 식구들 안 보고 싶나?"

"……."

뜬금없는 그의 말에 임 비서가 답을 못했다.

"나만 이상한 건가?"

"저도 애기 엄마와 쌍둥이가 보고 싶습니다. 그런데 솔직히 좀 편하기도 합니다. 쌍둥이는 힘이 들거든요."

이번에 쌍둥이를 낳은 임 비서는 집에서도 많이 시달리는 모양이었다.

"그런데 회장님께서는 세 쌍둥이신데 괜찮으십니까?"

현수에게 일 년 전에 하늘이 주신 선물인 세 쌍둥이가 찾아왔다. 물론 의학의 도움을 받기는 했다. 채령이 유산을 한 경험이 많아 아이가 잘 생기지 않았기 때문이었다. 그렇게 인공수정으로 임신이 되었고 그들은 행복했다. 다만 채령의 배가 터질까 봐 걱정이 될 정도로 배가 불렀는데 그 속에서 아들 삼둥이가 태어났다. 아름, 다운, 강산이 그에게 온 것이다.

요즘은 어찌나 예쁜 짓을 하는지 하루도 녀석들을 보지 않는다면 죽을 것 같았다. 채령은 영상통화로 아이들의 모습을 보여주며 그를 극성이라고 했지만 그는 하나도 극성 같지 않았다. 지금 2주 넘게 아이들과 떨어져 있는 게 너무 속상할 뿐이었다.

"너무 예뻐. 유모들도 아이들이 순하다고 하더군."

"회장님께서는 유모가 있으시니까 아이들과 잠깐 놀아주실 뿐이지만 저희는 집사람 혼자서 아이를 보니 여간 힘이 든 게 아닙니다. 맨날 싸웁니다."

"그럴 수도 있겠군. 내가 유모를 한 명 보내주도록 하지."

"네?"

"임 비서를 부려먹으려면 어쩔 수 없지."

임 비서가 울 것 같은 표정을 지었다.

"그렇게 감동받은 표정을 지을 필요 없어. 앞으로 더 열심히 일해야 할 테니까."

"감사합니다."

목소리에 물기가 어렸다.

"그리고 나도 힘들어도 아이들과 놀아줘."

괜히 아무것도 안 하는 아빠가 된 것 같아서 그는 이 말을 남기고 자신의 숙소로 향했다.

"회장님."

"왜?"

"오늘 생신 축하드립니다."

"뭐?"

그러고 보니 오늘이 생일인 그였다. 집에 없으니 챙겨줄 사람이 없다고는 하지만 오늘 이상하게 아무도 그에게 축하 인사를 보내지 않았다.

"고맙군."

그는 이렇게 말을 하고 피곤한 하루를 마무리하며 자신의 펜트하우스로 들어갔다. 그는 언제나 그렇듯이 뱀 허물을 벗듯이 옷을 벗고는 샤워실로 향했다. 따뜻한 물줄기를 맞으며 그는 조금 서운한 마음을 달랬다.

그의 조각 같은 몸은 마흔이 넘었다고 하기엔 너무나 완벽한 몸이었다. 중년의 아저씨의 몸이라고 할 수 없을 만큼 완벽했다. 채령이 늘 그와 같이 샤워를 할 때면 어루만지며 감탄을 했었다.

"내 생일을 잊을 만큼 바쁜가?"

그는 괜히 서운한 마음에 쏟아지는 물줄기에 대고 말했다. 아무래도 나이가 들다 보니 사물에 대고 얘기하는 일이 요즘 부쩍 늘었다.

샤워를 마치고 그는 영상통화를 하기 위해 전화기를 집어 들었다. 뭐 생일 얘기는 하지 않을 생각이었다.

윙—

그가 전화를 하기 전에 채령에게 전화가 왔다.

"여보세요?"

[호텔에 들어왔어요?]

"응."

[오늘 고생 많았어요. 힘들죠?]

그녀의 한마디에 서운함이 봄눈 녹듯이 사라졌다. 아무래도 그가 채령을 좋아하는 건 거의 병적인 수준인 것 같았다.

"아니, 괜찮아. 애들은?"

[은지는 오늘부터 바이올린 수업을 시작했고 우리 삼둥이들은 잘 먹고 잘 놀았어요.]

"채령이도 고생했어."

[나 안 보고 싶어요?]

"보고 싶지."

[거짓말.]

"아냐, 일만 아니라면 벌써 서울로 올라갔을 거야. 다음 주까지는 어쩔 수가 없어."

[난 당신이 많이 보고 싶은데 영상통화 해요. 내가 걸게요.]

"알았어."

현수는 침대에 누워 채령의 전화를 기다렸다. 오늘은 영상으로라도 채령의 벗은 몸을 볼 생각이었다. 그런 생각만으로도 그의 페니스가 일어나고 있었다.

"2주는 너무 길어."

윙—

드디어 전화가 왔다.

"여보세요."

[생일 축하합니다. 생일 축하합니다······.]

노래와 함께 케익이 보였다. 그의 눈에 갑자기 물기가 차올랐다. 나이가 드니 감수성이 예민해진 모양이었다. 생일이 뭐 별거냐마는 그래도 이렇게 사랑하는 사람이 챙겨주니 더 감동이었다.

[문 좀 열어줄래요?]

"뭐?"

[임 비서님 힘들어요.]

그가 쏜살같이 달려가서 문을 열었다. 그러자 케익을 들고 있는 그녀가 있었고 그 옆에는 임 비서가 핸드폰과 짐을 들고 서 있었다.

"생일 축하해요. 소원 빌고 꺼요."

그가 케익의 불을 끄자 임 비서가 크게 박수를 쳐주었다. 복도에 사람이 없기 망정이지 아주 민망한 상황이었다. 하지만 기분은 아주 좋았다.

"소원은 이루어진 것 같군."

그들의 분위기가 묘해지자 임 비서는 얼른 짐을 방 안으로 밀어넣고는 말도 없이 사라졌다. 눈치 빠른 인간 같으니라고.

"들어오란 소리도 안 해요?"

그는 채령의 손에 든 케익을 받아 들고는 그녀가 들어올 수 있게 길을 비켜주었다.

"이 방은 너무 더운 것 같아요."

이렇게 말을 하며 그녀는 입고 있던 바바리 코트를 벗었다. 그러자 그의 눈에 붉은색 하이힐을 신은 완벽한 나체의 여신이 서 있었다.

"당신은 안 더워요?"

여우도 여우도 이런 여우가 없었다. 그녀가 묶고 있던 머리끈을 풀자 풍성한 머리카락이 그녀의 어깨 위에서 출렁거리며 그를 유혹했다. 그리고 멍하게 케익을 들고 있는 그의 앞으로 다가와서 손에 들린 케익을 손가락으로 찍어 자신의 입안으로 넣었다. 그리고 그의 입에 입을 맞추었다. 생크림 맛이 그의 입안에 가득 퍼졌다.

"맛있죠? 그런데 더 맛있는 게 있는데……."

그렇게 말을 하며 자신의 가슴을 쓸어내리는 채령은 분명히 마녀였다. 그는 케익을 던지듯이 테이블에 놓고는 그녀를 향해 달려들었다. 하지만 그의 손을 교묘하게 피한 그녀였다.

"너무 빨리 잡히면 재미없는데……."

그를 향해 혀를 내미는 모습은 영락없는 삼둥이의 모습이었다.

"기다려 봐요. 오늘의 선물이 있으니까."

"그 선물은 나중에 받도록 하지."

그가 채령을 끌어당겨 그의 옆에 뉘었다. 그리고 그녀의 입술을 삼켜 버렸다. 2주간의 지옥 같던 기다림의 보상이었다. 이보다 더

한 생일 선물은 없었다. 아이들이 보고 싶기는 했지만 채령만큼은 아니었다. 그의 깊은 키스를 채령 또한 되돌리고 있었다.

"으으음."

누구의 신음 소리인지 모를 소리가 그들의 입에서 터져 나왔다. 서로의 혀가 오랜만에 얽혀들며 서로의 그리움을 달래주고 있었다. 그녀의 입안 구석구석을 현수는 하나하나 훑으며 느꼈다. 세상 어디에도 없는 달콤한 그녀의 입술이 그의 혀를 빨아들이자 그는 마지막 남은 이성의 줄을 놓아버렸다.

그녀의 가는 목을 타고 내려온 그의 입술은 그토록 만지고 싶었던 그녀의 풍만한 가슴에 머물자 삼둥이에게 그간 빼앗겼던 유두를 마음껏 빨아 들였다. 핑크색이었던 그녀의 유두는 이제 성숙한 여인의 색이 되어 있었다. 그와 맞먹는 욕망에 휩싸인 채령의 유두는 단단하게 서서 그의 혀를 맞이했다.

할짝거리는 그의 혀에 채령이 몸을 비틀며 솟구치는 욕망을 그대로 드러냈다.

"2주는 너무 길어요."

그녀가 거친 숨을 몰아쉬며 말했다.

"다음부터는 장기 출장은 같이 오자."

"안 돼요. 애들은요?"

"그럼, 다시는 출장을 안 갈 거야."

진심이었다. 회사고 뭐고 채령과 이렇게 떨어지는 건 이제 그가 못 견딜 것 같았다.

"사랑해요."

그녀의 뜬금없는 고백에 그가 유두를 빨다가 멈추었다.

"반칙이야."

"뭐가요?"

"내가 먼저 말하려고 했어."

"그럼, 취소할게요. 먼저 해요."

이 여자를 당할 수가 없었다.

"내가 더 많이 사랑해."

"저도 사랑해요."

채령이 그녀의 가슴에 있는 그의 머리를 감싸 안자 자연스럽게 그는 다시 그녀의 유두를 입에 물었다.

"더 강하게 빨아줘요."

요즘 그녀는 자신이 원하는 걸 거침없이 말했다. 물론 그의 입장에선 좋았다. 하지만 그녀가 그렇게 요구할수록 그의 짐승 같은 욕망이 더 강해져서 걱정이 되기는 했지만 말이다.

그는 그녀의 요구대로 강하게 유두를 빨았다.

"아아앙."

그는 이렇게 솔직한 그녀의 신음 소리가 너무나 좋았다. 그의 손이 탄탄한 그녀의 배를 지나 검은 숲에 감싸인 그녀의 여성에 도착하자 그녀는 숨이 넘어갈 듯한 호흡을 했다. 그가 그녀의 여성을 만질 때면 그녀는 극도의 쾌감을 느끼는 것 같았다.

그는 여성 전체를 손으로 감싸고는 천천히 주무르며 그녀의 애간장을 녹이고 있었다. 그녀가 진짜로 자극을 받는 건 그의 손가락이 그녀의 질 안에 들어갈 때였다. 하지만 그런 쾌감은 뜸을 들일수록 배가 되는 법이었다.

그의 손가락이 그녀의 작은 클리토리스를 찾아 건드리자 어김없이 채령이 몸을 꼬았다. 그리고 마침내 그녀의 질에 손가락을 넣자 채령의 입에서 더없이 큰 신음 소리가 나왔다. 집이 아닌 다른 공간에서 섹스를 하는 건 거의 처음이었다.

그들은 그가 바빠서 제대로 신혼여행도 가보지 못했다. 거기에 결혼식을 하지 않고 기부를 하겠다는 그녀 때문에 그들은 결혼식조차 올리지 않았다.

"좋아?"

"으으응."

다음에 그녀와 단둘이 여행을 가야겠다는 마음이 들었다. 그리고 그는 그녀가 좋아하는 애무를 해주었다. 처음엔 손가락 하나를 넣었고 그녀가 많이 흥분하자 두 개를 밀어 넣었다. 그녀의 질은 여전히 타이트했다. 삼둥이라 제왕절개를 한 게 이유일지는 모르겠지만 그녀의 질은 여전히 처녀의 질 같았다.

"하~ 난 더 이상 못 참겠어요. 넣어줘요."

그녀의 숨이 넘어갈 듯한 애원에 그가 그녀의 위로 올라가서 그녀의 다리를 벌렸다. 밝은 조명 아래 그녀의 여성이 한눈에 보였다. 붉은 그녀의 클리토리스가 흥분으로 움찔거리고 있었고 질에서는 애액이 흘러내리고 있었다.

그녀의 여성을 뚫어지게 보던 현수는 더 이상 참지 못하고 그녀의 질에 자신의 페니스를 밀어 넣었다.

퍽퍽퍽.

그녀의 깊은 질 속에 현수는 자신의 페니스가 빨려 들어감을 느꼈다. 언제까지고 이 여자에게 자신이 빨려 들어갈 거라는 생각이 들었다. 무한한 매력이 있는 여자였다.

"윽!"

채령이 질을 조이기 시작하자 그의 입에서 신음이 터져 나왔다. 그녀가 의도하는 건지 아닌지는 모르겠지만 채령은 극도로 흥분을 하면 자신의 질을 조여 그를 더욱 미치게 만들었다.

"채령아."

그가 가만히 있자 그녀가 아래에서 허리를 흔들고 있었다.

"쌀 것 같아."

"안에 해줘요."

"다섯째는 안 돼."

채령은 아이를 힘들게 가져서 그런지 더 낳고 싶어 했다. 하지만 제왕절개를 또 시킬 수는 없었다.

"안 돼."

움직이던 허리를 멈춘 채령이 이번에는 그의 가슴을 손으로 쓸어내리며 말했다.

"당신 닮은 아이들이 넷이나 있는데 날 닮은 아이도 하나쯤은 있었으면 좋겠어요."

"그러다가 또 나 닮은 아이가 나오면?"

"또 낳으면 되죠."

그녀의 말에 그가 고개를 흔들었다. 그러자 이번에 작전을 바꾼 그녀가 그를 밀치고 일어나 그의 위에 앉았다. 본격적인 섹스는 이제부터라는 듯이 그녀가 자리를 잡고는 그의 페니스를 자신의 질에 밀어 넣었다.

"아아앙."

애교 섞인 신음 소리를 내뱉으며 그녀는 자신의 특기인 허리 돌리기를 시작했다. 선정적인 리듬으로 그의 뇌를 마비시키고 있는 그녀였다. 어쩜 이리도 허리를 잘 움직이는지 그는 그녀의 마력에 빠져들어 버렸다.

그녀의 움직임에 더 이상은 버티기가 힘들어 그녀를 그의 아래로 내리고는 마지막을 향해 달렸다. 그의 움직임에 맞춰 흥분한 채령도 움직이기 시작했다.

"으으윽!"

그는 그녀의 바람대로 그녀의 안에 그의 분신들을 쏟아냈다. 그녀의 표정도 아주 만족스러웠다. 지친 그가 그녀의 위로 쓰러졌다. 그런 그를 채령이 두 팔로 안았다. 서로의 땀으로 미끌거렸지만 거친 숨을 내뱉고 있는 그들에게는 상관없었다.

"미칠 듯이 좋았어요."

"나도."

"그리고 아기가 생기면 낳을 거예요."

그녀의 고집스러운 말에 그가 웃음을 터트렸다.

"못 말리겠군."

그가 그녀를 일으켜 욕실까지 안고 갔다. 결혼 3년 차 부부답지 않은 달달함이 그들에겐 있었다. 샤워를 마치고 나온 채령이 뭔가를 열심히 준비를 하고 있었다.

"뭐 하는 거야?"

그가 수건으로 머리를 말리며 물었다.

"선물이 있다고 했잖아요. 잠깐만요."

그녀가 그를 침대에 눕히고는 자신도 옆에 누웠다.

"눈 감아요."

"어?"

"빨리요."

누워서 눈을 감고 받을 수 있는 선물이 과연 몇이나 될까? 그는 의아했지만 언제나처럼 그녀의 말을 들었다.

「생일 축하합니다. 생일 축하합니다. 사랑하는 아빠의 생일 축하합니다.」

은지의 목소리에 그는 눈을 떴다. 눈을 뜨자 천장에 은지와 삼둥이가 그를 쳐다보며 방긋 웃고 있었다. 갑자기 그는 가슴이 먹먹해짐을 느꼈다. 올해 여덟 살인 은지는 이제 다 큰 아가씨 같았다. 동생들을 어찌나 예뻐하는지 그가 보기에도 흐뭇했다.

「아빠 생일 축하해요. 이렇게 말하는 거야.」

「아빠, 아빠.」

요즘 말을 하는 삼둥이가 아빠 소리를 했다.

「아빠, 내가 만든 케익이에요. 엄마랑 맛있게 드세용. 사랑해용.」

채령이 들고 온 케익이 은지가 만든 것이었다. 아까 너무 흥분해서 아무렇게나 테이블에 놓은 게 갑자기 미안해졌다.

「음음, 생신 축하드립니다.」

얼굴이 빨개진 홍 집사가 은지의 성화에 못 이겨 말을 하고 있었다. 은지가 캠코더를 들고 다니며 집안 식구들의 축하인사를 다 담았다.

"다들 이런 거 처음이라서 부끄러워하는데?"

"그렇죠?"

"그래도 좋아. 행복해."

그가 채령의 정수리에 입을 맞추었다. 마지막에 집을 지키는 똑순이가 나오자 그는 웃음을 터트렸다.

「주인님 축하드려요, 라고 말해.」

은지의 억지 요구에 똑순이가 도망을 가는 게 찍혀 있었다.

"은지가 누굴 닮아 저렇게 엉뚱한지 모르겠어."

"그러게요. 은지가 이거 찍느라 고생했어요."

"고마워."

"뭐가요."

"나랑 결혼해 줘서."

채령이 빔을 끄자 그가 다시 채령을 안았다.

"진짜 2주 동안 미치는 줄 알았어."

"나도 그랬어요."

그가 다시금 채령의 입술에 키스를 했다.

"잠깐만요. 내 선물도 받아야죠."

"뭐가 또 있어?"

"이건 내 선물이에요."

그녀가 다시 천장에 빔을 쏘았다. 그러자 이번엔 옷을 하나도 입지 않은 채령이 욕실에서 나오고 그 뒤를 이어 그가 나왔다.

"이건……."

그랬다. 출장 가기 전날 그들의 뜨거웠던 밤을 찍은 것이었다. 완벽한 그들의 정사 씬이 담긴 영상은 너무 화끈했다.

"이거 함부로 보면 안 되겠어."

"왜요?"

"다섯째 갖는 건 시간 문제일 것 같아. 그리고 이걸 보고 어떻게 외로움을 달래나, 더 외롭기만 하지."

"피!"

"피가 아니야 진짜 벌써 녀석이 서버렸다고."

채령이 손으로 그의 페니스를 만지더니 웃어버렸다.

"이건 웃을 일이 아니야. 책임을 져야지."

"무슨 책임요?"

그가 그녀의 입술을 삼켜 버렸다. 아무리 생각을 해도 그는 너무 야한 여자를 아내로 맞이한 것 같았다. 너무 탁월한 선택이었지만 말이다. 천장에는 그들의 야한 정사 씬이 계속해서 돌아가고 있었다.

그는 채령의 아랫입술을 빨아들이며 정사 씬 속의 그들의 행위를 그대로 쫓아 하고 있었다.

"맛있어."

대사까지 똑같이 하자 채령이 웃었다.

"진지하게 해. 웃지 말고."

"왜 똑같이 하려고 해요?"

"그날 채령이가 너무 섹시했거든."

"지금은 더 섹시할 수 있어요."

채령이 그의 몸 위로 올라와서 아주 자극적인 자세로 앉았다. 지금 그의 고충은 천장에서 요염하게 움직이고 있는 화면 속의 채령과 지금 그의 몸 위에 앉아 있는 채령을 동시에 보고 있다는 것이었다.

"이러다 죽을 수도 있겠어."

이건 그의 진심이었다. 이러다가 진짜 심장 마비로 죽을 것 같았다.

"그래서 싫어요?"

"싫을 리가."

그가 그녀의 얼굴을 당겨 입술에 진한 키스를 했다.

"당신은 너무 자극적이야."

"칭찬으로 받아들일게요."

그녀가 허리를 움직이기 시작했다. 그녀의 본능적인 움직임은 그를 미치도록 흥분하게 만들고 있었다. 이 여자는 하늘이 그에게 준 선물 같았다. 그녀를 부인으로 맞이하기까지 많은 어려움이 있었지만 지금의 행복을 생각하면 그때의 어려움은 극복할 충분한 가치가 있었다. 그는 채령의 허리를 양손으로 잡았다. 아이를 셋 낳은 여자라고는 믿어지지 않을 만큼 가는 허리였다.

"사랑해."

"아아흐."

그녀는 대답 대신에 그가 좋아하는 신음 소리를 냈다. 몇 번을 가져도 모자랄 만큼 그녀와의 섹스는 언제나 그를 흥분시켰다. 처음 그녀를 보았을 때 아름다움에 놀라고 그다음은 은지를 아끼는 모성애에 놀랐고 세 아이를 낳은 지금은 그녀의 완벽한 어머니로서의 모습에 놀라고 있었다.

그녀는 그에게 놀라움의 연속이었고 그건 앞으로도 계속될 것 같았다. 신이 주신 이 놀라운 자신의 짝과 그는 밤새도록 사랑을 불태울 것이다. 그들이 잠깐 남에게 속해 있던 시간을 만회하기 위해서 더더욱 사랑을 할 것이기 때문이었다.

유난히 빛나는 별들이 많은 밤이었다. 하늘도 그들을 축복해 주는 것 같았다.

THE END